我的创作：崔凯文集

中国文联晚霞文库

CHINA FEDERATION OF LITERARY AND ART
CIRCLES EVENING GLOW LIBRARY

崔凯 著

中国文联出版社

图书在版编目（ＣＩＰ）数据

我的创作：崔凯文集 / 崔凯著. -- 北京 ：中国文联出版社, 2023.4
ISBN 978-7-5190-5059-7

Ⅰ．①我… Ⅱ．①崔… Ⅲ．①文艺评论－中国－当代－文集 Ⅳ．①I206.7-53

中国国家版本馆 CIP 数据核字(2023)第 053881 号

作　　者　崔凯
责任编辑　潘世静
责任校对　秀点校对
装帧设计　杰瑞设计

出版发行　中国文联出版社有限公司
社　　址　北京市朝阳区农展馆南里 10 号　　　邮编　100125
电　　话　010-85923025（发行部）　010-85923091（总编室）
经　　销　全国新华书店等
印　　刷　三河市龙大印装有限公司

开　　本　710 毫米×1000 毫米　　1/16
印　　张　15.5
字　　数　206 千字
版　　次　2023 年 4 月第 1 版第 1 次印刷
定　　价　68.00 元

目　录

我的创作

经常有年轻的朋友问我：怎样才能写出好作品？

我回答说：好好写。

不是耍滑头，而是不好回答。创作是一种复杂的劳动，规律肯定有，秘籍肯定没有，每个人都有自己的创作习惯，想说清楚不容易。

我年轻的时候也曾求教过名家大师，前辈们告诉我："写戏全凭一腔血，要用心血写作品。"（剧作家王肯）"写自己熟悉的生活，不熟悉的别去写。"（剧作家孙芋）"写剧本的人要研究点观众学，为观众写戏才是硬道理。"（文化学者余秋雨）"写别人没写过的，模仿不是创作。"（剧作家安字田）这些名家、大师只言片语的教诲让我受益终身。几十年过去了，发现自己已经升格为老前辈了，我能告诉年轻的朋友们一些什么东西呢？搜索枯肠，不得警句，说点自己从事文艺创作的心得体会，都是老八板儿，对别人不一定有用，权当是对自己从事文艺创作的回顾与总结。

简单说叫作：多读书、读好书；找生活、广积累；选题材、立新意；勤思考、慢动手；塑人物、重性格；设悬念、谋趣味；细打磨、精修改。

多读书　读好书

古人云：要成一代经纶手，需读万卷要紧书。作为从事一般职业的人，如果把本领域的专业论著读懂弄通也就离专家不远了。可对于从事文艺创作的人来说，似乎没有什么学问与己无关，上至天文地理，下至鸡毛蒜皮，都是有用的学问，说不定创作哪一部作品时就会用得上。因此，除了与本专业有关的书要重点读，其他闲书也要广泛涉猎。

少年时，父亲让我学中医，背诵《药性赋》《濒湖脉诀》《汤头歌》《伤寒论》，通读《中医学概论》，下了三年苦功夫，结果还乡务农了。中医没学成，那些书却没白读，在从事文艺创作以后，写歌词、写唱词、写串联词得心应手，韵文基础都是学中医时打下的，而且中医理论中的"阴阳五行、相生相克，对症下药、辩症施治"对我确立人生观、价值观帮助很大，尤其结构戏剧矛盾方法比别人灵活许多，甚至从中医"头痛医脚"的辩证法里，我悟到了戏剧性反转的妙处。比如在创作小品《如此竞争》时，其中"十三香"的配伍就在我的知识范畴之内，绝不会犯"十八反""十九畏"的错误，结尾时卖十三香的小伙子用十三香换了盲人的一套报纸，两个人重归于好，这些情节都是受中医学理论的启发而为之。在创作电影、电视剧文本时，我会遵循阴阳五行相生相克的逻辑设计人物关系，男主对女主，正派对反派，少年对老年，美女对丑男，以人物关系的对立统一，带动戏剧矛盾的发展和解决。

再如，小时候没有书可看，找到什么看什么。我二哥参军去了，在家里放了一个小木箱子，我从箱子里找到了半部《三国演义》，还有《红岩》《苦菜花》《野火春风斗古城》等小说，这些书我反复看过几遍，只有一本《屈原》无论如何看不懂，除了其中大部分生僻的字不认识，那个疯疯癫癫的"老头"更让人抓狂，他天上一句、地上一句地说些什么实在搞不懂，马马虎虎记住一句"路漫漫其修远兮，吾将上下而求索"。

我二姐读中学，他们学校图书室书很少，凭学生证借书两天必须还回去，她为我借的《格林童话》《伊索寓言》等读物我都是一目十行看完的。有一次，二姐借到一本长篇小说《林海雪原》，她上半夜看，我在一旁等着，下半夜我接着看，被煤油灯熏得鼻孔都是黑的，作品中的少剑波、杨子荣、白茹、高波等英雄人物深深感动了我。

我喜欢读书，喜欢到痴迷的程度。念小学时，我总是在最后一节课把老师留的作业写完，回家就看书，夏天我会爬到家里后院的杏树、梨树上看书，冬天就躲到冰冷的北屋戴着棉帽子、棉手套看书。所谓的北屋其实是祖上留下来举架很高的大房子，冬天很冷，我父亲为了保暖就用大门板从屋子中间隔上了，北屋常年不动烟火，窗户玻璃上挂着半寸厚的冰霜，在零下七八摄氏度的环境里看书头脑很清醒。少年时代不懂得选择，找到什么书就看什么书，从古典名著到民间唱本，只图看个热闹。后来我在父亲的背包里发现了一本《大众哲学读本》，当时读小学的我从来没听说过什么叫"哲学"，更不知道哲学有什么用途。强啃《矛盾论》我彻底蒙了。我跟一位外号叫"大裤裆"的老师有矛盾，他用土语读课文，我笑了，他罚我站了一节课。那么"大裤裆"老师一定是矛盾的主要方面，要是解决了他读错音的问题，我俩的矛盾不就解决了吗？而且，既然矛盾不断解决又不断产生，那还解决它干什么？哲学让我受伤不浅，我当时认为，天下最没用的学问大概就是哲学。直到从事了文艺创作，我才逐渐懂得了哲学对于认识世界和解释人生是多么重要，懂得了什么叫认识论和怎样解决矛盾，也知道了艺术美学原本就是哲学的一个分支，搞文艺创作的人必须学点哲学。

还乡之后，先后当过生产队政治队长、大队团支部书记、民兵连副指导员、大队业余宣传队队长，照猫画虎地写过一些快板剧、对口词之类的所谓作品。1971 年，铁岭地区创建了两个文艺团体，一个叫样板连，一个叫歌舞连。我被借调到歌舞连创作组，穿上了没有领章的绿军装。不久，歌舞连改名为文工团，我担任了创作组组长，为了表现自己的才能，我起早贪黑地写作品，小话剧、小歌剧、快板、单弦、大鼓词，什么都写。可当我自信满满地到艺委会念作品的时候，彻底傻眼了，面对专业老师的批评和大部分作品被

"枪毙"的现实，自尊心受到了毁灭性打击。专家们所谈的什么结构、脉络、层次、节奏等专业术语我一概不懂。灰心丧气的我曾经向团领导提出要回农村去种地，没想到团领导给我开了一封介绍信，到地区组织更换了一个调令，我被正式调入了铁岭地区文工团，从此走上了专业创作的道路。

为了加强文工团的业务建设，地区领导决定从下放到辽北各县的五七战士里抽调一批艺术家，分别担任团里的老师、导演和团领导。他们在"文革"前分别担任过辽宁人民艺术院、辽宁歌剧院、辽宁歌舞团和辽宁省曲艺家协会的导演、编剧和专业干部。我不失时机地靠近这些老师们，向他们讨教，非常感谢赵桂荣、安莹、马力、孙芋等前辈，他们冒着风险把压箱底的一些业务书籍借给我学习。

那几年，我像一头牛进了菜地一样，如饥似渴地拜读了《莎士比亚全集》《关汉卿全集》《莫里哀喜剧集》《契诃夫文集》《果戈理剧作选》《易卜生戏剧四种》《曹禺戏剧选》，还有托尔斯泰、屠格涅夫、巴尔扎克、雨果、歌德、福楼拜、司汤达、海明威等文学大师的著作，同时又潜心学习了《文心雕龙》《古文观止》《闲情偶寄》《人间词话》和亚里士多德的《诗学》、斯坦尼斯拉夫斯基的《我的艺术生活》。这些大师巨匠把我带入了文学和艺术的殿堂。

从事文艺创作的人必须多读书，我的体会是，读书要渐入佳境。开始时，中外文学名著要读，诗经、楚辞、汉赋、唐诗、宋词、元曲、明清小说要读，民间文学也要读，文艺理论、美学著作要读，诸子百家也要读，还要读点历史，读点哲学，也要读点大众心理学和文化人类学。我很庆幸有机会安下心来去读书，上大学时系统学习了中国诗歌、中国历代散文和中国民歌，上党校时系统学习了马克思主义理论，修现当代文学专业研究生课程时学习了"鲁郭茅巴老曹"的文学作品，毕业论文开题是"从精神从心理学角度剖析鲁迅笔下的典型人物"。读书的日子快乐且充实。后来由于担任领导职务消耗了我许多时间和精力，还有许多好书没读，实为憾事。

以学习为目的的书读得差不多了，就随心所欲，喜欢什么读什么。不但要把读书当成一生的必修课，还要当成一种生活习惯、一种人生乐趣。有时候为了写东西查找资料"急用现学"可以，平常读书不必太功利，不用相信"读书破万卷，下笔如有神"的说法，古代有的酸秀才读一辈子书，不过知道"茴"字有四种写法而已。更不必用三年时间去研读一部繁体字、竖排版、没标点符号的《史记》。学者一辈子的大事就是学，学得多学问就大；专家就是盯住一件事"钻"到家，即便是研究"马尾巴的功能"也是专家。作家、艺术家，不是学者，也不是专家，却可以成为专家学者研究的对象，我们奉献出一部作品，可以让他们写一篇论文也是功德。会读书、读好书的人能够在书中与先哲和文学艺术大师们的灵魂接通，是一种高级的精神享受。多读书、读好书能够提高自己的修养、素养、涵养，提高审美能力。具备了崇高的人文精神和道德情怀，写出来的作品才可能达到一定的思想水准和艺术境界。

我很难理解一些曲艺界的同道。大家爱曲艺、说曲艺、捍卫曲艺自然无可厚非，但是不能除了曲艺而对别的门类都不感兴趣，不能以为自己掌握了一些创作技巧就可以成为曲艺作家了。一位资深评论家很直率地对我说："你们曲艺界有些'铁杆曲艺'，张嘴闭嘴都是曲艺，吃曲艺、拉曲艺，除了曲艺，别的艺术都不好，这样会使自己层次不高、格局不大、眼界不宽，丧失了创新能力，充其量就是个匠人。"我认为他批评得有道理，曲艺行业的许多老先生为曲艺而生，拿曲艺当日子，改也难。新一代曲艺人应该站位更高远，追求更完美，艺术理想更宏大，不要满足于当工匠，要争取当学者型艺术家。

年青一代的文艺工作者和从业者，应该多读书，重修为，勇于攀登高峰，打好基础非常重要。我在给某大学艺术学院戏文专业大四学生上创作课时发现，现在的孩子们阅读量严重不足，一问三不知，该知道的全不知道，不该知道的全知道，他们看网剧、追韩剧、刷微信、打游戏，就是不喜欢读书，我料定他们在这个行当里走不多远、难成大器。

当然，多读书、读好书，只是从事文艺创作的前提条件，真要写出好作品还要会生活。

找生活　广积累

生活是艺术创作的源泉，这个逻辑谁都知道。可是，很多作者不知道怎样体验生活、观察生活、提炼生活。他们或蜻蜓点水、或走马观花，到基层去走走看看，什么都没发现，写东西靠瞎编。"贴近生活"不管用，那就深入生活吧！到农村、厂矿或部队营房去住上一段时间，还是没找到灵感，写作品还要靠胡编乱造。这是为什么呢？当然是体验生活的方法不对。

我曾经跟一位获过许多奖的青年作者探讨过深入生活的问题，他创作了一篇歌颂道德模范人物的作品，作品比较完整，唱词写得很通顺、很文雅，就是概念化的描写和溢美之词堆砌太多，缺少真情实感，不能打动人心。我问作者创作过程，他说自己去采访了一位道德模范（老支书），跟他谈了几个小时。我问："你跟他谈了什么？"作者说："我问他（老支书）带领乡亲抗洪救灾，重建家园，当时是怎么想的。老支书说，没想什么，村里受灾了，房倒屋塌，不自救还能怎么办？"我想起了自己当初也跟他差不多，下乡去体验生活，开座谈会搜集创作素材，村干部和群众说了一大堆套话，我几乎一无所获。后来跟着老同志一起下乡，挨家挨户"吃派饭"，跟社员一起劳动，拉家常、讲笑话，听生产队长怎样骂人，听家庭妇女扯闲篇，家长里短非常生动，久而久之许多人物形象在我脑袋里活了起来。我逐渐明白了，到生活中去不一定能找到你要写的故事，可是熟悉了各种各样的人物，当你进入创作时他们会呼之即出，这样的情形才是创作最需要的东西。比如，有一年，我接受任务去开原农村采访一位姓刘的省劳模，然后创作一个农业机械化题材的作品。我找到了那位担任生产队队长的刘劳模，没想到他竟然悄悄对我说，农业机械化都是扯淡，因为他是劳动模范，又是县革委会委员，所以农机部门就送给他们生产队一台链轨拖拉机，有人来参观就开出来翻翻地，装一下门面，种地、铲地、收割、运输全用不上。我觉得这个刘队长挺有趣，就在他们生产队住了下来，如影随形地跟着他，听他骂骂咧咧地给社员训话，看他满脸堆笑地应付上级检查团，观察他左右逢源地调解邻里纠纷。跟刘队长混熟了，我建议他说话最好别带脏字、别骂人。他说，从小家穷，给算命先生领过道儿、放过猪，就是没念过书："这骂人的事儿就是他妈的改不了啦。"我发现这个刘劳模的性格里，既有东北人的直率与豪爽，骨子里又透着农民的狡黠。有一次两个妇女吵架，找刘队长评理，妇女甲说妇女乙打瘸了她家老母猪，妇女乙说妇女甲家的母猪拱了她家土豆子。刘队长先说妇女甲不对："你为啥让你们家的母猪去拱别人家的土豆呢？"妇女甲说："猪要是听我的话，我肯定不让它去拱土豆，我让它直接去拱他们家祖坟！"妇女乙接话说："好啊！有能耐你让你们家母猪去拱祖坟吧，那里边也埋着你们家老祖宗！"刘队长不分青红皂白地把两个妇女骂了一顿，先说她俩是"二分钱买俩豆鼠子——不是什么好物"，又说妇女甲去年老秋偷了生产队三捆苞米秆子，属于挖社会主义墙角。说妇女乙搞小开荒是走资本主义道路。然后又上纲上线地讲了一阵国内外形势，最后让她们回家等候处理。我看了刘队长一场精彩表演，却没明白他用的是什么套路。刘队长诡异地笑了笑说："毛主席说过，世界上怕就怕认真二字。解决这种老娘们儿吵架的事儿就不能认真。"我说他是"偷换概念"，他告诉我，农村的事情是扯耳朵连着腮帮子，谁都不能得罪，得罪了一家，他们的三亲六故全找你别扭，何况她们低头不见抬头见，早晨吵架晚上就和好了，不管不行，真管也不行，要紧摇鞭子慢打驴，一马二虎地和稀泥就行。改革开放以后，我创作了很多喜剧作品，在设计喜剧人物时总会想起刘劳模的糗事：有一次，县领导到刘队长"主政"的生产队作形势报告，讲了一个多小时，领导作完报告，刘队长总结，张嘴就说："领导讲了不少了，下面我说点正经

我的创作

事吧……"还有一次，阿尔巴尼亚来个农业考察团到开原参观访问，刘劳模陪同参观，临告别时外宾客气地说："欢迎刘先生方便时到我们国家参观访问。"刘劳模未加思考张嘴就说："要有出国的好事儿还能轮到我吗！"在东北现实生活中遇到喜剧性人物的机会很多，但大部分人都是嘴上功夫，说俏皮话、"扯屁嗑"，像刘劳模这样的揣着明白装糊涂的不算多，他经常装傻充愣，把一些严肃的事情搞荒诞，上级领导拿他没办法，群众却很喜欢他的务实、有趣。我创作的拉场戏《闹鱼塘》就以刘队长为原型，塑造了一位假痴不癫又充满智慧的农村干部二马虎：承包鱼塘的妇女"天不怕"跟养鸭的妇女"胡有理"发生了矛盾，找队长二马虎评理，二马虎顺情说好话，谁都不得罪，两个妇女联手攻击二马虎，拽掉了二马虎的衣服袖子，二马虎较了真儿，要收回鱼塘的承包权，"天不怕"和"胡有理"害怕断了财路，各自作了自我批评，共同承包鱼塘，并由二马虎做媒，促成田家和胡家的儿女亲家。演出效果非常好，还获得了省政府文艺年奖。

在铁岭工作期间我坚持到生活中去，几乎走遍了辽北的所有乡镇，接触了各种各样的典型人物，有让我喷饭的，有让我感动的，也有令我厌恶的，我曾经为乡亲们的贫困而痛心，为孩子们失学而焦虑，为基层干部的贪婪而愤怒，这些真实的感受都自然而然储存进了我的记忆。后来我在创作喜剧小品、喜剧电影、电视剧过程中总会有生活中的原型跳出来，成为了我作品中的角色，比如《红高粱模特队》里的赵裁缝，《牛大叔提干》里的牛大叔，电影《明天我爱你》里的老正确和三多娘，等等，他们都像我的亲戚朋友一样亲近熟悉、召之即来。我所说的"找生活"就是在深入生活过程中要善于找到有意思的人物，故事可以靠编，典型人物编不出来。文学是人学，创作任何作品塑造典型人物都是最重要的任务，因此，深入生活的某种意义就是找那些具有特性的典型人物，熟悉他们、亲近他们，不但要熟悉他们的音容笑貌和行为习惯，还要读懂他们的精神世界，把男女老少各种各样的人物储存到大脑里，创作时可以随时调用。

1997 年央视春晚导演组在上报春晚创作计划里，有一个科技兴农题材的喜剧小品，语言类节目进入创作以后，没有作者接受这个任务，总导演找到我，希望我帮他们完成这个创作任务，我勉强答应试试看。"接活儿"以后，一个星期我一个字没写，因为科技题材离人们生活较远，写不好容易陷入技术问题里面，特别是农业科技在实践过程中需要一定的时间过渡，一项科技研究成果从推广到见到效益需要很长时间才能完成，用喜剧小品的形式表现难度极大。我一边查阅导演组从农科院给我找来的资料，一边回忆我接触过的从事农业科技的人物。好像是 20 世纪 70 年代初，我接受地委领导布置的创作任务，写一部反映农业科技题材的作品。于是我只身深入到康平县刀兰套海（蒙古语）农科站体验生活。所谓的农科站，只有一个站长和两名技术人员，三个沉默寡言的人。我给站长看了介绍信，说明了来意，就住了下来。平常我跟他们到种子田去转转，看他们培育的种子，主要是新品种高粱和大豆。下雨阴天不能下地，就在办公室看他们的工作记录，什么杂交育种的父本、母本情况，土壤的各种元素含量，播种时间和授粉技术等具体问题。站长四十多岁不苟言笑，两个助手二十多岁"沉默是金"，都是那种风吹日晒过的面孔和粗布工作服，把他们混到农民堆儿里绝对看不出是科研人员。他们管理着近百亩试验田，其实就是育种，每天都很忙，不愿意搭理我。时间长了，我跟做饭的师傅（当地农民）混熟了，他告诉我：站长是个老大学生，好像犯过什么错误才从省里下放到这里来了，两个年轻的小伙子是县里分配来的，都不太安心，不想在这长干。我问为什么，师傅说：这地方偏僻落后，找对象费劲。说是搞科技，其实就是让他们育种，他们培育的高粱种子叫"晋杂五号"，产量高，不好吃，农民都不愿意用他们的种子，百姓还编了一套嗑（歌谣）："晋杂五、晋杂五，不好吃、不好煮。"上级为了抓粮食产量，逼着农民种杂交品种。他们搞农业科技也挺不容易的，虽然挣现钱，可是从春到秋都不能回家，好姑娘宁可嫁给农民也不愿意嫁给他们，常年像守活寡似的没意思。

这便是我对农业科技人员的初步了解。

改革开放以后，农民承包了土地，他们看到了靠农业科技致富的优势，于是农业技术人员也成了农村的"香饽饽"，各村争抢着请农业科技人员去指导，说是"请财神"。但是搞农业科技的知识分子风里来雨里往的，外表与其他领域的科技人员大不一样，容易被误认为是农民。据说世界级水稻专家袁隆平先生有个绰号叫"刚果布"，1980年他到美国去参加一个国际会议，美方负责接待的官员错把袁隆平先生的随员当成了"主角"，又是握手又是拥抱，发现搞错了非常尴尬，向袁隆平先生道歉，袁隆平说："没关系，因为我浑身上下都染上了农民的色调，许多中国人也会把我认错。"找到这个特点，我采取了喜剧创作经常用的误会法，写一位农科站的技术员高峰应邀到河东村讲农业科技课，河东来接高峰的姑娘，见他其貌不扬误以为是冒充高峰的，不让他上船，经过一番妙趣横生的考问，才解除了误会。歌舞小品《过河》以清新优美的形式表现了农业科技工作者的生活，受到了观众的欢迎。

2000年，山西电影制片厂新上任的李厂长请我给他们写一部喜剧电影剧本，我问李厂长："是要获奖还是上院线？"李厂长说："二者都想要。"我说："走院线、进市场与争取获大奖的剧本不是一种写法，你找别人给你写吧！"李厂长是聪明人，他立刻改口说："电影出来能获奖就行，俺们山西电影制片厂自打成立，既没有赚钱，也没有获奖，崔老师要是帮俺们写一个好剧本，获个全国奖，山西厂就可以生存下去了。"于是，我在山西省委宣传部文艺处处长以及山西电影制片厂厂长李水合的陪同下，到太原周边农村去转了转。一周以后，我请山西方面的有关领导和导演到宾馆听我念剧本。剧本念完以后，李厂长首先发言说："真是没想到，崔老师到下面转一转、看一看，问了一些风土人情方面的问题，这么快就把剧本写出来了，真是高手啊！"其实文艺创作没有真正的"高手"，创作者的修养和生活积累决定着作品的质量，我在农村当过生产队长，熟悉农村生活，更知道一些保守的基层村干部很顽固地相信他们自己的经验，不相信科学。一周完成剧本初稿全凭我多年的积累，我到当地农村去一边看、一边问，一边构思剧本人物与情节，调动大脑储存往往比到生活里去现用现找要管用。当然，注意观察和积累生活细节更为重要，有道是：处处留心皆学问，世事练达即文章。有些朋友写作品时大框架真实，细节虚假，一看就知道作者的生活功底不扎实。我在山西体验生活时去了省农科院实验基地，仔细观察了他们从国外引进的大棚自动喷灌、无纺布防寒等设备操作状况，认真了解了他们从西班牙引进的新品种西红柿栽培、管理、产量等细节。还有山西林科院嫁接成功一种"梨枣"，个头大、口感好，并含有多种微量元素。我问李厂长："'梨枣'的父本、母本都是什么品种？"李厂长告诉我："就是用梨树和枣树嫁接的。"我还是不大托底，坚持去林科院看看，省林科院的专家告诉我，他们用冬枣和木枣嫁接出梨枣的过程，因为培育出的新品种个头很大、像梨，所以取名"梨枣"，看看，如果稍不认真就会闹出笑话。

电影《明天我爱你》上映后受到了农村观众的热烈欢迎，获得了电影华表奖的评委会奖和农业部神农杯奖。

习近平总书记说：文艺创作方法有一百条、一千条，但最根本、最牢靠、最管用的是深入生活、扎根人民。从事文艺创作必须热爱生活，体验生活、观察生活、积累生活是创作者一辈子要做的功课，在这个环节好像没有捷径可走。

选题材　立新意

经常当评委，看过许多作品，我发现，大部分作品创作不成功并非失败于创作技巧，而是失误于作品选材。

我在创作选材方面一直坚持几个基本原则：一是别人写过的东西我不写。契诃夫说过：要像回避毒蛇一样回避别人成功的作品。因为文章最忌随人后，随人作诗终后人。二是好马不吃回头草，自己已经写过的题材不再重复。因为自己熟悉哪方面的生活，就一直围着一种题材打转转，容易陷入一种思维定式不可自拔，这样写出来的作品会缺少新意。三是小众的题材我不写。尽管有些人提倡所谓的"高雅艺术""严肃音乐"，我认为这是两个伪命题，学术界通常习惯用"经典"表达，"高雅"对应"低俗"，那么小众喜欢的作品叫高雅，大众喜欢的作品就是低俗吗？这不符合审美原则，少数人喜欢的作品传不开、留不下，永远不会成为经典；"严肃音乐"是一种什么音乐？除了哀乐还有什么音乐作品是严肃的？所以，我一直选择人民群众关心的热点问题，大多数人都可以接受的题材进行创作，只要95%的平头百姓喜欢就可以。实际上任何艺术作品只要拥有最大数值的接受者，作品就有了生命力，能够达到雅俗共赏就更加理想。四是以宣传为目的"主题先行"的题材我不写。比如违背科学规律的宣传"生女孩比男孩好"这类违背人伦的行为，应该是文艺讽刺和批评的对象。五是落后于时代的题材我不写。即便要写古代或古装戏剧，也要站在今天的立场上，写出当代观众喜欢的东西。

我一直主张创作选材要新、要奇、要特。

"新"就是与时代同步伐。不回避现实，抓住生活中最新发生的事情去写，总会引起人们的关注。比如，1987年刚刚实行市场机制不久，我创作了《如此竞争》，1988年出现了经商热，我创作了《对缝》，1990年全国实行文艺体制改革，我创作了《老拜年》，以及后来创作的科技兴农题材的《过河》，批评公款吃喝的《牛大叔提干》，表现子女出国留学的《送水工》，歌颂劳动创造美的《红高粱模特队》等喜剧小品，无不是捕捉现实生活热点而产生的创作灵感。

"奇"就是独特，李渔认为"无奇不传"，我国把传统戏曲也称为"传奇"，因为艺术创作不是生活的写实，不能流于自然主义，也不是"剜到筐里就是菜"。花木兰女扮男装替父从军是奇，佘太君百岁挂帅是奇，《女驸马》《赵氏孤儿》《牡丹亭》等作品经久不衰，都因为具有传奇色彩，耐人寻味。中国观众不排斥甚至喜欢无巧不成书的故事，平平淡淡讲一堆大道理的作品肯定不是好作品。

"特"是风格特色。我一直坚持写东北本土风格的作品，同时也在不懈努力写出自己的艺术风格，如同有些著名画家、美术大师，他们努力创造自己的艺术风格。那些作品打眼一看就知道作品出自哪位大师之手。如果不断地赶时髦，不断改变画风，有可能画一辈子都成不了大师。1976年之后，我先后创作的《看春花》《攀亲家》《双飞燕》《深山红花》《摔三弦》《闹鱼塘》以及《牛大叔提干》《儿子大了》《送水工》《过河》《红高粱模特队》《不差钱》等小戏、小品，开创了东北地区喜剧作品创作之先河，这些作品与其他地区的小戏小品完全不一样，具有浓郁的东北风格和时代特色。

1989年年末，辽宁小品进京，央视春晚导演组要求我们改变语言风格，总导演黄一鹤先生是沈阳人，他认为东北话忒土，最好改成普通话，我坚持不能改，可以把方言土语改掉，韵味不能改，几十年走过来，东北话成了一种幽默符号。

所谓选题材就是决定要写什么。要写什么首先要考虑有没有意思，能不能吸引观众。然后还要考虑有没有意义，能不能打动观众。有意义就是讲立意，立意要新颖，不要与别人雷同。当然，题材雷同了立意就会缺少新意，缺少新意的作品观众不会很喜欢。

选材和立意还要考虑体裁，把握好本剧种、曲种的特殊表现形式适合表现什么样的题材，任何形式在表现生活方面都有其局限性，创作者要懂得扬长避短，不是所有题材都可以写出悲剧或喜剧，也不是所有题材都适合写小品、相声，形式为内容服务，但是，形式无论如何不能大于内容，千万不要相信"形式就是内容"的胡说八道。形式与内容的完美结合必须遵循艺术规律，绝不可以勉强。以小见大、深入浅出的作品在创作和传播过程中都比较顺畅，反之，勉强去写大题材、突出大主题，容易导致作品失败。

作品立意要新、要高、要深刻，这是大家都知道的事情，在创作过程中最应该避免的是犯"主题先行"的错误，先有立意后凑情节，写不出好作品。当然，每个搞创作的人都会遇到"命题作文"的问题，领导或出资方给了个题目让我们写，应该怎样写？后面我会谈自己的做法和经验。

几十年来，我坚持现实题材的创作，吃了无数苦头。因为创作现实题材作品束缚多多，只要写了矛盾冲突，自然会有正反两方面人物，作品里不管批评了哪一个层面或职业的人物，肯定会遭受指责。因为现实题材的文艺创作生态环境一直不佳，当然也有创作者思维定式存在的问题。我总结了现实题材创作存在的几个问题：一是选材上用力过猛。所谓"重大题材"不是创作精品力作的保证，有时"小马拉大车"反而弄巧成拙。有一年，央视春晚剧组要求我写一个下岗职工再就业的喜剧小品，为此我走访了几十位下岗职工，煞费苦心写了一位厂长在工厂倒闭后带领部分职工再创业的故事，讨论作品时，大家都感到作品贴近实际、题材重大，可是事件本身比较沉重，表现出来的喜剧性较差，最后只好放弃了这个作品。小品、小戏和短篇曲艺作品不要追求重大题材，最好从小题材入手，以小见大，深入浅出才容易成功。二是在思想性的理解和表达上存在误区。文艺作品的思想性应该在艺术性里体现，从概念出发，尽管表达的思想性有一定的意义，可是作品缺少感染力，思想性也会失去价值。我曾经创作过许多紧跟或配合某些中心工作的作品，几乎都没有流传开，自己在出作品集时都不好意思收入这些作品。三是躲避雷区举步维艰。文艺作品不是写实生活，不能用生活真实衡量艺术真实。各个社会阶层、各种行业欣赏文艺作品都要对号入座，这是对文艺创作的粗暴干涉，如果各级官员都不能批评，教师、医生不能批评，公检法部门也不能批评，农民不能批评，知识分子不能批评，妇女不能批评，学生不能批评，那么所有世界名著都不能产生。这也是造成许多作家、艺术家回避现实和远离现实的根本问题。

作家、艺术家要关心人民的疾苦，要关注现实社会存在的问题，要通过鞭笞假恶丑而弘扬真善美，不能总是像汉赋那样用华丽的东西诠释这个惊天动地的伟大时代，中华民族的文学艺术要在世界上产生影响就必须拿出有震撼力的作品。不让批评、不敢批评和不会批评都不利于攀登艺术高峰。当然，批评是一件很难的事情。有一年，阎肃老师给我出题，让我给央视春晚写一个批评基层干部大吃大喝的小品，我提出："我写批评不正之风的作品肯定没问题，审查时能不能通过肯定没把握。"导演组请示了有关领导，领导说可以写，我才动笔创作了小品《牛大叔提干》，牛大叔担心村里的小学校窗户上没玻璃会冻坏孩子，去乡政府找乡长，恳求乡长批条买玻璃（过去农村玻璃紧缺，买玻璃需要领导批条），乡长因为天天陪客人吃饭生病住院，秘书要求牛大叔假冒乡长陪客人喝酒，并答应吃完饭帮助牛大叔解决买玻璃问题，牛大叔在等待顶替乡长吃饭的过程中目睹了乡政府的浪费现象而痛心疾首，伤心地离开了餐厅。这个小品在接受审查过程中被砍掉了许多笑料，最后一轮审查时，个别领导认为这个作品讽刺了乡镇领导，不适合在春晚播出，阎肃老师和导演组据理力争，最终修改成"牛大叔找乡镇企业经理去买玻璃"才勉强登上了当年春晚。

从文艺评论的角度出发，我做梦都希望改善现在的文艺批评乱象，不能什么人都可以干预艺术创作，要为现实题材的艺术创作松绑。在现实题材艺术创作生态环境没有改善之前，喜剧要不要批评讽刺呢？我采取的办法是尽量避重就轻，讽刺某些不良现象，避开一些敏感话题。比如，我给辽宁电视台写过一个批评医院过度检查、过度治疗的喜剧小品《有病没病》，作品里只出现了一名护士（实际上是陪检），没有大夫出场，表现的是一对农村老人到医院进行正常体检（儿子要让他们去旅游，临行前检查身体），老头因为检查项目太多（甚至包括了妇科检查）心疼儿子乱花钱，与老伴儿发生争执，最后因为看到同村一个身强力壮的小伙子经过体检被推进手术室进行心脏支架手术，当场吓尿了，决定放弃体检。小品播出后观众反响强烈，认为作品说出了百姓的心里话。可是，医疗卫生部门却很不开心，认为作品批评了他们，有位熟悉的医院领导让我的司机捎话给我：别再批评医院，否则再来看病时把他（指我）的好牙拔了。

就连我和徒弟们同创作的小品《不差钱》播出后，也受到来自各方面的指责，有位学者甚至提出："不差钱"差什么？差道德。饭店服务员拿了人家一百块钱就可以说假话吗？对于类似的批评我只能一笑置之。

所谓现实题材创作，必须有批判意识，写短篇作品可以巧妙回避一些敏感问题，争取把对某些领域人士的伤害降到最低，喜剧理念叫作：无足轻重的伤害。可是写大戏或影视作品就很难回避现实矛盾，创作者只有把握好"这一个"的原则，尽量不冒犯某一领域的群体。

勤思考　慢动手

创作前的思考就是作品构思。

刘勰、李渔都十分重视构思在创作中的作用，可以说，不会构思就等于不会创作。

李渔说：袖手于前，方能疾书于后。说白了就是想好了再动手，不要想了一个开头就"奋笔疾书，一气呵成"，开头马虎半路费工。

有了生活感受，也确定了要些什么，这还没到进入创作的过程，而是要考虑怎么写，有经验的作者一定会控制自己的创作冲动，有了素材，想好了题材，还要前思后想，左顾右盼，给自己挑毛病，跟自己过不去，不想得明明白白、清清楚楚不要急于动手。

举个例子：有一年，我在报纸上看到一条社会新闻，说有位农民工在一个建筑公司打工近十年，他感到很累，想要回乡成家立业，可是，十年里，工友之间走人情随份子花了许多钱，如今一去，人走茶凉，再没机会收回随礼的钱了。于是，他到劳务市场找到一位岁数稍大的农民工，给对方50元钱，让老汉给他当一晚上爹，农民工以他爹过生日为由，把工友请到饭馆吃饭，十几名工友轮流给老汉敬酒，老汉酒力不支，实话实说："你们别让我喝了，我不是他爹，是假爹，是他花 50 块钱雇我来的。"这个"租爹"事件具有一定的喜剧性，听起来也比较合理，可是，以农民工为讽刺对象似乎不够厚道，于是，我三年没写，一直思考怎样利用这个喜剧情节写一个不一样的喜剧小品。直到送我女儿出国留学，我才决定以"租爹"为喜剧线，写了一个"可怜天下父母心"的小品《送水工》。

没想清楚就动手的例子也有：1981年辽宁省要举办农村小戏调演，铁岭地区艺术馆馆长李忠堂约我写一个拉场戏（东北地方戏），并给了我一个"算命先生骗人"的小戏开头，我接着李老师写的四页稿纸的开头往下写，越写越别扭，索性把写了一半的剧本全扔到纸篓里，重新构思。一般情况下，写剧本在设置矛盾和展开矛盾时比较容易，最难的是如何巧妙地化解矛盾。写一位盲人如何"顺杆爬、两头堵"算命骗钱，这不出奇，成兆才先生很早就演过类似的戏，要是写不出新意就不如不写。一次回农村老家，我的二嫂在大队负责计划生育工作，听她抱怨说："算命先生真是坑人，许多计划外怀孕的妇女，听算命的说什么'甲子年生男孩'之后都逃跑了，超生的多了，我们就被动。"我突发灵感，把原来要写破除迷信的主题改成以计划生育为背景，写一出有时代感、有喜剧因素的独幕小戏。于是，我重新构思：双目失明的张志，因为家境较差，儿子找对象困难，"看了七八个，黄了十来个""听说最近又处了一个姑娘，我寻思赶紧划拉几个钱，早点把彩礼送过去，省得再黄了。"于是张志背着儿子、背着三弦出来算命。我在戏的一开头这样铺垫，是给自己留个台阶，张志不是"惯犯"，而是为了儿子找对象，急着用钱，偶尔出来挣点钱，为他后来的转变留出余地。没想到张志算命算到了儿子的对象爱华家里，爱华娘盼孙子心急火燎，找算命先生张志给算算，听说"今年正是甲子年，身怀有孕定生男"。老太太坚定了要孙子的决心。团支部书记爱华对母亲搞封建迷信十分不满，又怀疑自称"姓弓名长志"的算命先生有可能是自己对象的老爹张志，所以提出了"要给先生算命"的大胆想法，于是张志才跟爱华打赌："你要真会算命，我就把三弦摔了！"于是爱华正儿八经地给先生来个反算命："我算先生你呀，你本不姓弓，弓长为张——你名叫张志，那还差不多。我算先生你呀不住什么二木岭，二木为林你家住林家坡……"等到爱华历数了张志深受苦难和为儿子找对象着急上火的时候，张志已泪流满面，他唱："张志我六十多岁算白活，没想到今天在这翻了车。早知道算命求仙都是瞎胡扯，这丫头真会算命让我犯琢磨……"正是这样一段"反算命"的情节让这部小戏发生了陡转，也把一个司空见惯的批评封建迷信的主题升华到一个写人情、人性，揭示人物内心世界的新境界。省文化厅剧目室主任安宇田先生看过戏说："这部戏好就好在'反算命'，这个反算命不但让情节跌宕起伏、让观众出乎意料，更让人物丰满起来，不靠说教，以情代理、以情动人才是好戏。"

有的时候，某些领导为了宣传道德模范人物，要求作者按照某真人真事创作艺术作品，这种命题作文更要认真思考怎样写，如何把生活真实的人和事变成艺术真实，在不离开典型人物主要业绩的前提下写出有情有义又有戏的优秀作品。

有一年，公安部政治部的领导找我，要我给他们公安部春晚写一个小品，而且指定要写一个市公安局长的事迹。我去那个市了解情况，那位局长的主要事迹是从整顿警风警纪入手狠抓公安队伍建设。在一个十多分钟的小品里，公安局长怎么写呢？局长出场只能是板着面孔布置任务，提出要求，这样的形象无论怎么写都不会可敬可亲。我见了那位局长本人，他板着面孔跟我讲了一些人民群众对公安队伍的不满和他们加强队伍建设的一些做法。我深入到基层派出所与普通干警进行交流，派出所的干警听说我要写市公安局长，没人敢随便说话，只是说他们局长如何严厉，制定了多少条规定，全市公安干警无论是谁，只要违规，一律下岗培训。我又找了几位因为违规下岗培训的干警，想听听他们怎么说。他们更谨慎，都说自己通过培训提高了认识之类冠冕堂皇的话。采访收获不大，在我将要离开那个市的时候，无意中听说，市公安局长的小舅子因为工作时间喝酒也下岗了。我没去见局长的小舅子（我能想到他会对我说什么），只是从侧面了解了一下局长的家庭生活和局长小舅子平素表现。经过反复思考以后，我仅用了一天时间创作了小品《请你别怨他》。作品中我没让局长出场，只写了局长小舅子因为下岗培训闹情绪，在家喝闷酒，局长夫人来看自己的弟弟，弟弟跟姐姐发牢骚，历数自己如何敬业，如何立功受奖，因为跟朋友喝了一点酒，就被姐夫抓了"现行"下岗培训等。姐姐没有批评弟弟，而是自己也倒满了一杯酒，跟弟弟一起"借酒浇愁"。当姐姐借着酒劲，埋怨局长："你姐夫就是好大喜功、别出心裁、不讲情面，专门压里圈，打狗也得看主人哪！让我弟弟下岗就是不给我留面子，平常不管家不顾家我都忍了，这回竟然欺负我亲弟弟，太过分了！他不就是要表现自己大公无私吗？他不就是愿意当英模吗？我不拖他后腿，今后各走各的路好了！"当姐姐再一次倒酒的时候，弟弟拦住了姐姐，泪流满面地求姐姐"请你别怨他"。这个作品参加公安春晚录制时，感动哭了现场所有的公安干警和武警官兵。

我还"遵命"写过一个丹东巡警五大队人性化执法的喜剧小品，有意避开了巡警抓获和审讯偷自行车的农民工的情节，只截取了大队长带着干警扮演成农民工，去偷车人家里看望孩子的情节，把有戏、感人的那部分情节展示给人看，这个小品也获得了观众的好评。后来我才听说，公安部在找我之前，已经找过两位作者写过三回这个故事，都没通过，我猜想可能是没处理好"警察与小偷"的关系吧！我在写这个作品时根本没让偷自行车的农民工出场，出场一共四个人物：大队长、大队长妻、孩子和新警察，在情节和场面中体现了人性化执法的感人故事，有位参与公安部晚会策划的朋友看了这个节目说："我们跟崔凯老师又学了一手。"

勤思考就是要避开套路、避开说教、避开容易产生社会负面效应的具体情节，把能够引人入胜和容易打动人心的部分写细、写好、写精彩。

写戏时发现自己设计的某些情节已经在别人的作品里出现过，

就要毫不犹豫地改弦易辙、另辟蹊径。在进入创作后，如果发现戏剧情节推进得一帆风顺，就要小心流于平庸、落入俗套，有时进展不顺利或许能憋出大招儿。总之，学会构思，学会打腹稿也是搞创作的基本功之一。

塑人物　重性格

有作者问我："衡量一部作品的艺术性主要看哪些方面？"

我评判文艺作品的艺术性主要看以下方面：

一部作品不管短篇还是长篇，首先看其是否讲了一个完整的故事，讲好了故事就算比较好的作品；如果故事里有比较鲜活的人物，就算好作品；有故事、有人物，主要人物又具有独特的（典型）性格，就达到了优秀作品的标准。具备以上三点的同时，作品又揭示出人物的内心世界，就是精品力作。

简单说，写戏剧（含曲艺）作品，首要任务是塑造典型人物，刻画典型性格。至于大家都知道的"思想性、艺术性，核心价值观"最终都要通过主要人物来体现，作品中的主要人物境界有多高，作品的思想水平、艺术水准就有多高。用文艺作品讲道理是最不足取的创作观念，只讲故事没有突出人物（许多曲艺作品都是这样）属于创作的低级水平。大凡传世之作，都是成功刻画了具有典型人物性格的作品。所以我说：不会写戏的人注重写词，会写戏的作者必须会写人。有些作品看起来挺热闹，看完以后没留下任何印象，问题就出在写事没写人，或者是作品里没突出主要人物，没有着力刻画人物的典型性格。戏剧情节、矛盾冲突都要围绕主要人物设计，中长篇作品可以从容地围绕主要人物，多侧面地刻画人物性格；短篇作品（比如小品）可以从某一个方面突出主要人物的性格特征。因此，可以说创作技巧如果有，就是学会刻画典型环境中典型人物的独特性格。这是作品"叫得响、传得开、留得下"的主要条件。换个角度说，人们看了一部作品，几年、几十年过去了，作品中的主体事件可能模糊了，但是那个作品里的人物还活灵活现地存在着，这就是经典作品的观赏效果。

1995 年我创作了一个小品《儿子大了》：农民刘老根背着一面袋子山楂进城找自己的儿子。村里的山楂丰收了，一时卖不出去，乡亲们很着急，刘老根跟村干部和乡亲拍了胸脯，说自己儿子在城里当了总经理，号称"刘百万"，帮助村里卖山楂肯定没问题。刘老根来到儿子的豪华办公室，向儿子说明了来意，可是，正在为"心爱的小猫咪生了宝宝"而操心的刘百万对卖山楂毫无兴趣，刘老根决定跟儿子认真谈谈，当他念着"改革春风吹满地，刘二堡人要争气"的稿子时，几次被催促刘百万还债的电话打断，刘老根盘问儿子催债的电话到底是怎么回事，女秘书告诉了刘老根，公司拖欠银行贷款无力偿还的真相。刘老根得知儿子欠债百万十分震惊，他动情地述说了自己为有个当了总经理的儿子是如何自豪和骄傲，没想到原来号称"刘百万"的儿子竟然是欠债百万，这种打脸的事情如何跟父老乡亲交代？结尾是刘老根背起那一面袋子山楂走了，远处传来刘老根伤感而凄凉的吆喝"卖山楂嘞——"小品播出后，许多人都记住了"改革春风吹满地"，记住了有虚荣心、更有责任感和正义感的农民刘老根形象。后来，有一部电视剧就以"刘老根"命名了，东北还出现了"刘老根山庄""刘老根饭店""刘老根酱菜"等商家品牌。

恩格斯说过，作品的主题要埋藏起来，而且埋藏得越深越好，最好在情节和场面中自然而然地流露出来。我创作这个作品的时期，正是媒体火爆宣传百万富翁的时候，而实际生活中许多富翁都是靠贷款当上的老板，他们手拿"大哥大"，开着豪车炫富，其实大多数都是负债累累的投机商人，文艺创作干涉不了政策，但可以通过我们塑造的剧中人物揭示社会存在的问题，引发人们的思考。

1997 年，我带着辽宁曲艺界的十几位明星去辽南体验生活，在皮口镇（皮口街道）观摩了一个服装厂工人表演的节目，原来的农民穿着自己做的服装走 T 台，尽管很不专业，可是他们的自豪感让我动容，改革开放以后，人民群众对美的精神追求启发了我，我创作了喜剧小品《红高粱模特队》，作品中，农民模特队夸张的表演给观众留下了深刻印象，沈阳军区的一位著名作家打电话给我，说他被我的作品感动了，我问他为什么，他说："人们都在追求发家致富的当下，你却坚持劳动创造美的理念，赵裁缝对范教练说的'劳动是最美的，没有劳动你吃什么，穿什么？没有吃穿你还臭美什么？'听起来很平常，但其中埋藏着深刻的主题内涵。"

其实，真正的好作品不用刻意强调主题意义，只要你塑造的典型人物有血有肉，活灵活现地立起来，作品的主题意义就会自然而然表达清楚，人物失败了，什么意义都不复存在。

人物性格的刻画，是检验作者基本功的参照体。

文艺作品中的人物性格不是指生活中人的性情、脾气类型，而是特指决定具体人物行为、态度等方面的心理特征。每一个典型人物都属于"这一个"，需要给观赏者打下深刻烙印的独特形象。中国传统戏曲的许多角色被"类型化"了，只有少数名家大师的表演突破了"行当"类型的局限，刻画出了人物的典型性格，留下了让观众百看不厌的人物形象。莎士比亚留下了三十多部优秀作品，其中的《哈姆雷特》《奥赛罗》《麦克白》是优秀作品中的经典之作，就是因为剧中人物的独特性格是独一无二的。为什么说"情节要为塑造人物服务""性格决定命运"，典型人物的独特性格可以决定他的行为和处世方法的独特性，可以决定剧情走向，可以给观赏者带来意料之外的惊喜。

刻画人物要追求独特的个性、典型性格，要克服类型化的创作倾向。

当下流行的一些所谓"编剧法"大部分讲的都是套路，尤其讲"人设"，其实就是把人物类型化的典型做法，比如"渣男""暖男""直男""型男""衰男""妈宝男""凤凰男""霸道总裁""娘炮"等概念化思维只能描写类型化的角色，不能塑造典型人物。

主要人物的高度就是作品的高度。

主要人物的成功就是作品的生命力。

主要人物的性格特征不是指"脾气""癖好"等表面的东西，而是指人物包括世界观、价值观在内的本质特征。主要人物也可以具有双重或多重性格，不能用好人、坏人的简单思维刻画人物性格，当然也不一定必须写主要人物的缺点和弱点，性格特征是多样而复杂的东西。优秀的作家、艺术家所塑造的典型人物会永远闪烁着人性的光芒，甚至会成为永恒的文化符号。

塑造人物、刻画典型性格还要注重以下几方面编剧技巧：

第一，搭建好人物关系。

从某种程度来说，写戏就是写人物关系。有戏没戏全看关系。往往夫妻、恋人、父子、母子、同学、战友等人物关系容易写出好故事，把一群互不相干的人捏合到一个情节里比较麻烦，往往处理不当就会出现不合理的剧情。有一年，吉林省的一位作者写了一个小戏曲剧本，剧中的一位镇长和他的妻子为了收礼，故意发布虚假消息，说镇长的母亲突然去世了，镇里的机关干部和各村干部纷纷赶来奔丧随礼。不巧县长听说了这件事，也赶来慰问镇长，还要亲自为镇长的母亲送葬，镇长夫妇害怕弄虚作假的事情败露，只好硬着头皮把"已故"的母亲推到了殡仪馆准备火化，镇长母亲大怒，当众"复活"，大骂儿子不孝。大家都觉得这个"梗"尺度太大，情节发展不合理。我给作者出主意，让他改变人物关系和情节走向：一是把剧中的镇长母亲改成了镇长的丈母娘，避开了伦理问题；二是把情节改成镇长的丈母娘对自己的女婿经常不回家非常不满，一气之下打电话给镇长秘书，说是镇长的丈母娘死了，让他赶紧回家料理后事。镇长秘书接到电话后，为讨好镇长，第一时间通知各村干部，抓紧时间到镇长家去吊孝，并买好了花圈，雇了乐队到镇长家操办老太太后事，等镇长接到信儿匆匆赶回家时，发现丈母娘没死，镇长很生气。可是，前来吊孝的人已经陆续赶来，县长也要来，事态发展已经骑虎难下，秘书出主意，让镇长顺水推舟，假戏真做。等到县长赶到时，镇长、镇长妻子和镇长秘书上演了一场"哭灵"

的闹剧，最终老太太"活了"，镇长羞愧难当地向县长解释，县长告诉他："带上你收受的礼金到纪委去解释吧！"我建议作者把利用自己母亲假去世的情节改成了丈母娘和秘书制造的闹剧，不但使这出讽刺喜剧情节基本合理了，也把镇长放在被动地位，避免了讽刺直接指向镇长，被人诟病，更重要的是，丈母娘和镇长闹起来很正常，要是镇长的母亲就很难拿捏分寸。

第二，营造好陪衬人物性格的典型环境。

典型人物必须生活在典型环境里，也就是评论家常说的：典型环境中的典型人物。俗话说：寒门出孝子，富养忤逆儿。说的也是典型环境造就的典型人物特征。

我在创作戏曲电影《贵妃还乡》时，着意刻画了村姑出身的郎贵妃这一典型人物。郎丽华生在东北山村，因意外事件（皇上做了一个奇怪的梦）而被招进后宫，不懂规矩的郎丽华又因为特立独行吸引了皇上，竟被破格封为贵妃。在后宫过着锦衣玉食生活的郎贵妃仍然喜好野菜蘸大酱的乡间"美味"。郎贵妃在还乡看望老父亲的过程中，受到了地方官员的分外"尊崇"，她拒绝父老乡亲的大礼参拜，训诫当地不法官员的贪腐行为，可是她却意外地收受了地方官员"孝敬"她的巨额银两。清河知府担心郎丽华回宫奏本，便恶人先告状，密奏皇上，说郎丽华还乡收受贿赂，并与当地秀才（前男友）关系暧昧，败坏了皇家威严，致使龙颜大怒，派遣钦差押解郎丽华回京，并将其打入冷宫。尚阳县百姓具结万民折并委托县令进京见驾，皇上得知自己错怪了郎贵妃，下旨宣郎丽华回后宫，郎丽华抗旨不遵，皇上无奈便亲自到冷宫去向郎丽华赔礼道歉，并降旨惩治贪腐官员，把郎丽华接回。这是根据一个民间传说创作的古装电影，如果不在主要角色性格刻画上下功夫，就只能是一个平淡无奇的作品，由于注意刻画了从乡野到宫廷的郎丽华的双重性格，以及从胆小怕事到冒死上谏的伍知县和阴险狡诈的刘知府等角色的独特个性，才使得这部戏好看、好听，耐人寻味。

第三，注重以细节真实刻画形象丰满的典型人物。

恩格斯曾经说过：戏剧创作除了细节的真实以外，重要的是塑造典型环境中的典型人物。（大意如此）就是说细节真实是前提条件，细节虚假就容易失去可信性，特别是喜剧创作，往往允许大框架荒诞，细节必须真实可信。有些编剧恰恰把这个关系搞错了，大框架真实，细节虚假，观演效果就会出问题，观众发现一些细节不合理，就会失去欣赏兴趣。

有一年，我为辽宁电视台策划春晚，找来老何（何庆魁）写个喜剧小品。老何谈了一个想法：一对夫妇去找街道主任，要办一个育红班（学前班），为了让街道主任批准，夫妻俩你一言我一语地赞美主任，用了许多溢美之词，街道主任没批准，夫妻俩又翻脸讽刺挖苦街道主任。我听了老何的构思对他说：这个想法有缺欠，写出来也不会太精彩。首先，观众不会关心那一对夫妻能不能办成育红班，何况他们要是具备了办学前班的条件，街道主任没有权力不同意。另外，这对夫妻人品欠佳，作品的讽刺指向就存在问题，容易被诟病。我建议他：以农村土地实行新一轮承包为背景，写一对养鱼专业户夫妇，他们希望继续承包乡里的鱼塘，因为乡长的小舅子与他们竞争，夫妻俩战战兢兢地去找乡长，乡长因为被提升为副县级领导，所以没有立刻答应他们的请求，只是说，等新任乡长来了再解决他们的问题，夫妻俩误以为乡长犯错误下台了，便随随便便地与乡长唠起了家常——这样一调整，作品的细节都合理了，小品演出获得了成功。

塑造典型人物，重视性格刻画是文艺作品创作成败的关键，尤其是现实题材的作品创作，往往由于缺乏人物命运发展的悬念，容易造成看了开头就知道结局的结构败笔，因此更要在刻画人物性格上多下功夫，以吸引观众的观赏兴趣。

设悬念　谋趣味

从艺术接受学和观众心理学的角度来说，没有哪位观众是为了受教育才花钱进剧场看戏的。观众看演出最直接的动机是为了满足欣赏兴趣，其次才是受到心灵的启迪。因此，我在创作过程中首先考虑如何吸引观众，如何引发观众的欣赏兴趣，如何强化观众的兴趣和满足观众的兴趣。实际上，观众无论是走进剧场看演出，还是欣赏电影、电视剧，没有多少人关心作品思想性如何（文艺评论家和批评家除外），普通观众主要是为了娱乐——外行看热闹。所以我们创作艺术作品不要忽略娱乐性和欣赏性。

吸引观众的主要手段一是悬念，二是趣味性。

电影、电视剧和正剧舞台剧要设置悬念吸引观众，喜剧不容易制造出较大悬念，重点靠趣味性愉悦观众。如果选择的题材合适，最好是悬念与趣味性相映生辉。

设置悬念的手法有很多种，最能让观众悬心的是人物（主要人物）的命运危机。

2013年我为央视电影频道策划和创作了一系列喜剧电影，一共七部，其中由我主创的《大事小情》《歪打正着》《移花接木》等影片受到了观众的好评，《大事小情》获得了中央电视台电影频道电视电影"百合奖"。

电影《大事小情》表现的是清代故事，新科进士伍四六因其貌不扬和说话带有东北地方口音，殿试时遭到大臣非议，未受重用。皇上得知东北偏僻小县尚阳堡匪患猖獗，知县空缺，便下诏命伍四六去尚阳县任职。伍四六只身一人骑着毛驴赴任尚阳。尚阳县衙白师爷勾结当地黑矿主私开金矿，他们网罗恶势力，黑白两道沆瀣一气，称霸一方。伍知县到任伊始便受到了黑势力威胁，县城内纵火、失窃等案件频发，百姓怨声载道。县衙内，衙役不作为，主簿抱病不出，而抬轿、吹喇叭的闲散人员众多，一百多号吃皇粮的人等着新任知县给他们发俸禄银子。伍知县到任后，先是一把火烧了八抬大轿，遣散了混官饭的闲散人员，公开招聘衙役、捕头等公职人员。此举惹怒了白师爷，白师爷暗中唆使手下打手吴凌云给伍四六送点"见面礼"，吴凌云安排地痞在伍四六下乡访贫问苦的路上埋伏袭击伍知县，幸亏百姓相救伍四六才逃过一劫。正当伍四六掌握了白师爷与黑矿主私开金矿等为非作歹的犯罪证据，准备扫除黑恶势力的时候，朝廷节外生枝，圣上降旨，让伍四六奉旨成婚。原来皇上因不喜欢郎贵妃贴身侍女麻翠姑，便降旨把麻翠姑许配给伍四六，并派大内总管护送麻翠姑到尚阳县与伍四六成婚。麻翠姑侍奉郎丽华二十多年并陪伴其入宫，郎贵妃奏请好事获得恩准，用自己的车驾送麻翠姑到辽东尚阳成亲，伍四六不敢怠慢，带着衙役，牵着毛驴到驿站迎亲，性格暴躁的麻翠姑认为伍四六故意藐视她这位贵妃身边的"重要人物"，执意要回京城告御状。伍四六挽留麻翠姑不成，只好告诉麻翠姑实情，他诉说了自己到任以来如何遭遇黑社会暗算，以及白师爷买通了清河知府给皇上发去了密奏诬告伍四六贪赃枉法，并派人给伍四六送去一口棺材作为新婚贺礼等骇人听闻之事。伍四六义正词严地表明：自己为官一任要保一方平安，尽职尽责乃效忠朝廷之大事，成家立业是小情，如果因为慢待了朝廷钦差、得罪了麻翠姑，皇上降罪自己甘愿领罪、无怨无悔。麻翠姑听罢伍四六一番陈情，怒火中烧，决定立刻跟随伍四六到尚阳成婚。在伍四六与麻翠姑的婚礼上一场恶斗随即展开，危急时刻麻翠姑出手相助，加上尚阳百姓奋勇参战，横行乡里、作恶多端的白师爷一伙黑恶势力终于束手就擒。

电影《大事小情》在跌宕起伏、险象环生的故事情节里，表现出伍四六特立独行的喜剧性格和坚持正道直行、敢作敢为的丰富内心世界。情节结构里大小悬念环环相扣，引人入胜。在谋求趣味性方面，我采取性格喜剧的创作方法，精心设计了伍四六、麻翠姑等主要人物的喜剧性格，让他们在本质特征鲜明和意志坚定的前提下还有性格方面的缺点和弱点，便于产生喜剧效果，就连丫鬟喜鹊和四大衙役"一根筋""傻大胆""小算盘"等陪衬人物也各自在某一方面具备喜剧特征，再加上笑里藏刀、心狠手辣的白师爷，装疯卖傻的白金龙，恃强凌弱的吴凌云和愚昧贪婪的捕快们，构成了全剧趣味性的主要因素。《大事小情》的创作是在尖锐矛盾冲突下运用喜剧手法推进剧情的一次有益尝试。

大戏或电视连续剧设计悬念和制造趣味性应该说相对从容一些，小品、小戏设计悬念和制造趣味性相对不容易，因为"意料之外、情理之中"的观赏效果往往出在铺平垫稳之后，篇幅短小的作品来不及铺平垫稳，所以需要作者认真谋划、精心设计。关于这方面的创作方法，我已经在《喜剧小品创作技巧》一书中谈过一些经验，在此不再赘述。

细打磨　精修改

所谓的精品力作与其说是写出来的，不如说是改出来的。

有些编剧朋友不愿意修改作品，除了过分自信，也有惰性使然。细打磨、精修改是对自己的创作成果负责任，一稿成功的作品也许有，但不经过修改成为经典作品的可能性不大。经过反复打磨修改而完成的作品至少不会给自己留遗憾。

修改作品分为被动修改和主动修改两种不同的做法。有些时候，委托创作方或主管方面的领导对作品提出一些意见（许多外行意见），让作者无所适从，迫于压力作者勉强进行修改，往往修改效果不佳，甚至修改以后作品还不如原来精彩。也有领导或同行提出的意见有道理，作者却找不到好办法进行修改的情况，结果盲目下手也不容易提高作品的质量。

我从事创作之初就开始写舞台作品，受到的折磨和蹂躏颇多，反复改稿子是工作常态，担任领导以后，当面提意见的人少了，我反倒心里没底，经常在作品通过以后主动修改几遍才交稿。

每个创作者的写作习惯不同，因此很难说应该怎样写。我习惯于经过仔细构思，基本思路已经十分清晰以后，打开电脑开始写作，小型作品集中精力一气呵成，这样做是为了保持思维的连贯性。初稿完成后暂时保存起来，间隔三五天打开再看，往往自己就会发现一些问题，然后从头到尾修改一遍。对待作品无论是自己发现的问题还是别人提出的意见，修改时都不采取"打补丁"的办法，因为一个好的作品一定是前呼后应、上挂下联的整体，往往牵一发而动全身，这儿割一刀、那儿贴一块，很容易破坏作品的完整性，因此不要怕麻烦，小修小补和推翻重来都要从整体出发，最不可取的是为了自己的作品能够通过审查，领导说啥就改啥，最后把作品修改得千疮百孔面目全非，这样做虽然领导的意图有了，而作者自己的创作没了，这样的作品即便能够问世也没有太大意义。

中长篇作品在创作时不可能一气呵成，我是借鉴评书创作手法，先准备好书道（等于主体事件），梁子（等于故事梗概），坨子（等于分集提纲），扣子（悬念），然后进入创作。在总的梁子不变的前提下，每个单元的剧情发展可能会突发灵感，在细节描写方面追求精彩。一部作品可能会十几天至几个月完成，我习惯每次都在进行最顺利的时候停笔，不要在卡壳的时候停，这样下一次开机接着写起来更顺利。接着开机再写的时候要从头或者从一个单元的开始部分重新读一遍，把所有的伏笔都了然于胸，然后接着写。大型作品的修改也要通盘考虑，避免拆东墙补西墙，修改以后漏洞百出。

打磨和修改作品的步骤都要明确。首先要考虑完善人物塑造和性格刻画。其次是斟酌情节结构，追求更加完美。再次是加强节奏感和精准的语言表达，绝对不要舍本求末，在人物、情节和主体事件都没扎实的情况下去加工语言（添加包袱），这样盲目修改的幅度越大，作品的问题就越多。

我和两位年轻作者徐正超、尹琪共同创作的小品《不差钱》花费时间不多，构思和结构主要情节只用了一个晚上，然后我的徒弟徐正超写出了初稿，我上手修改一遍，就拿到央视春晚剧组去讨论，剧组原则上通过的作品可用。接下来的打磨和修改却费了许多周折。往往大家对作品越是感兴趣越容易纷纷发表意见，出主意、加包袱，众说纷纭。有道是"木匠多了盖歪房子",作者如果没有一定之规或者自己做不了主,就容易把作品改乱。徐正超按照大家的意见每天修改一遍(有时改两遍)《不差钱》,直到改得头昏脑涨、接近崩溃。我带着徒弟的徒弟尹琪赶到剧组,听了大家的意见我明白了,所有人都没有想改变现有作品的选材、人物(包括人物关系)以及情节走向,各种意见和建议都集中在如何加强作品中笑料的密集度上,也就是加包袱。于是,我跟徐正超、尹琪讨论了继续修改的方案:包袱密集不一定是好作品,相反外插花包袱越多,作品的结构越容易被破坏,何况有些脱离了主要情节发展和不适合人物性格表现的包袱会降低作品的品味。我让徐正超找出来第一稿交给尹琪,告诉尹琪把其余十几稿里能够添彩的情节和语言吸收进来,不适合本作品的所谓"包袱"一律甩掉。尹琪连夜修改一遍,凌晨4点转交给我,我做了一些必要的调整,这就是《不差钱》最后一遍修改。

我从来不认为喜剧创作中语言包袱有多么重要,重要的是把握好喜剧化事件、喜剧性人物、喜剧人物的个性。这不等于说创作喜剧语言不重要,恰恰相反,写好喜剧语言非常重要,重要到每一句都要仔细推敲,多一个字、少一个字都要计较。问题的关键是喜剧语言必须符合人物的个性而不是"包袱",服务员必须说服务员的话,老板就得说老板的话,不可以互换,不管什么身份都说作者的语言肯定不是好作品,尤其是把乱七八糟的语言包袱堆砌在一起,作品就成了一堆碎片,观众可能看了会笑,但"不知所云",笑了也没用。有些人感到奇怪,为什么我创作的作品春晚播出以后,总会有几句话在全国流行开来,而有些人的作品刻意地设计了一些"流行语"却没有流行,原因就是没有掌握好喜剧使用语言的基本要领,笑话就是笑过就忘的话,幽默才是可以让人笑过之后还要回味,想起来还想笑的人物性格。

实话实说,我的许多创作体会,不全是从成功的作品里总结出来的,而大多数思考是从失败的教训中得到的。

自 20 世纪 80 年代初期以来,我先后创作了小戏、小品一百多个，能够在当时流传的不到三分之一，几十年以后还有人记得并喜欢的不到十分之一。创作、创新避免不了失败，如果善于总结教训，那么失败的收获可能要超过成功的收获。

《过河》的创作开创了歌舞小品之先河，后来我又写过两个类似的作品都以失败告终：一次是央视春晚导演组给我出的题目，写一个赛龙舟内容的小品，开始接受任务时还觉得赛龙舟的点子挺好，有形式也有场面，适合写成歌舞小品。当我进入创作之后发现这个构思有形式没内容，挖空心思找不到矛盾冲突，更没有喜剧情势，而且可以预料得到，观众对赛龙舟谁输谁赢不会关注，无论场面多么红火热闹，没有戏剧性支撑肯定不会成功。经过三易其稿，谱曲、排练，折腾了一个多月让领导审查，结果理所当然被"枪毙"了。

再一次是我从新闻媒体上看到某小区实行楼长制的一个报道，感觉挺新鲜，所以突发奇想，创作了一个反映"楼长"生活的歌舞小品《三号楼长》。作品写了一个单元里住着"总有理""惹不起"两个奇葩妇女，两人见面就吵架，谁都不服谁，楼长主动调解她俩的纠纷，被两个女人怒怼，楼长憋气窝火晕倒在地，两名妇女同心协力奋力急救楼长，并各自检讨了自己的过错，解除了误会，楼长获救，两姐妹重归于好。作品以创建和谐社会为背景，以弘扬公共道德为主题，以宣传模范楼长为主要事件，以载歌载舞的表现形式展示浓郁的民族风格，应该说没什么毛病。可是，这个作品就是没意思、不精彩，故事情节和主要人物都建立在虚假的基础上。作品经过审查差点被"枪毙"，虽然最终上了春晚舞台，但几乎没有任何反响。

《赛龙舟》失败在从形式出发，为了表现赛龙舟而生编了一个虚假故事，形式只能服务于内容，不能代替内容；《三号楼长》却是没事找事，无聊，扯咸淡，没意思也没意义。类似这样的作品从选材到创作出发点和落脚点都错了，无论怎么打磨加工都难以成功。

从概念出发和为了表现某种形式的创作都必须慎重从事，艺术作品不适合宣传某种理念或图解某些政策，过于功利化难免失败。

如果因为失败我们能聪明起来也算一种收获，吸取教训才能够避免再犯错误。被一块石头绊倒情有可原，被同一块石头绊倒多次就太不应该了。

本人从事文艺创作近五十年，苦苦坚持原创，坚持写现实题材，坚持传承发展地域民族文化，这条路走得很苦很累。有许多培训机构和大专院校找我去讲课，我总是毫无保留地介绍我的创作经验，可从不强加于人。文无定法，因人、因时而易，从来没有放之四海而皆准的创作方法，尤其是创作优秀作品与打造文化产品，价值定位与主观追求都有所不同，所以评价标准也不一样。特别是以卖"手艺"、当"枪手"为生的年轻写手，几乎没有自己的选择余地，模仿、克隆、跟风都在所难免，只要不涉及版权纠纷，不管已经被翻拍多少遍的作品，改头换面、刷色挂浆，能够换来养家糊口的报酬，偶尔为之，也不为过，因为生存是硬道理。但是，一切抱有艺术理想和远大目标的创作者，就必须明白什么是艺术创作的正道，必须清楚匠人和艺术家不是同一种行当，必须知道优秀作品是自己的立身之本，努力创作出叫得响、传得开、留得下，符合主流价值观，能够经得起专家评价、人民评价和市场检验的优秀作品，从事一回文艺创作，如果能够留下一两部代表作也算不白活一回。

本人从来没奢望这辈子能写出传世之作，但是一直努力在做，至少在改革开放这四十年里，本人创作的作品有十几部流传全国，至少有十亿人看过我的作品，有的作品问世已有三十年了，还有人喜欢，我想，这也许就是本人一直坚持为百姓而创作所获得的回报吧。

优秀的文艺作品应该引人入胜、发人深省，应该有筋骨、有力道、有温度，能够抚慰心灵、引领风尚，应该是留给一个时代的文化财富。我们正处在一个惊天动地的壮阔时代，正处在中华民族伟大复兴的辉煌时期，伟大的时代需要有伟大的作品，伟大的作品必然产生于伟大的作家、艺术家之手，值此我们伟大祖国历经无数艰难困苦，终于以伟大强国的姿态屹立于世界东方之际，我们就应该有无愧于时代、无愧于民族、无愧于国家的经典文艺作品奉献给世界人民。

此文绝非研究创作的金科玉律，假如有的朋友无意中看到这篇拙作，不必见怪，姑妄言之，信不信由你，权当一位老人的絮语，可一笑置之。

曲艺创作论

曲艺创作论研究的不是创作技巧，而是探讨曲艺创作的思维方式和基本规律。

掌握曲艺创作的艺术思维方式和基本规律是曲艺作家、艺术家的必修课。

曲艺艺术的审美价值是在曲艺鉴赏或消费过程中实现的。然而，进行曲艺鉴赏和消费必须通过具体的曲艺作品，没有作品就不能实现曲艺的鉴赏和消费。

曲艺作品要经过曲艺创作或生产而产生，因此，曲艺创作是曲艺作品、曲艺鉴赏和消费的起点，因为它是起支配作用的重要环节和关键要素。

无论是曲艺创作、曲艺作品、曲艺鉴赏，还是曲艺生产、曲艺产品、曲艺消费，其两种不同的价值实现方式都是由三个部分或环节构成的完整系统。前者是指单纯性艺术活动的过程和环节，后者是指进入市场的曲艺从生产到消费的过程和环节。二者在创作和生产中过程是一样的，也就是说曲艺创作和生产在各自的系统里都是排在第一位的。

这里所讲的曲艺创作，不单指曲艺文本创作，而是包含曲艺表导演在内的二度创作。"由于艺术生产的方式不同，有一次性的艺术生产如绘画、雕塑、文学等，也有多次性的艺术生产如音乐、舞蹈、曲艺、杂技等表演艺术。""一般来讲，作为多次性艺术生产的表演艺术，除了需要进行一度创作（或称初度创作），还需要进行二度创作（或称再度创作）。""虽然一度创作是基础，但二度创作也非常重要。对于同一个艺术作品，不同的表演艺术家往往有各自不同的理解和感受，从而有不同的表演方式和演出效果。"[①] 曲艺是以演员为主体的表演艺术，表演者的二度创作能力几乎是决定作品成败的主要因素，所谓的"人保活"概念在曲艺创作中具有十分重要的意义，因此，从事曲艺二度创作的表导演人员也要认真学习和掌握曲艺创作的艺术规律。

曲艺创作特性

一、世界观与创作实践

在曲艺创作（包括表演）领域，许多人更注重技艺和技巧，片面地认为，曲艺创作和表演相对简单，只要掌握了某些曲种的形式特点和语言表达方式，就可以写出作品或上台表演，从而忽略了曲艺创作的基本特性，只会模仿、克隆，甚至抄袭，不具备创造和创新能力，因此写不出叫得响、立得住、传得开、留得下的优秀作品。

从事曲艺创作一定要明白，熟悉和掌握创作技巧是重要的，但更重要的是树立正确的世界观，端正价值观、艺术观、创作观才是通往艺术高峰的正道。"从本质上来讲，艺术独特性是艺术生产的一个重要特征。艺术创作是人类一种高级的、特殊的、复杂的精神生产活动。艺术的生命就在于创造和创新。没有创造、没有创新，就没有艺术。这就意味着艺术家必须不断地超越前人，超越同时代人，以及不断地超越自己。"[②] 如果曲艺创作者的世界观问题不解决就谈不上"超越"，甚至连"创造""创新"的基本能力都不具备。

世界观是人们对世界的基本看法和观点，有什么样的世界观就

① 彭吉象:《艺术学概论》，北京大学出版社 2015 年版，第 294 页。

② 彭吉象:《艺术学概论》，北京大学出版社 2015 年版，第 297 页。

曲
艺
创
作
论

有什么样的方法论。

1. 世界观对艺术创作的直接影响

从艺术创作的角度看，世界观不是单纯的抽象概念，它包括艺术家的哲学观、政治观、道德观和审美观。曲艺家在进行创作的过程中，要通过观察生活、认识生活、提炼生活到表现生活。对待同一件事物或事件，往往由于艺术家世界观的不同，认识和表达的角度就不同，甚至会出现截然相反的结果。比如，古典文学名著《水浒传》，由于作者受封建礼教的影响和对女性偏见的制约，故在这部作品中，所有女性不同程度上被丑化了，比如："母夜叉"（孙二娘）、"母大虫"（顾大嫂）、潘金莲和阎婆惜，不是悍妇就是淫妇，没有一个是完美的。然而，由许多曲艺家改编整理过的《水浒传》评书、评话和其他说唱作品，就对原作进行了再创作，不但美化了梁山泊里的几位女英雄，甚至对潘金莲的人物命运也注入了合理性成分，加进了潘金莲出身贫寒，不愿忍受屈辱嫁给财主为妾，因此被财主报复性地卖给了相貌丑陋的武大郎为妻的情节，使潘金莲所受的屈辱能够引起观众的同情，并通过潘金莲在与西门庆交往时的被动行为和矛盾心理的细致描写，完成了对一个封建时代弱女子的不幸遭遇和悲剧命运的另一种解读。再比如，面对一位以雷锋为楷模、以助人为乐为人生坐标的道德模范人物郭明义，有的艺术家从他多年坚持献血和把自家所有值钱物品都捐赠给了困难群众的行为中，看到了他的崇高境界和美好心灵，创作了中篇评书《当代雷锋郭明义》，歌颂和赞美道德楷模的高尚品德。而有的人却认为这个人是傻子，或者是信奉了什么教，做善事可能是为自己积功德，不值得宣扬。可见，不同的世界观可以影响艺术家对生活的观察和判断，从而导致不一样的创作实践。

马克思主义的世界观是历史唯物主义和辩证唯物主义的唯物史观，是统领社会主义核心价值观的指导思想。从事曲艺创作的艺术家只有掌握了马克思主义的世界观，才能够站在历史的、人民的、艺术的、美学的高度观察生活、认识生活和表现生活，否则就会走到相反的创作道路上去。

习近平总书记《在文艺工作座谈会上的讲话》中指出："在有些作品中，有的调侃崇高、扭曲经典、颠覆历史，丑化人民群众和英雄人物；有的是非不分、善恶不辨、以丑为美，过度渲染社会阴暗面；有的搜奇猎艳、一味媚俗、低级趣味，把作品当作追逐利益的'摇钱树'，当作感官刺激的'摇头丸'；有的胡编乱写、粗制滥造、牵强附会，制造了一些文化'垃圾'。"[①] 这些在现实文艺创作中出现的问题，是一些作家、艺术家世界观不正确造成的。一切有历史责任感和文化担当的曲艺家，都要树立正确的世界观和文艺观，运用马克思主义的历史唯物主义和辩证唯物主义认识社会生活，正确分辨是非、美丑、善恶，充分认识人民是历史的创造者，也是历史的见证人这一真理，坚持把人民作为艺术表现的主体，以生花妙笔为人民抒写、为人民抒情、为人民抒怀，努力创作出无愧于伟大时代和伟大民族的优秀曲艺作品。

2. 世界观指导和制约创作方法

曲艺包含着几百种民族民间的说唱表演艺术，不同曲种都有各自不同的表现形式，其中有说的，有唱的，连说带唱和说说唱唱的，有长篇、中篇、短篇、开篇、书帽、小帽、小段儿、小曲小唱等，样式千姿百态，创作方法也千差万别。但是，就曲艺创作的总体而言，从事创作的曲艺家无论采取什么样的创作方法，都是受自己的世界观指导和制约的。

选择什么样的创作方法是艺术家的自由，面对丰富多彩的说唱艺术表现形式，曲艺创作者可以根据表现内容的需要选择任何一种创作方法，就艺术创作方法而言，没有正确与错误之分。但是，为什么人创作和怎样创作又制约着对创作方法的选择。因为艺术家是艺术创作的主体："艺术创作的主体性，集中表现为艺术家的创作活

[①]　习近平:《在文艺工作座谈会上的讲话》，学习出版社 2015 年版，第 10 页。

动，具有能动性和独特性。面对浩瀚的生活素材，必须进行选择、提炼、加工、改造，并且将自己的强烈思想、情感、愿望、理想等主观因素'物化'到自己的艺术作品中。"[1] 如果你是人民的曲艺家，就要用你的作品感染人、打动人、鼓舞人、净化人的灵魂，为社会提供正能量，你就会自觉坚持马克思主义世界观和认识论，把生活作为文艺创作的唯一源泉，从生活中获取创作灵感，做到有感而发、触景生情、不吐不快，创作出接地气、有温度，思想性、艺术性、欣赏性相统一的优秀作品；如果把曲艺作为卖艺赚钱的玩意儿，就会不管社会效益，不顾艺术良心，只要能赚钱，什么下三滥的"活儿"都敢使，什么低级下流的话都敢说，这种沾满了铜臭气的"曲艺"挑战了曲艺艺术的底线，必须加以抵制。

"文艺的一切创新，归根到底都直接或间接来源于人民。'世事洞明皆学问，人情练达即文章。'艺术可以放飞想象的翅膀，但一定要脚踩坚实的大地。文艺创作方法有一百条、一千条，但最根本、最关键、最牢靠的办法是扎根人民、扎根生活。"[2] 新中国成立以来，几代曲艺家遵循文艺为人民服务、为社会主义的方向，坚持到生活中去，与人民同呼吸、共命运、心连心，创作出了无数脍炙人口的优秀曲艺作品，从而也产生了一大批如侯宝林、骆玉笙、高元钧、韩起祥、李润杰、马三立、袁阔成、马季等深受大众喜爱的人民曲艺家。可是，近些年来，有些曲艺人忘记了文艺工作者的神圣使命，心态浮躁、急功近利、唯利是图、见钱眼开，在市场经济大潮中迷失了方向，在"为什么人"的问题上发生了偏差。在他们看来，什么服务方向、什么创作方法、什么社会效益，都没有金钱重要，甚至不惜以庸俗、低级、下流的表演取悦观众；也有人不加取舍地截取传统曲艺作品中的糟粕，加进一些网络上流行的笑料，以碎片式

---

① 彭吉象：《艺术学概论》，北京大学出版社 2015 年版，第 15 页。

② 习近平：《在文艺工作座谈会上的讲话》，学习出版社 2015 年版，第 21 页。

笑料混搭充当艺术作品，换取票房利润，把笑的艺术变成了可笑的艺术；还有人受西方文艺思潮影响，在创作中东施效颦、盲目跟风，热衷于"去思想化""去价值化""去历史化""去中国化""去主流化"，消解了曲艺艺术的优秀基因；再有人严重脱离生活、脱离现实、不食人间烟火，在曲艺创作中只写一己悲欢、杯水风波、无病呻吟、自我欣赏。凡此种种在价值观、道德观、艺术观、创作观方面出现的问题，源头都在世界观。

曲艺创作者一定要懂得："文艺是给人以价值引导、精神引领、审美启迪的，艺术家自身的思想水平、业务水平、道德水平是根本。文艺工作者要自觉坚守艺术理想，不断提高学养、涵养、修养，加强思想积累、知识储备、文化修养、艺术训练，努力做到'笼天地于形内，挫万物于笔端'。除了要有好的专业素养外，还要有高尚的人格修为，有'铁肩担道义'的社会责任感。"[1]

繁荣曲艺创作最根本的是创作人才问题，解决好曲艺创作专业化程度不高、创作思想混乱、创新能力不足、胡编乱写模仿抄袭成风等问题，要通过加强曲艺教育，着力培养一大批具有正确的世界观、价值观、艺术观、创作观，有觉悟、有道德、有追求、人品艺品双馨的曲艺创作新生代。

二、感情和表达方式

"总的来讲，任何艺术样式都必然要表现情感，在这一点上可以说毫无例外。"[2]

"从表演艺术创造的美学角度来看，通过有意识的技巧达到下意识（无意识）的创造境界，是最有机、最动人、最真实、最激情、

---

[1]　习近平：《在文艺工作座谈会上的重要讲话学习读本》，学习出版社2015年版，第13页。

[2]　彭吉象：《艺术学概论》，北京大学出版社2015年版，第174页。

也是最美的时刻。"①

从曲艺创作特性出发，研究曲艺创作者（包括表演者）对作品内容和人物的感情投入及表达方式，是大有必要的。

曲艺创作最突出的特性是思想感情必须与人民大众保持高度一致，因为曲艺从产生到发展始终离不开广大人民群众的喜爱与呵护。"观众永远是我们的衣食父母。"这是曲艺人从艰难生存历程中悟出的真谛。"曲艺以观众为中心的艺术理念，是曲艺千百年来赖以存在和发展的依据，是曲艺和其他艺术形式相竞争中所占有的独特优势。始终依偎着最低层次和最大范围的普通观众，曲艺就因此获取了它永恒的灵魂和生命。"② 大凡优秀的曲艺作家和表演艺术家，都高度重视按照人民大众的情感需要、道德尺度和处世原则，创作曲艺作品。在传统曲艺作品中出现的大量民族英雄、清官忠良和重孝道、讲义气、守信用、忠于爱情等典型人物，都是曲艺家以自己的真情实感与大众的喜怒哀乐相融合创作出来的。同时，传统曲艺作品也对奸臣、小人、市井无赖以及自私、愚昧的人物进行酣畅淋漓的揭露与鞭笞。爱憎分明的情感表达，是曲艺深入人心经久不衰的法宝。从另一个角度来说，生活在社会底层的人民大众，又习惯按照曲艺作品所表现的理念评判忠奸善恶、是非美丑，并且效仿曲艺作品中所宣扬的道德标准、行事规范和风俗人情，自觉约束自己的生活行为。所以，那些能够与人民大众思想感情相融合的曲艺作品，就能够得以长期流传，而违背人民感情或感情表达不恰当的作品，必然难以传播。

当然，由于不同曲种表现形式上的独特性，情感的表达方式又不尽相同。

---

① 上海市美学研究会、上海社会科学院哲学研究所美学研究室：《美学与艺术讲演录》，上海人民出版社1983年版，第541页。

② 胡孟祥主编：《薛宝琨说唱艺术论集》，中国民间文艺出版社1989年版，第9页。

1. 情感和表达方式的一致性

曲艺创作可分为写实、写意、叙事、抒情、说理、论事、逗趣和技巧展示等多种方式。一般情况下，中长篇说唱作品和表现较为完整故事的作品，创作者的真实情感和表达方式基本上是一致的——情动于衷而形于言。具有一定艺术修养的曲艺作者和表演者，都善于运用细节的真实抓住和打动观众的心，以真实的感情感染观众，引领观众随着情节中主要人物命运的大起大落，或哭或笑、或喜或悲，达到欣赏兴趣的满足，同时也受到心灵的启迪。特别是在中长篇评书、评话、评弹和评鼓书创作表演时，作者和表演者必须掌握受众的心理状态，用真情挽住他们的心，才有可能留住他们的人。受众对作品内容和表演者产生迷恋靠的是情，正所谓"感人心处莫大于情"。如果作品和表演让受众感到过于虚假或者离他们熟悉的情感生活太远，就难以感动和征服他们。所以，凡是以叙事、塑造人物为主的曲艺作品，创作者和表演者感情和表达方式必须是一致的。

2. 感情和表达方式的非一致性

曲艺区别于其他舞台表演艺术的根本属性，是情感表达方式的灵活性与多样性。戏剧（含戏曲、话剧、歌剧、舞剧、音乐剧等）表演无论遵循什么样的艺术流派，都是演员以角色的身份出现，以第一人称的方式表达情感。而曲艺则是"演员以自身的本色身份，站在第三者立场或者说以第三人称口吻所统领的'说唱'或'叙述'，且其'叙述'的功能不只局限于'叙事'，而是同时也会抒情、说理、写景、状物、塑人乃至说明、议论、讲解、逗趣……功能非常丰富，表现异常灵便"[①]。往往曲艺作者和表演者会根据表现内容的需要，采取感情和表达方式的非一致性手段表现作品。在相声、小品、谐剧、滑稽戏等曲种里，经常使用正话反说、声东击西、欲擒故纵、逻辑悖反等创作手段，把情节或人物的行为推到正常情感

---

① 吴文科：《曲艺综论》，北京时代华文书局，2015年版，第7页。

发展的相反方向，甚至推向极致，让受众的情感思维受到挑战，从而引起思考，做出判断，出现艺术表达的反讽效果。比如，在一部反映抗日战争的作品里，某村长敲着铜锣吆喝着："大家听着，男女老少都到村头开会，皇军要宣传'王道乐土'，皇军说了，他们不抢粮食！"再如，在一部批评社会不良风气的作品里，一个骗子为了骗取钱财，跪在路边涕泪横流地诉说他的"不幸遭遇"。骗子越是言之凿凿、声泪俱下，越是会引起路人的反感与警觉。以上那位村长鸣锣呐喊"皇军说了，他们不抢粮食"，实际上是告诉村民，鬼子的真正意图是要抢粮食；而骗子的表演，不管他把自己的遭遇描绘得如何悲惨，都难以掩盖他要欺骗感情，骗取钱财的真正目的。应该说，运用情感和表达方式的非一致性表现作品意图，是曲艺艺术表达的高级手法。

3. 情感表达方式的多元性

曲艺是唯一一种"表现"与"再现"相结合，叙述与代言互作用的艺术表现形式，演员可以直接与观众进行情感交流和借助作品中人物身份与观众进行情感交流。戏剧舞台上任何角色的内心活动都要靠演员表演出来，曲艺表演既可以由演员模仿角色表达情感，也可以由演员站在情境之外客观叙述情感，这种打破舞台"第四堵墙"、打破"时空局限"的表现方式，是非常高明和极其简约的艺术手法，也为曲艺创作和表演带来了无比宽阔的表现天地。

当曲艺演员以自己的真实身份出现时，可以充分发挥丰富而精彩的语言表达能力，毫无限制地叙述、评论、描写、逗趣，嬉笑怒骂皆成文章。对事对人，议论说理，表演者可以主观化表达自己的看法；而当表演者进入角色时，又变成人物性格化的表达方式。在相声、谐剧、滑稽戏和短篇评书、评话、二人转里，演员经常选择兴趣化表达方式，可以运用夸张、错位、滑稽、荒诞、逻辑悖反、偷换概念等多种手法调动观众的欣赏兴趣。比如在相声《歪批三国》《关公战秦琼》《虎口遐想》《满腹经纶》等优秀作品中，讽刺的最终指向是明确的，而表达方式却是天马行空、自由自在的。当然，情感表达也有"喜极而泣""大悲无泪"等特殊情况，如有的人在历尽艰险，绝处逢生之时，不是欢呼跳跃，而是热泪盈眶。而有的人在陷入最悲痛情境时泪水却凝固在内心深处，笑对悲苦，喜怒不形于色，更便于展示人物丰富的内心世界。

曲艺正是以多种多样的情感表达方式，培养了观众独立判断的欣赏能力和浓厚的观赏趣味。

曲艺创作心理

曲艺创作心理研究是从曲艺艺术创作的原点出发，对创作者思维定式的研究；对于带有商业属性和功利目的（宣传性）的曲艺创作，本论述只具有参考价值。

艺术创作大致可分为艺术体验活动、艺术构思活动和艺术传达活动三个阶段或者称之为过程，而始终贯穿于这三个阶段或创作全过程的是创作心理。这一节要讲的是曲艺创作的审美心理和心理构成。

一、审美心理

关于艺术审美问题，一直存在着唯心主义和唯物主义审美方式的争论，从哲学层面上讲，唯心主义审美又分为主观唯心主义和客观唯心主义两大学派的不同主张。举个简单例子：同样拿牡丹花作为审美客体，客观唯心主义学派认为，牡丹花雍容华贵、国色天香，它的美是客观存在的，不容否认；而主观唯心主义学派则认为，审美主体的主观感受是第一位的，如果有人偏爱狗尾巴草，那么，在他眼里，牡丹花却是娇艳奢华、娇里娇气，本质上不美，而狗尾巴草随遇而安、低调内敛，比牡丹花更具审美价值。我们从辩证唯物主义审美观出发，以主客观相统一的观点研究曲艺创作的审美心理，不排除借鉴亚里士多德、康德、黑格尔、尼采等所有美学流派的学术观点，即承认存在决定意识，也尊重相对论，在审美问题上永远是因人而异，不存在绝对真理。

当然，曲艺是通俗艺术，适合以通俗的语言来阐述朴素的道理，没必要把"花开得好看"这一简单的事情，说成"绿色植物的生殖系统，作用于审美主体，从而产生审美愉悦"。

曲艺创作者要具有敏锐的感受、丰富的情感和较强的想象能力。然而，这三点都离不开审美心理的支配。

1. 贴近物象、仰视生活、情感多于理性的形象思维心理：曲艺创作的思维方式是复杂多样的审美过程，既有形象思维，又有抽象思维和灵感思维，三者和谐交融，互相渗透。而形象思维是艺术家认识和感知世界的主要思维方式。也就是艺术家以直观的感觉发现生活中客观存在的事物，或真或假、或善或恶、或丑或美都取决于直观感觉。比如，艺术家看到了竹子，首先凭直觉认识到它有美感，可以入诗、入画、入词，从而升华出"未出土时先有节，便凌云去也无心"的境界；然而，工匠看见竹子，首先想到它的材质可以制作家具、可以编成竹篮竹篓等器物，具有使用价值；药学家看到的却是竹叶、竹根可以入药，具有利尿、清火、解毒等药用价值；美食家发现的是竹笋可以凉拌，竹叶可以包饭，竹筒还可以做竹筒鸡。可见，不同的思维方式对同一事物的认知角度是各不相同的。

曲艺家与文学家和戏剧家的思维略有不同。由于曲艺的受众基本上是平民大众，所以，曲艺家在创作过程中要努力贴近具体的物象，从接受者的情感需要出发，以敬畏心理，严格遵循真善美的原则，艺术地表现生活的真实。这里所指的"贴近物象"是一种从感性出发观察生活的方式。而"仰视生活"是以自下而上的视角，怀有敬畏和悲剧心理观察社会生活与人物命运。

2. 同伦并列[①]、平视生活，感情理性参半地剖析或直面惨淡的人生：如果拿曲艺创作与戏剧创作进行类比，那么，贴近物象、仰视生活，接近于悲剧性心理；拉开距离、俯视生活，就如同喜剧性心

---

① 同伦特指统一文化风俗，出自《礼记·中庸》："今天下，车同轨、书同文、行同伦。"

理。这里所讲的同伦并列、平视生活，就相当于正剧性心理。这种审美心理的特性是把直观的感性认识上升到理性思维，对生活现象进行现实主义的批判和剖析，从一般的生活现象中提炼出具有哲理意义的思想表达。在曲艺创作中，以历史变革、社会道德、家庭伦理、执法审案等题材的创作，一般都是以这种平视生活，理性结合感性或理性大于感性的审美心理，统领创作过程。

3. 拉开距离、俯视生活，充满理性批判的喜剧性心理：在数以百计的曲艺表现形式中，具有喜剧性的曲种不在少数。除相声、谐剧、滑稽戏、曲艺小品等具有明显喜剧风格的曲种以外，评书、快书、快板书、二人转等许多曲艺表现形式中，也都含有不同程度的喜剧性因素。

喜剧是以批判和讽刺见长，让受众通过作品看到人性的弱点和缺憾，在笑声中与落后和愚昧告别的艺术。创作此类作品，要先入世，后出世，与生活本身拉开距离，以超越的心态审视市井百态，以讽刺的手段批判假恶丑的现象和人物。这种创作心理需要特殊培养，需要创作者具备敏锐的观察力、准确的判断力和超凡脱俗的表现力，运用理性思维能力将捕捉到的生活现象化作典型形象，同时还要准确地把握讽刺的指向性并拿捏好分寸，在喜剧性情节和场面中自然而然地表达作者对生活的看法。

以上三种不同的审美心理，不是绝对独立的思维方式，而是有时侧重一种，有时相互贯通或互为作用。曲艺创作者要根据不同的题材、体裁和表现形式，灵活调整审美心态，而不能机械地、教条式地运用。①

---

① 以上关于审美心理的阐述，是根据著名曲艺理论家薛宝琨先生发表在《今晚报》（2014 年 11 月 4 日）上的短文内容提炼出来的，三个小标题是参照原文引用的。我们用薛先生观察体味人生的感悟，列出以三种不同角度进行审美活动的方式，借以表达对薛先生的深切怀念。

二、心理构成

曲艺创作的心理构成，大致有两种不同的情况，一是被动创作心理，二是主动创作心理。

所谓被动创作，是指先有命题，作者被要求按照某一个概念、必须写什么样的题材、揭示或宣传一种思想而进行的创作。一般情况下，这种主题先行的命题式创作，作者是被动的，因此很难写出好作品。

我们这里探讨的是主动创作的心理构成规律。

1. 激情的产生：所有的文学艺术创作都应该充满激情。那种以纯理性的、带有功利目的，或者是以游戏心态卖弄技巧的创作，不属于高级的精神活动，也难以产生精美的艺术作品或文化产品。

激情属于心理学名词，指一种强烈的情感表现形式，具有迅猛、激烈、难以抑制的特点。在社会生活中，人们往往在受到某种刺激时会产生"奋斗激情""工作激情""学习激情"等突发的情绪。艺术创作者的激情则是一种职业性的常态。在普通人看来平平常常的事情，艺术家却激动不已。成熟的创作者一般都会保持一种本真的冲动，"登山则情满于山，观海则意溢于海"[①]。只有被生活中的人和事或是壮美的自然景观深深感动，激情才会油然而生。对于艺术创作来说，激情是十分宝贵的东西，但激情又有一过性，时过境迁又会淡化。所以，产生激情时还要见微知著、浮想联翩，将直观的意向扩展和延伸开来，也就是说，要看得更远，想得更多。所谓"见微知著"，就是善于以小见大、一叶知秋。比如，商朝有位大臣箕子，他去向纣王"汇报工作"，偶然看到纣王拿着象牙筷子在吃饭，箕子顿时诚惶诚恐、大惊失色。为什么会这样呢？因为在箕子的印象里，纣王过去是很简朴的，现在竟然使用象牙筷子了，从这微小的变化里，箕子看到了纣王有可能从奢侈发展成残暴的君王。

---

① 陈志平译注：《文心雕龙译注·神思》，上海三联书店2014年版，第134页。

后来的事实证明箕子的判断没有错，朝歌出现了"酒池肉林""炮烙酷刑"。

曲艺创作者不但要努力练就一双慧眼观察生活，以敏锐的眼光透过现象发现生活的实质，还要善于保持自己的激情，只有在激情产生的时候，才是进入艺术构思的最佳时机。有则小故事很能说明激情对于艺术创作的重要性：一位剧作家，收了一个徒弟。徒弟急于和师父学会创作技巧，可是师父却经常带他去湖边钓鱼，一直不提创作技巧的事。后来徒弟实在忍耐不住了，问师父："你答应教我怎样写剧本，可你一直没有告诉我，写剧本最重要的技巧是什么。"师父问徒弟："你在钓鱼的过程中，什么时候最激动？"徒弟说："钓到大鱼时最激动。"师父又问："在钓到大鱼的整个过程中，是鱼儿咬钩的时候，还是在你'遛鱼'把鱼拉上岸，或者是把大鱼装到'鱼护'里，看到鱼儿欢蹦乱跳的时候？"徒弟想了想说："鱼儿咬钩把钓竿拉弯，当我提起钓竿，一串水珠滴在水面上，我感受到是条大鱼上钩了，这是最激动人心的时刻。"师父笑着说："你懂得怎样写剧本了，你就写最让你激动的一串水珠，写好、写细、写精彩，抓住最扣人心弦的一刻，其余的就都好办了。"那位师父所说的"最激动人心的时刻"就是产生激情的条件。

搞曲艺创作最重要的一手，就是抓住产生激情的那一瞬间。因为激情会引发联想和想象，它也是进入艺术思维的一扇大门。

2. 欲望的萌发：无论是见景生情还是寓情于景，激情会引发创作的欲望，当内心的冲动无法控制的时候，就会萌发出强烈的创作欲望。创作欲望一般是由创作灵感的刺激而产生的，灵感犹如电光石火，稍纵即逝。此时一定要把突发的灵感储存到自己的心灵深处，让它生根发芽。创作者不断生成一种反复冲撞心灵，令其寝食难安的感觉的时候，创作欲望才真正形成了。但这仅仅是创作心理构成的第二步，因为由感情冲动引发的创作欲望仅仅是进入作品创作的基本条件，急于动笔也许欲速则不达。

3. 意象的寻觅：意象寻觅对于曲艺创作，特别是曲唱类作品的创作十分重要。意象是寓意之象，是创作者对客观物象与独特的情感活动相融合，产生出来的一种艺术形象。简单说就是借景抒情、托物言志。"象"是具体可感的客观存在之景象，"意"是创作者主观思维的产物，二者高度融合衍化出具有审美价值的作品立意。比如元代马致远的一首小令《天净沙·秋思》："枯藤老树昏鸦，小桥流水人家，古道西风瘦马。夕阳西下，断肠人在天涯。"全篇 28 个字，有景、有人、有情。如果用电影分镜头的办法，可以看到三个经典画面：远景拉开，在枯藤缠绕着的老树上面，落着一只昏昏欲睡的乌鸦；中景是小桥流水旁有一户人家显得那样孤寂；近景推出，夕阳西下的氛围里，茫然无助的游子牵着一匹瘦马，迎着凛冽的西风行走在苍凉的古道上。这些景象衬托出了"断肠人在天涯"的作品"立意"。一首小令将漂泊天涯的游子凄凉孤寂之情表现得淋漓尽致，其中的"象"中含"意"，"意"寄于"象"，情景交融，浑然一体。

再以子弟书《忆真妃》（又名《剑阁闻铃》）为例，此作堪称在鼓词创作中寻觅意象、情景交融最为成功的范例。杨玉环在"安史之乱"中命丧马嵬坡，李隆基西行路上，夜宿剑阁行宫，又赶上凄风冷雨，难以入眠，无尽的思念痛彻心扉。其中一段唱词是：

> 剑阁中，有怀难寐的唐天子，
> 听窗外，不住的叮咚作响声。
> 忙问道：外面的声音却是何物也？
> 高力士奏：林中的雨点和檐下的金铃。
> 这君王，一闻此语长吁气，
> 说这正是，断肠人听断肠声。
> 似这般，不作美的铃声不作美的雨，
> 怎当我割不断的相思割不断的情！
> 洒窗棂点点敲，人心欲碎，
> 摇落木，声声使我梦难成。

当啷啷惊魂响自檐前起，

冰凉凉彻骨寒从被底生。

孤灯照我人单影，

雨夜儿同谁话五更？①

作品以第三人称的叙述自然过渡到第一人称的感怀，以景托情，以象寓意，将唐玄宗于凄风冷雨的无眠秋夜里，对杨玉环肝肠寸断的思念表现得丝丝入扣。把鼓曲唱词与诗词相比较，鼓词在表现手法上更加具象和细腻，因此也更容易达到以情感人的艺术效果。

在当代曲艺创作中，特别是在唱词创作上直白浅陋问题比较突出，写山是山、写水是水，用大白话讲大道理，缺少形象、没有意象、无诗无味又无趣，难以温润心灵、打动人心、启迪心智。

4. 激情与形象：以上已经讲到了激情的产生，这里要讲的是激情与形象的关系问题。

激情来源于直感，具有直观性和表象性。艺术家要通过联想、想象、幻想等心理活动，将激情转化为形象，激情才从心理学意义上的情感活动升华为一种艺术学意义上的创造性思维——形象思维。

关于形象思维还存在着许多争议，我们认为，形象思维和抽象思维都是认识世界的方式，而形象思维是艺术思维的基本方式。

马克思在谈到希腊神话时指出：任何神话都是用想象和借助想象以征服自然力、支配自然力，把自然力加以形象化……通过人民的幻想用一种不自觉的艺术方式加工过的自然和社会形式本身。②

毛泽东在 1965 年给陈毅同志谈诗的一封信中指出："诗要用形象思维，不能如散文那样直说，所以，比、兴两法是不能不用

---

① 姜昆、董耀鹏主编：《中国历代曲艺作品选》下卷，春风文艺出版社2014年版，第24页。

② 马克思《〈政治经济学批判〉导言》，《马克思恩格斯选集》第2卷，人民出版社1972年版，第113页。

的。""宋人多数不懂诗是要用形象思维的，一反唐人规律，所以味同嚼蜡。"①

形象思维是指人们在认识世界的过程中，对事物表象进行取舍、过滤，并依靠想象、情感、联想等多种心理功能对具体可感的形象进行的思维活动。因为艺术反映生活不是以抽象的概念进行逻辑推理而得出某种概念化结论。艺术也不是生活的照相，要比实际的生活更高、更强烈、更集中、更典型、更带普遍性。尤其是曲艺艺术在传播手段上与其他表演艺术完全不同，表演者以"说法现身"，通过具体、细腻、生动的描述或形象的模仿，灵动地表现生活和刻画各种各样的典型环境和典型人物。虽然观众直觉感受到的是演员本人，但是通过演员的描述和表演却能够联想到具体的、真实的情景和人物形象。只有高级的艺术表现形态和高超的艺术表现技巧，才能达到靠虚拟、写意、传神而产生无限丰富的欣赏效果。比如，演员陈道明、唐国强、张国立等人扮演皇帝，观众看到的是"这一个"具体的皇帝形象，而评书、评话表演艺术家以生动的语言和惟妙惟肖的模仿所刻画的皇帝，却依靠观众的联想和想象而在他们各自的脑海中呈现出不一样的皇帝形象。每一位观众联想出来的皇帝都加上了他们各自的情感因素，从而"这一个"皇帝可能是更加理想化、更加人性化、更加个性化的"皇帝"。以此类推，曲艺作品中所表现的一切场面、情节、人物，都是靠创作者和表演者的默契合作，以叙述、描绘、模仿等虚拟手法表现出来的，而曲艺欣赏者在接受了各种形象化的信息以后，在自己头脑中生成了各种生动鲜活的画面形象。这一神奇的艺术传播和接受的效果，都是形象思维在起作用。

"完全可以这么讲，在艺术创作中，想象是核心、情感是动力，离开了想象和情感就没有艺术"②，"艺术的生命就是深刻的思维和崇

---

① 毛泽东：《给陈毅同志谈诗的一封信》(1965 年 7 月 21 日)，《诗刊》1978 年 1 月号。

② 彭吉象：《艺术学概论》，北京大学出版社 2015 年版，第 319 页。

高的激情"①，所谓"深刻的思维"就是由表及里、由浅入深，融入了想象和情感的形象思维。而"崇高的激情"则是进行形象思维的前提，因此，理性的、冷静的、从概念出发的抽象思维，不属于艺术思维。

在一些短篇说唱作品里，经常会出现直白、浅显、干巴巴说教的表现方式，缺少情感、没有想象，急功近利地宣传某种观念，毫无艺术感染力，严格说只能称之为宣传品，不属于真正的艺术创作。

创作激情与感受生活所产生的激情不尽相同。

创作激情是经过创作者多年积累和储存的情感和形象，在创作需要时迸发出的一种情感，这种特殊的情感融进了创作者的丰富联想和想象。没有联想和想象就没有塑造艺术典型的可能。因为真实生活中发生的所有事件（包括人和事）不可能照搬到艺术作品里，照搬生活是自然主义。只有把生活中的素材和人物原型经过艺术家整理加工，通过必要的逻辑思维取舍、丰富，构思为艺术形象，才能够升华成为艺术典型。古往今来，所有成功的优秀曲艺作品都是在史实或生活真实的基础上，经过曲艺家充满激情的丰富想象，打造出生动鲜活的艺术形象。而且，艺术想象是一种无拘无束、海阔天空般的精神活动，如《西游记》里的孙悟空、《封神榜》里的姜子牙、《三国演义》里的诸葛亮、《水浒传》里的武松、《杨家将》里的穆桂英等典型人物，都是经过说书人理想化的创造而产生的艺术形象，后经文学家加工整理而成为经典之作。

曲艺在反映革命历史题材和现实生活题材的创作中，浪漫主义激情与现实主义手法相结合的成功先例也不在少数，如评书《红岩》里的许云峰、江姐，《烈火金刚》里的史更新、肖飞，快板书《劫刑车》里的双枪老太婆，以及相声《昨天》《夜行记》《友谊颂》《糖醋活鱼》《虎口遐想》《小鞋匠奇遇》等优秀作品中的人物，无一不是曲艺家饱含创作激情，塑造出来的鲜活灵动的艺术形象，这些形象

---

① 安格尔:《安格尔论艺术》，辽宁美术出版社1981年版，第23页。

深受广大观众的喜爱。

创作激情和形象思维的培养是说不尽的话题，也是所有曲艺创作者必修的课题。在"曲艺作品"一章里还将要讲到"形象塑造"的内容，这里所讲的仅仅是曲艺创作如何将激情灌注于形象，使激情得到过滤或沉淀，通过形象思维活动让典型形象更加丰满充盈。

曲艺创作过程

"艺术创作活动是人类特有的一种高级的、复杂的精神活动与实践活动。它是指艺术家在创作欲望的推动下，运用一定的艺术语言和艺术手法技巧，通过艺术的加工和创造，将自己的生活体验与思想感情转化为具体、生动、可感的艺术形象，将自己的审美意识物态化为艺术作品。"[①]

艺术创作过程大致可以分为三个阶段：艺术体验活动，艺术构思活动和艺术传达活动。以画家画竹为例，画家在体验活动中捕捉到的竹子是直观的眼中之竹；在构思过程中画家将自己的理念和感情转化为具体可感的竹子形象，此乃画家的心中之竹，可谓胸有成竹；到画家创作出来美术作品里竹子的形象便是笔下之竹。把眼中看到的生活表象的东西升华为胸中的艺术形象，再表现在作品上，成为具有一定精神价值的艺术品，这就是创作过程。

曲艺创作的艺术体验活动与其他艺术形式的体验活动不同，戏剧、音乐、舞蹈、美术等创作者可以根据自己的喜好或创作需要，选择一种题材或体裁，重点观察和体验某一种生活。如老舍先生侧重于创作反映北京人生活的作品，他便细致入微地观察和体验老北京人的生存状态和生活细节，创作出《四世同堂》《茶馆》《龙须沟》等经典之作；徐悲鸿先生擅长画马，他便侧重观察各种马的形态和特性，创作出许多神形兼备的优秀作品；有的画家偏重于画山水，

① 彭吉象:《艺术学概论》，北京大学出版社，2015年版，第306页。

他们就会将自己融会于自然景观之中；也有的画家一生只画花卉，就长期徜徉在百花丛中。

出色的曲艺创作者却应该是杂家海派，需要观察了解世间万物，从天文地理到市井百态，上至绫罗绸缎、下到柴米油盐，几乎没有与曲艺创作无关的学问，所谓"艺人的肚子——杂货铺子"说的就是曲艺创作的特殊性。所以，曲艺创作者要有一颗好奇心，要有一双广角镜似的眼睛，还要有最大容量的储存知识的头脑，做到无所不通或触类旁通，才可能在进入艺术构思时得心应手。所以，艺术体验活动是曲艺创作者（包括表导演）永远做不完的功课。而对于曲艺创作来说，艺术体验、构思、传达这三个阶段的活动也是不能截然分开的，有时是交互进行、相辅相成的。

在艺术构思活动中也包括怎样选材，曲艺创作者应该认真把握形式与内容的完美统一。不同曲种的艺术表现形式对承载内容具有一定的适应性和局限性，不可以反其道而行之。创作中长篇说唱作品需要大量的生活素材，进行周密的谋篇布局，设置悬念（坨子、梁子、扣子）十分重要。创作相声、小品、滑稽戏、谐剧等具有讽刺功能的作品，要尽量避开重大题材，也不要勉强用这些形式歌颂英雄人物和道德模范。而渔鼓、道情、清音等曲种在表现尖锐矛盾冲突和复杂故事情节方面却有一定的难度。量体裁衣，就是选择适当的形式表现一定的内容，这也是曲艺创作者应该具备的功力。

关于题材和体裁问题在"曲艺作品"一章中还要具体讲授，在此不需赘述。

一、由表及里

由表及里是哲学命题，就是透过生活表面的现象，通过逻辑思维深入分析探索这些现象背后的本质。然而，艺术构思又不是单纯的逻辑思维，要按照美学原则，以形象思维和抽象思维相结合的方式，通过一系列更加复杂的精神活动完成艺术对生活的再现和表现。

1.心随物游，意随境迁

艺术构思是创作中最为重要的环节。有些曲艺作者往往因为操

曲艺创作论

之过急、上手太快，而忽略了构思过程，导致一些作品半途而废或不尽如人意。清代著名戏曲理论家李渔说过：写作"不必卒急拈毫，袖手于前，始能疾书于后"①。鲁迅先生也说过，"静观默察，烂熟于心，然后凝神结想，一挥而就"②。这里所说的"袖手于前"或"凝神结想"的过程，就是把已经获取的生活素材进行整理，进行从现象到本质的深入思考，再按照艺术表现的逻辑展开联想与想象。这种联想和想象一定要超越生活真实的局限，大胆追求艺术真实，让思想任意驰骋。按照刘勰的说法叫"神思"："文之思也，其神远矣。故寂然凝虑，思接千载；悄焉动容，视通万里。吟咏之间，吐纳珠玉之声；眉睫之前，卷舒风云之色；其思理之致乎！故思理为妙，神与物游……"③

刘勰认为，艺术构思是创作中最为重要的事情，是"驭文之首术，谋篇之大端"。曲艺创作不仅仅要追求妙语，更重要的是巧思。只有经过丰富的想象和巧妙的构思才会产生汉代关公与唐朝秦琼打起来的相声《关公战秦琼》，还有相声《买猴》《虎口遐想》《如此照相》，评话《武松打虎》，快板书《孙悟空三打白骨精》，评弹《珍珠塔》《玉蜻蜓》，二人转《杨八姐游春》《包公断后》等作品，也都是构思巧妙、结构精当的传世之作。

曲艺创作如果谋篇布局过于草率，即便妙语连珠也是零金碎玉，难出精品力作。只有让上下起伏的心绪和左顾右盼的探索归于心随物游，意随境迁的最佳创作状态，才能够文思泉涌，落笔有神，创作出思想精深、艺术精湛，传得开、留得下的优秀作品。

----

① ［清］李渔：《闲情偶寄·词曲部上·结构第一》，时代文艺出版社2001年版，第4页。

② 鲁迅：《且介亭杂文末编·〈出关〉的〈关〉》，《鲁迅全集》，河南人民出版社1997年版，第941页。

③ ［南］刘勰著、陈志平译注：《文心雕龙译注·神思》，上海三联书店2014年版，第130页。

2. 邂逅相遇，新知故友

曲艺文学也是人学。讲好故事，出发点和落脚点都是表现故事里的人，通过表现人之本性、人之常情、人之行为，揭示人物的精神世界。见物不见人或见事不见人的作品大多是平庸之作。大凡能够流传的曲艺作品，都是在刻画典型人物或抒发人的情感方面具有独到之处的创作。创作者在进行艺术构思的过程中，首先要让自己想表现的人物在自己头脑中活起来，逐渐呈现出具体的、鲜活的饱满形象，让那个或那些人物与自己不期而遇，虽然是虚构的人物，却像是自己的新知故友，做到知人知面更知心。所谓新知，是作者经过艺术构思而产生出来的新的艺术形象，所谓故友，就是这一个或几个由作者创造出来的人物，就像老朋友一样与自己知心换命、如影随形。达到作者对自己要表现的人物言谈举止、音容笑貌了如指掌，新知即是故友、新知胜似故友，我中有你、你中有我，难舍难分的程度，才是构思的成熟阶段，方可"疾书于后""一挥而就"。

3. 物我两忘，主客一体

曲艺创作者在创作过程中，总是顾及技巧、语言的运用和体现本曲种风格特色等实际问题，很少有人能够达到物我两忘，主客一体的创作境界。过于重视技术性必然难以达到创作者与创作对象主客一体的创作佳境。我们知道，所有的好作品，都是作者用心血写出来的：曹雪芹披肝沥胆、全神贯注创作《红楼梦》，自提诗云：满纸荒唐言，一把辛酸泪。都云作者痴，谁解其中味？据说西汉作家扬雄创作《甘泉赋》，因用心过度，困倦而卧，竟然觉得自己的五脏六腑都流淌在地。列夫·托尔斯泰写到安娜·卡列尼娜自杀的时候，竟然不可自持地号啕大哭，家人问他出了什么事，他哭着说："死了！她死了！"作家到了忘情忘境、忘物忘我的程度，分不清是"庄周梦蝶，还是蝶梦庄周"之时，创作技巧便不重要了。创作者全身心地投入，靠心血和情感写出来的作品，才是有生命、有温度、有灵性的好作品。

二、自内而外

文武之道一张一弛。在艺术构思过程中，作者经过了"精骛八级、心游万仞"，天马行空般的联想和想象，或是一气呵成的情感宣泄之后，还要复归于心，依然故我，调整心态，回归到创作的出发点——作者立言之本意。避免下笔千言，离题万里，忘了初衷。因此特别需要静下心来，对正在创作的作品进行一次自内而外的理性审视。

1. 情感到理性的回归

我们虽然强调创作激情、创作欲望、捕捉灵感，以及情感在创作过程中的重要作用，但也不能忽略理性思考的重要意义。毕竟创作的目的是为了作品流传于世，必须考虑作品的社会效益和艺术影响。因此，创作中不可缺少从情感到理性的回归过程：一是要思考作品与时代精神是否吻合、与历史发展趋势是否一致。二是要审视作品所彰显的价值观和道德观是否与社会主流文化价值观相一致。三是要衡量作品与人民大众的审美习惯是否存在差异和距离。四是以真善美的原则自我评判作品的美学价值。概括地说，就是跳出情感，以理性的思考，从历史的、艺术的、人民的、美学的标准对即将问世的作品进行一次全面的检验，发现问题、解决问题，追求作品的思想性、艺术性、欣赏性的完美统一。

2. 个别至一般的审视

曲艺创作需要具体、细致地表现生活，大部分作品所描写的对象或生活现象都是个别的、独特的，即黑格尔所说的"这一个"，但作品要传达的理念和精神价值却应该是普遍的和一般的。从个别到一般，再从一般到个别，这是认识论的思维规律，人的认识由个别和特殊过渡、上升到一般和普遍，需要思维方式的转换，个别必须与一般相联结而存在，一般只能存在于个别之中。举个例子：鲁迅先生所刻画的典型人物阿Q，是一个特殊的、个别的、地位卑微的小人物，他的个别之处是"精神胜利法"，也就是用自我欺骗来安慰自己被社会现实扭曲的灵魂。这种精神麻木的心态，对于旧时代底层人物来说是一般的、普遍的精神状态。我们通过鲁迅先生对阿Q的"这一个"个别人物心灵的深刻解剖，看到了旧时代国民的普遍精神状态，这就是从个别到一般的认识升华。如果再从生活中普遍存在的自我解嘲、自我安慰的现象，回落到"精神胜利法"，就是从一般再到个别的认识过程。再比如，有一篇山东快书作品叫《一碗饺子》，写一位在城里工作的儿子回农村看望父母，儿子随意说了一句，他最爱吃妈妈包的韭菜馅饺子。儿子睡下以后，老两口却睡不着，老婆子念叨说，儿子总也不回来，好不容易回来了，没吃上韭菜馅饺子就走了，让她这当妈的心里很难过。老头儿说，这数九隆冬，又是深更半夜，到哪儿淘弄韭菜去？最后老两口下决心到各家去问有没有韭菜。这对年迈老人打着手电，挨家挨户地去敲门，终于在一户村民家里找到了一小把韭菜，老两口一根一根地择好，包好了饺子。早上，儿子睡醒了，一碗热气腾腾的韭菜馅饺子端上了饭桌。儿子吃完了饺子匆忙上路了，他并不知道老爹老妈为了这一碗饺子忙活了一夜没睡。老两口看着儿子远去的背影，脸上露出了满足的笑容。在这个短篇曲艺作品里，因为儿子一句话，老两口连夜找韭菜、包饺子，是个别，是特殊现象。但是，作品中表现的"可怜天下父母心"的立意，却是普遍存在的、具有突出的社会意义。

针对曲艺创作而言，重视从个别到一般的审视，就是要以小见大，以特殊性展现普遍性，使作品具有更加深刻的精神品质和心智启迪作用。

3. 扬弃与选择的判识

曲艺创作的全过程都要进行扬弃与选择的判识。往往我们在读作品或看演出时经常会感到有的作品"皮儿厚"——开头不必要的铺垫过长，迟迟不入戏；有的作品"蛇足"——悬念已经解除了，还唠唠叨叨地进行说教；还有的作品支出去的旁岔太多——层次感被冲淡。这些都需要在情节结构上删繁就简，扬弃那些对情节发展、人物塑造和主题思想表现无关的情节和内容。在选材和构思过程中，更需要判识哪些东西应该扬弃，哪些东西可以选择。比如，俄国作家果戈理想要创作一篇反映普通公务员贫困窘迫的作品，有位朋友给他讲了一个真实的故事：有个收入微薄的小公务员，酷爱打鸟，省吃俭用十几年，终于买回一杆猎枪，头一次带着枪出去打野鸭，不小心猎枪掉进湖里，从此小公务员一病不起。这个故事果戈理想了很久却没动笔。他认为，贫困的公务员攒钱买猎枪的事缺乏普遍性。后来，果戈理选择了一件"外套"作为这部剧作的主体事件，描写了一名叫阿卡基·阿卡基耶维奇的小职员，忠于职守却贫困潦倒（果戈理曾经当过小职员），他穿着补了又补的衣服上班，经常受到同僚和上司的嘲笑。好不容易，阿卡基攒钱做了一件新外套，头一天穿着新外套去上班，晚上回家的路上，外套被人抢走了。阿卡基一病不起，悄然离世，死后变成了一个厉鬼，专门在夜里出来扒那些官僚和有钱人的外套。果戈理经过扬弃和选择，创作出了经典小说《外套》，深刻揭示出 19 世纪俄国官场的腐朽和社会的不公。

4. 整体与具体的调理

艺术美学强调整体性，看一篇或一部作品是否精美，要看它的总体布局是否完整、结构层次是否清晰、节奏是否鲜明、风格是否统一。曲艺创作者往往为了追求演出效果，忽略作品的整体性，有时会出现语言堆砌、外插花的东西太多，造成作品的碎片化问题。也有的作者偏爱作品里个别语言包袱，明知道是个"肿瘤"，却不肯忍痛割爱，不懂得从整体上把握作品的完整性。据说法国著名雕塑家罗丹在完成了他精心创作的巴尔扎克塑像后，让他的学生进行评价。学生们看到"巴尔扎克"披着宽大的睡袍，双手交叉在胸前，目光深邃地看向远方，一致称赞他们的老师（罗丹）创作出一件杰作。当罗丹听到学生们议论巴尔扎克塑像上的手"太传神了！简直像真的一样"，罗丹拿起雕塑刀砍掉了塑像上的手。学生们惊呆了，问老师为什么要这样做，罗丹告诉学生："这双手太完美了，它就不再属于这座雕像的整体了。你们一定要记住，作为一件真正的艺术品，任何一部分都不应该比它的整体更重要。"可见，从作品的整体出发，对具体细节和部位进行必要的调整，也是创作的重要过程。

三、左顾右盼

曲艺创作与戏剧、戏曲等其他舞台表演艺术的文本创作不同，完成文字创作部分仅仅算初步完成了基础工程，进入排练、演出时，创作还在继续。也就是说，曲艺创作过程还要顾及表演者的表现能力和观众的欣赏需求，左顾右盼，随时都要继续调整和修改作品。

1. 在观众热望中发现时代精神和社会热点

从观演关系的角度来看，曲艺观众在观看表演时心理预期与观赏其他舞台艺术是不同的。观看话剧、歌剧、舞剧、戏曲和歌舞的观众，基本是"我看你演"。而欣赏曲艺的观众是"我配合你演"，参与意识演化成的剧场氛围左右着曲艺的表演状态。

以交流、互动等方式不断调动观众情绪，是曲艺观演关系的独特之处。观众在观看曲艺演出时，不但可以笑、可以鼓掌欢呼，甚至可以直接与演员对话。近距离的交流可以让曲艺表演者随时了解观众的感受，作品内容如果与时代精神疏离，就难以唤起观众共鸣，如果作品反映的是人们普遍关心的社会热点，观众就会情绪高涨。因此，有经验的曲艺作者和演员都十分注重观众的反应，竭尽全力把作品演活。就是说，在上演一些成型的传统作品时，也要用评判、议论、说表等多种手段，让作品增强时代感和贴近百姓生活。为什么传统曲艺形式中，相声有"垫话""现挂"，评书有"定场诗"，结尾时有"这正是——"，评弹有"开篇"，二人转有"小帽""说口"等附加形式？其实，这些手段都是与观众沟通感情的有效方式。

曲艺人经常把作品叫"活"，演出叫"使活"，创作叫"写活"，突击创作叫"攒快活"，这个"活"里深含大学问。灵活、鲜活、活泛是曲艺的生命，把作品演"活"，正是曲艺人的"道行"。擅长"现挂"是有大"道行"的艺人，能把一段老作品演出新意，也善于把社会流行的热点问题信手拈来，幽默、风趣地表现出来。比如，二人转演员下乡演出，正赶上当地宣传护林防火工作，他们临时把小帽《打秋千》改成"三呀三月里，刚交是清明，桃杏儿花开柳条儿又发黑呀！"旦角说："唱错了，桃杏儿花开柳条又发青，你怎么唱柳条儿又发黑？"丑说："是啊！原来是发青，可有些人不注意护林防火，上山烧纸把林子燎着火了，把柳条儿烧得黑不出溜的。"旦角说："那也得唱柳条儿又发青。"丑角说："好吧！那咱就唱，桃杏儿花开柳条儿又发青。"这就是机动灵活地调动各种艺术手段，把作品演活，在与观众的交流和互动过程中表现时代精神和社会热点，保持曲艺与时代同步，与观众同心。

2. 在剧场氛围中选取艺术调式和审美意趣

曲艺文本不是供阅读的文学作品，而是要通过剧场、茶馆、书场、广场等演出场所传播的说唱表演台本。因此，曲艺作品严格遵循"以观众为中心"的基本原则，不追求辞藻华丽，更不能高深艰涩，让观众难以接受。以观众为中心，表现在作品上就要语言通俗化、表达大众化、风格地域化。

——通俗不是庸俗、低俗、媚俗，而是化雅为俗、俗中见雅，是将俗的元素经过雅的过滤又反转为俗的形式，即所谓的无雅不俗，大俗大雅。通俗就是使用明白易懂的口头语言叙述故事和表达感情。比如，许多曲种都有《西厢记》演出文本，但是大多没有"碧云天，黄花地，西风紧，北雁南飞。晓来谁染霜林醉，都是离人泪"的词句（虽然很美），曲艺创作者把元杂剧中的优雅意境转化为通俗易懂的情感，更容易被普通观众接受。

——大众化是曲艺保持受众最大化的法宝。曲艺作品无论表现哪朝哪代、什么阶层的人物，在说唱艺术中都要市民化或农民化，使普通民众感到好像是自己身边的人和事。这是曲艺千百年来"不求庙堂之高，但求江湖之远"的聪明选择。让我们共同欣赏一段传统岔曲《风雨归舟》："卸职入深山，隐云峰，受享清闲。闷来时抚琴饮酒，山崖以前。忽见那，西北乾天风雷起，乌云滚滚黑漫漫。唤童儿，收拾瑶琴至草亭间。忽然风雨骤，遍野起云烟，吧嗒嗒冰雹就把山花儿打，咕嘟嘟的沉雷震山川，风吹角铃当啷啷地响，唰啦啦大雨似涌泉。山洼积水满，涧下似深潭。霎时间，雨住风儿寒，天晴雨过风，风消云散。急忙忙驾小船，登舟离岸至河间，抬头看，望东南，云走山头碧亮亮的天。长虹倒挂天边外，碧绿绿的荷叶衬红莲，打上来滴溜溜的金翅鲤，唰啦啦放下钓鱼竿。摇浆船拢岸，弃舟至山前，唤童儿，放花篮，收拾蓑衣和鱼竿，一半鱼儿卤水煮，一半到长街换酒钱。"[1] 我们用这段岔曲与古代落魄官员的诗或词略作比较，不难发现，岔曲作品中使用的是流畅生动的语言，唱词里描绘的卸职官员，没有任何酸文假醋，"入深山""抚琴饮酒"，还有"童儿"伺候左右，显然这不是一般官员，可创作者让他雨后穿蓑衣、驾小船，亲自去钓鱼，还让"童儿"把钓来的鱼儿"一半鱼儿卤水煮，一半到长街换酒钱"，表现出一种平民化姿态，缩短了与大众的心理距离，堪称俗中见雅的经典之作。

地域化就是根据不同曲种流传的不同区域所进行的地域化改造。"大概没有一种形式需要像曲艺那样对观众进行深入具体的了解。曲艺作品的内容和形式、主题和题材、风格和样式，不仅取决于观众所处的时代、社会心理的影响，也还同时受他们地方乡土情趣的左右。"[2] 比如，许多地方曲种都有说唱包公的作品。真实的包公是安徽人（庐州），在开封府为官。但在东北二人转里的包公说东北方言，在山东琴书里的包公就说山东话，在评弹、评话里就说苏州或扬州方言。方言和地方民俗是各曲种艺术本体的重要特征，不可轻易丢弃。诸如："包相爷要出宫，忙坏了满朝文武卿。东宫娘娘烙大饼，西宫娘娘剥大葱。"显然这种表述并不符合生活的实际，但是，山东观众觉得亲切，这样写便未尝不可。这种贴近和尊重地域文化的创作取向，是为了曲艺与人民群众保持不隔语、不隔情、不

---

① 姜昆、董耀鹏主编《中国历代曲艺作品选》下卷，春风文艺出版社2014年版，第112页。

② 胡孟祥主编：《薛宝琨说唱艺术论集》，中国民间文艺出版社1989年版，第23页。

隔心的亲密关系。从事曲艺创作的人，从来不会盲目要求"观众提高欣赏水平"，只要发现观众听不懂或不喜欢哪些作品，便主动调整，适应大多数观众的欣赏习惯。所谓的曲艺作品"一遍拆洗一遍新"，正是曲艺以人民的审美意趣为出发点，根据不同时代、不同阶层和不同地域的观众需求，不断调整作品演出方式的优良传统。

3. 在演员优长中拓展进取路径和创意坐标

说唱演员身怀绝技并各有优长，即便是同一曲种、相同流派的演员，表现能力和表演习惯也不尽相同。不同于戏剧、戏曲等其他舞台艺术的文本创作，可以写成剧本再选演员。曲艺创作最好对具体表演者"量身定制"，充分发挥演员的优长，为他们大显身手提供条件。"曲艺的创作和演出是一个贯串连续，由作家和演员共同完成的过程。""演员不是消极地再现，而是积极地再度创作，它比任何其他艺术形式的演员都有更多的个性自由、独立发挥和加工的权力，随时把他个人的创见和要求反馈给作家，再度进行立体化创作。"[1]当然，曲艺创作者与演员的密切合作，也不是无原则地将就演员，而是要扬长避短，更好地发挥演员的表演强项，使作品锦上添花、绽放光彩。

4. 在自我审度中继往开来和别开生面

艺术创作具有不可重复性，要时刻躲避别人（包括自己）已经成功的作品。只道是，文章最忌随人后，随人作诗终后人。要不断向荒芜的地方迈进。曲艺创作者要经常进行自我审度，认清差距和不足，要有"语不惊人死不休"的奋斗精神，不断确立新的前行目标，超越前人、超越同行、超越自我，不断探索创新，攀登艺术高峰，创作生产出无愧于伟大民族、伟大时代的优秀作品，把最好的精神食粮奉献给人民。

总之，曲艺创作者和曲艺表演者要从曲艺艺术学的角度学习和

---

[1] 胡孟祥主编：《薛宝琨说唱艺术论集》，中国民间文艺出版社1989年版，第12页。

掌握曲艺创作价值思维问题，从本质上认识曲艺创作的基本规律，并以举一反三的学习方法探寻曲艺精品创作的进取路径。

（作者注：此文发表在高等教育出版社"全国高等院校曲艺本科系列教材"《曲艺艺术概论》一书中，这里略有改动）

曲艺艺术雅俗辩

——曲艺创作创新之我见

随着我国优秀传统文化的复兴和发展，一度被外来说唱和低级娱乐排挤到边缘地位的曲艺艺术也获得了新的生机，中华民族世世代代喜爱的民间说唱又回到人民大众中间。全国成千上万的曲艺工作者和新文艺群体的曲艺从业者通过文艺志愿服务、送欢乐到基层、公益性文化惠民活动和小剧场商业性演出等丰富多样的形式广泛传播社会主义核心价值观，在满足人民对美好生活的需要做出了应有贡献的同时，也为新时代曲艺繁荣发展开创了新的格局。

自党的十八大以来，全国曲艺行业重整旗鼓乘势而为，通过举办全国曲艺节、少数民族曲艺节、国际幽默艺术节，评选曲艺牡丹奖，举办"包公杯""西岗杯""南开杯""南山杯""全国道德模范故事汇""全国小剧场戏剧优秀剧目""全国少儿曲艺"等展演活动，推动曲艺创作、培育创作人才，吸引了一大批受过高等教育，甚至获得了硕士、博士学位的人才参与到曲艺创演领域，改善了曲艺生态，反映现实生活的曲艺新作批量出现，较好地活跃了人民群众的文化生活。在某些地区，甚至出现了曲艺创演活动的蓬勃兴起，逼退了以往喧嚣一时的夜总会低级娱乐性经营活动。

但是，从曲艺创作的角度看，还是存在着"有数量缺质量""有高原缺高峰"的现象。绝大多数原创作品或形式大于内容，或从抽象的概念出发空泛宣传某种精神，或流于俗套卖弄技巧逗乐搞笑，也有少数作品没有脱离低级趣味、一味媚俗，以单纯的感官刺激代替审美愉悦。真正有筋骨、有道德、有温度，能够叫得响、传得开、留得住的经典作品仍然鲜见，堪称无愧于我们这个伟大民族、伟大时代的扛鼎之作似乎还没有出现。因此，我们有必要深入探讨曲艺创作高峰之路来自何处。

一、曲艺脱俗之路山重水复

中华说唱从历史走来，历尽沧桑却经久不衰。我们从司马迁《史记·滑稽列传》里读到春秋战国时期宫廷弄臣以幽默滑稽的形式讽谏的故事里不难看出曲艺的雏形。从四川地区出土的汉代说唱俑挥动鼓槌手脚并用的喜乐形象可以认定两千年前说唱艺人已经活跃在当时的文化生活中。从《三国演义》《水浒传》《封神演义》《聊斋志异》等古典名著里可以看到说唱艺人的精彩创造。从各地区各民族大量流传的民间小戏和各地方剧种保留剧目里更不难发现说唱艺术无处不在。即便当代的影视作品中的历史剧、古装剧、神怪剧大多也是从传统说唱中吸收或借鉴了故事情节进行再创作。中华曲艺或说或唱或连说带唱讲故事，借以传播历史、歌颂英雄、弘扬传统美德，寓教于乐、寓理于情，以人民喜闻乐见的民间说唱形式把中国精神渗透到广大劳动人民的心坎儿里，生根在中华民族的文化血脉中。然而，在漫长的说唱艺术发展过程中，世世代代的民间艺人都被一个"俗"字困扰。被历代文人雅士视为"小技艺""俗玩意儿"的民间说唱终难登大雅之堂。一些在民间影响较大的艺人行走江湖，仰望庙堂，总想找机会得到官方的认可。相传于清乾隆年间，苏州说书艺人王周士为乾隆皇帝弹唱了一篇《游龙传》，皇帝虽听不懂苏州评弹，但也龙颜大悦，赐王周士七品顶戴并令其随驾回京御前侍奉。此事让苏州评话弹词界极为自豪，游走于阡陌巷里的民间艺人能受到如此礼遇，真乃皇恩浩荡。估计从东北入关的清朝统治者难以欣赏用苏州话演唱的评弹艺术，而官绅士人又怕说唱禁忌多，一言不慎便会招致杀身之祸，于是，王周士不久便告病返回苏州创办了一个"光裕社"传授评弹技艺。还有乾隆初年，辽西锦州知府张景苍在《万靖垂边记》一书中曾赞扬过一名叫王纶生的民间说唱艺人（蹦蹦艺人），锦州当地知县高清彦还赋诗曰"一曲清歌上九天，驱散宦海九重烟"赞颂王纶生的演唱技艺，但后来，因王纶生在演唱中嘲讽时局、针砭时弊、替劳动人民代言惹恼了官府，新任知县为他改了艺名为"老叉婆"，还派出打手殴打驱赶禁止其于当地卖艺，王纶生最终屈辱而终。可见在封建时代，民间艺人们幻想脱俗得到官方认可几乎是不可能的，民间说唱艺术骨子里带着的"俗"的"基因"是无法被删除的，不可能通过"转基因"而登上大雅之堂。

二、雅与俗的界定标准似是而非

曲艺原本是生成于民间，用来服务大众的艺术，通俗是胎里带来的本体属性。可是，民间艺人为什么对"俗"字那么敏感呢？问题大概出在人们对"雅"与"俗"的评判标准界定上面。

雅与俗如果仅仅作为对文学艺术作品的审美价值判断而言应该是没问题的。自春秋以来，孔老夫子崇雅黜俗、提倡雅乐、反对郑声（郑声特指民间俗曲）与诸子百家的斯文癖好相契合。这些人把一个对文艺作品鉴赏的问题上升到了接受者品格等级层面，如"君子安雅""远俗近道"，喜闻黄钟大吕雅乐者是君子贵族文人雅士，乐见乡音俚曲民间小调者自然是卑俗低下平头庶民，如果诸侯欣赏民间歌舞就会造成"礼坏乐崩""是可忍孰不可忍"的结果。这种将雅与俗的观念推到了冰火不同炉的尖锐对立面的理念一直影响和左右着中国文人对文艺作品的评判标准，这个论题在艺术创作领域至今仍然被争论不休，莫衷一是。特别是"高雅艺术"这个模糊概念的提出更是荒唐至极，在西方美学中常见"经典""正典"的提法，很少看到"高雅"这种词汇，何谓高雅？有人解释为"只有受过教育具有一定文化修养和美学修养的小众能够接受的文艺作品即高雅艺术"，高雅的反义词自然是"低俗"。

古往今来，低俗、庸俗、媚俗的文艺作品一直存在，问题是不能以艺术形式武断定论，界定雅俗，昆曲、京剧、歌剧、芭蕾舞、交响乐等都是高雅艺术，而民歌、曲艺、民间小戏都是低俗艺术，这种判断近乎荒谬。目前教育领域正在大力推行的"高雅艺术进校园活动"就陷入一种尴尬，让那些从小为应试教育所累的青少年集体学唱"苏三离了洪洞县"算是高雅吗？虽然打着"振兴京剧从娃娃抓起"的旗号，可是有人问过"娃娃们"的感受吗？当代的青少年能理解一名妓女和一名公子王孙的情爱离愁吗？相反，面对"高雅艺术进校园"活动，曲艺工作者却站在校园门外徘徊犹豫，相声、评书、快板等民间说唱形式算高雅艺术吗？进还是不进这是个问题。

回归到当下曲艺创作问题上探讨雅俗观念造成的认识误区：

（一）因为曲艺顶着"俗"的帽子，造成曲艺创作后继乏人。

迄今为止，全国舞台表演艺术门类只有曲艺和杂技没有进入普通高校本科招生目录，曲艺人才的培养仍然因袭师父带徒弟口传心授的传统方式，曲艺创作、曲艺表演、曲艺理论、曲艺教育等学科建设都在努力之中。由于曲艺教育的滞后和全国重大文艺奖项都没有曲艺的名分等客观因素，从事曲艺创作的青年专业人才奇缺，全国的专业曲艺作者加到一起也只有两位数。有些颇具才华的青年愿意去写小说、话剧、音乐剧却不愿意写戏曲、曲艺，即便有些青年创作人才不在意戴上"俗"的帽子，也宁愿去写赚钱不费力的网络文学、网剧或电影电视剧，而不愿涉足费力不赚钱的曲艺创作领域。缺少人才与队伍，攀登曲艺创作高峰的目标就难以实现。

（二）盲目追求高雅和固守低俗成了当下曲艺创演的两种倾向。

纵观当下曲艺创演现状，追求高雅和固守低俗两种倾向同时存在，而且是"雅"任性，"俗"疯狂。

有些青年曲艺作者为了脱俗，一味追求作品的高雅，除了在作品中堆砌华丽辞藻，还使用生僻艰涩的成语掌故，试图以不依赖辞典绝对读不懂的文字显示自己的高雅，造成了作品脱离广大受众，附庸风雅，其结果一定是求雅未遂、脱俗无果。有的曲艺作者以复古为雅，甚至嫌高山流水知音少的《俞伯牙摔琴》还不够阳春白雪，干脆写"孔子游学""老子出关""庄周梦蝶"的故事，殊不知远离现实的"高雅"毫无意义。还有的曲艺作者以"洋"为雅，不肯在传统经典曲艺中吸收养分，而去刻意效仿"嘻哈""饶舌"等西方说唱模式，或东施效颦式地模仿西方的"先锋派""后现代"创作方法，写一些无主题、没结构、少内涵的怪诞作品，自创网络新词试图哗众取宠。然而，历史已经无数次告诉我们：无病呻吟的作品一定是叫不响、传不开、留不住的。更有一些曲艺编导者以大为雅，生硬地把简朴说唱铺张成为大型舞台作品，采用管弦乐队伴奏、豪华灯光助阵、多人伴舞伴唱等形式，将其命名为"音舞诗画说唱剧"或"大型方言曲艺剧"以证明曲艺已经接近高雅艺术，此类东施效颦的方式已经不是曲艺本体创新，不是改革而是改行。

另一种倾向是唯市场化倾向，有些人不管雅俗，把传统曲艺里已经扬弃和剔除的糟粕捡回来，加上一些廉价的网络笑料招摇上市，以卖座赚钱为目的，不惜庸俗搞笑、粗俗鄙陋，以庸俗取代通俗，用感官刺激代替精神愉悦，靠自我炒作和脑残粉捧场沽名钓誉，把曲艺引向低俗、庸俗、媚俗。

上述问题不解决，曲艺创作攀登高峰之时将遥遥无期。

三、提高审美格调追求雅俗共赏

以大众化和小众化推论雅俗实际上是个伪命题。在艺术审美领域，雅与俗根本不是尖锐对立关系，而是相互依托、相互转化、互为作用的审美取向，雅士与俗人完全有可能共同喜欢《诗经·国风》，也可以共赏白居易、柳永、王实甫的作品。从古至今广泛流传的文艺作品绝大部分是可以雅俗共赏的大俗大雅或俗中见雅的优秀作品。

儒家提出的礼乐雅化所指并非"高雅"，"雅乃正也"即正音、正道，雅的对立面是"邪"而不是"俗"，更不是以表现形式划分

"小众"与"大众"的标准。孔子向来重视"诗教、乐教、礼教"，提出了人之学，应"兴于诗、立于礼、成于乐"的教育理念。孔子本人"击磬于卫""取瑟而歌"，在困于陈蔡时还"七日弦歌不衰"。也许孔老夫子就是说唱艺术的开山鼻祖，他提出的"雅"指的不是形式而是内容，是"以文载道""以乐化人"，追求美好和高尚的价值取向。古往今来大凡名副其实的先哲和文艺名家都悟到了"语不俗何以通达，意不深何以言境界"的审美真谛。

传统说唱艺术里有许多雅俗共赏的精品力作，如评书评话《三国演义》《水浒传》《隋唐演义》《精忠岳飞》《再生缘》《包公案》《大红袍》，鼓曲唱曲《剑阁闻铃》《露泪缘》《大西厢》《回杯记》，弹词《玉蜻蜓》《珍珠塔》《三笑》等家喻户晓的传世之作不胜枚举。

新中国成立前后，党和国家领导人高度重视和关心人民群众喜闻乐见的曲艺艺术繁荣发展，毛泽东、周恩来、陈云、王震等老一辈无产阶级革命家多次接见韩起祥、侯宝林、蒋月泉、袁阔成、朱光斗等曲艺艺术家，鼓励他们要为人民说新唱新，为社会主义服务。广大曲艺工作者深入生活，潜心创作，奉献一大批精品力作，如评书《红岩》《烈火金刚》《林海雪原》，相声《关公战秦琼》《婚姻与迷信》《买猴儿》《文章会》《找舅舅》《五官争功》《虎口遐想》，对口快板《学雷锋》，京韵大鼓《重整河山待后生》，弹词开篇《蝶恋花》等有口皆碑雅俗共赏的经典作品。

习近平总书记指出："一个时代有一个时代的文艺，一个时代有一个时代的精神。任何一个时代的经典文艺作品，都是那个时代社会生活和精神的写照，都具有那个时代的烙印和特征。"

攀登曲艺创作的高峰是今天这个伟大时代的召唤，更是人民的期盼。正如习总书记所言："我国文艺不仅要有体量的增长，更要创造质量的标杆。"能不能创作出代表这个伟大时代最高水平的经典作品，是检验新时代曲艺成就的唯一标准。

曲艺是最擅长讲故事的艺术表现形式，要想把中国故事讲生动、讲精彩，前提是曲艺人要讲品位、讲格调、讲责任。要有信仰、有情怀、有担当。要坚持以人民为中心的创作导向，要以新时代审美价值判断，追求雅俗一体辩证统一，遵循习总书记指出的："经典之所以能够成为经典，其中必然含有隽永的美、永恒的情、浩荡的气。经典通过主题内蕴、人物塑造、情感建构、意境营造、语言修辞等，容纳了深刻流动的心灵世界和鲜活丰满的本真生命，包含了历史、文化、人性的内涵，具有思想的穿透力、审美的洞察力、形式的创造力，因此才能成为不会过时的作品。"

新时代能够登上艺术高峰的经典曲艺一定是经得起人民评价、专家评价和市场检验，有口皆碑雅俗共赏的传世之作。

（本文作者系中国曲协顾问、中国文艺评论家协会顾问、国家一级编剧）

把好文艺批评的方向盘

　　文艺批评是引导创作、打造精品、提高审美、引领风尚的重要力量。古今中外，名家巨匠、经典文艺作品的涌现，必定有优秀评论家、批评家的助推与扶持。

　　批评的失语与缺位肯定不利于文艺的繁荣，可文艺批评的误判与跑偏却会造成艺术价值观错乱、审美标准混淆和文化市场以次充好、以假乱真、"劣币驱逐良币"的严重后果，不利于文艺健康发展。

　　文艺批评领域，原本是文艺战线上专家学者云集、学术水准最高、鉴赏甄别能力最强，也是最不该说假话、讲歪理的地方，把文艺批评庸俗化、商品化或沦为某些作品的变相广告是一种值得注意的不良现象。

　　一种情况是文艺批评环境欠佳，批评家瞻前顾后。

　　正常的文艺批评是文艺创作的明镜和良药，怀有艺术理想和远大抱负的创作者会以敬重之心接受批评，通过批评家精准的评判看到作品的短处与不足，从而找到提高艺术作品的路径，精心打磨佳作名篇。而当下的文艺创作者与生产者大多不愿意接受批评，只许表扬、吹捧、奉承，不许指出缺点与不足，老虎屁股摸不得，小猫屁股也不许摸。一旦受到批评，动辄爆粗口、谩骂，甚至对批评家进行围攻、"群殴"，使批评家不敢说真话或不愿意蹚浑水，宁可三缄其口、明哲保身，避免惹是生非。

　　另一种情况是碍于熟人情面，批评家避重就轻。

在市场经济条件下，文艺圈内江湖习气重新抬头，有些批评家看风使舵、随波逐流，不看作品看情面，只要是熟人、朋友的作品，不管艺术质量如何，都要多说好话，无原则捧场、抬轿、胡乱吹嘘，偶尔为了体现批评家的公正，也会在大肆吹捧之后轻描淡写地提几点"希望"或"有待于"提高的意见。此类所谓批评，绝不是真正的文艺批评，不利于作家、艺术家提高创作水准、实现艺术理想，只会对文艺欣赏者造成误导，使艺术评价标准混乱不堪。

第三种情况是见利忘义，批评家以"红包厚度"为艺术评判标准的丑陋现象。

少数批评家经不起市场经济的考验，丧失学术良知，见钱眼开、急功近利，无论啥样的低劣作品，只要拿了好处就为人家高唱赞歌，什么历史的、人民的、艺术的、美学的标准统统服从于红包厚度，打着文艺评论的旗帜行造势炒作之实。当然，凡是能靠评论赚钱者，皆非等闲之辈，一要有一定的知名度，便于以权威的身份发声；二要文笔通神，善于把假的说成真的，把丑的说成美的，把恶俗说成大善，辩红肿之处为艳若桃花；三是诡辩技巧高超，他们明明知道作品存在问题，却能够巧妙避开或虚化作品的价值取向、美学标准和社会效益等关键问题，顾左右而言他，拿人钱财替人消灾，此类"批评家"的高明之处是能够在垃圾堆里翻出一块反光的破玻璃，从而大做文章，旁征博引，新名词狂轰滥炸，云里雾里地论证作品的所谓独特性、创新性，以及人性回归等观点，借以误导受众，起到广告宣传的作用。

习总书记曾明确指出："文艺批评要的就是批评，不能都是表扬甚至庸俗吹捧、阿谀奉承，不能套用西方理论来剪裁中国人的审美，更不能用简单的商业标准取代艺术标准，把文艺作品完全等同于普通商品，信奉'红包厚度等于评论高度'。文艺批评褒贬甄别功能弱化，缺乏战斗力、说服力，不利于文艺健康发展。"

文艺批评领域出现的问题绝不仅仅是存在于文艺评论界的单一问题，而是整个文艺圈内形成的"拜金主义""享乐主义""极端个人主义"等弊端在文艺批评中的综合反映。要打磨好文艺批评这把"利器",把好文艺批评的方向盘,就必须全面学习贯彻党的十九大精神,深刻领会习近平文艺思想体系,端正"三观",坚持正确的批评导向,解决好批评的立场、观念、方法等问题。

一是要站在人民的立场上开展文艺批评。

社会主义文艺的本质是人民的文艺。任何称职的文艺批评家必须是人民的代言人,而不是行走江湖的吹鼓手,也不应回避现实甘当空头理论家,热衷于在小圈子里自娱自乐、自鸣得意。要真心诚意地把人民作为文艺审美的鉴赏家和评判者,善于倾听来自人民群众的声音,在评判一部作品之前,先要关注人民的评价,只有把倾听人民的意见当成一种习惯,才能自觉坚持以人民为中心的创作导向,才能在评价文艺作品时主动把专家评价、人民评价和市场检验有机结合在一起。无视人民的好恶,回避文艺作品的社会效益和价值取向,批评的指向性就会模糊不清。而站在人民的立场上开展文艺批评就能够避免批评跑偏,只有与人民同呼吸、共命运、心连心的文艺批评家,才可以称得上是人民的代言人,也是新时代繁荣发展社会主义文艺所需要的真正的批评家。

二是培养高尚情怀,着眼大格局开展文艺批评。

文艺评论和文艺批评承担着指导创作、引领鉴赏、把握方向、纠偏扶正的重要责任。

习总书记在十九大报告中要求广大文艺工作者要"讲品位、讲格调、讲责任,抵制低俗、庸俗、媚俗"。文艺批评家要批评别人首先要考量自己,必须做到"三讲""三抵制"。"讲品位"就是要坚持中华文化立场,站在新时代实现中华民族伟大复兴的历史高度开展文艺批评;"讲格调"就是坚持真善美的崇高追求,为提升社会主义文艺的影响力而不懈努力;"讲责任"就是要以坚持社会主义文艺的正确方向、方针,为推动文艺原创力、推动创新,实现民族文化的创造性转化、创新性发展贡献智慧与力量为己任。文艺批评界要旗帜鲜明地抵制"三俗",更要解决自身的"三俗"问题,对于少数学者无原则贩卖西方文艺理念，鼓吹颠覆传统、颠覆历史、颠覆主题、表现自我等低俗文艺观和食古不化宣扬糟粕文化理念的不良现象要坚决抵制；对于实用主义、拜金主义，视经济效益为评判艺术唯一标准的庸俗风气要坚决抵制；对于唯利是图、见利忘义，把文艺评论当作"摇钱树"的媚俗之风要坚决抵制。

文艺批评家开展文艺批评不仅要面对学界同道，还要面对业界的作家、艺术家和广大文艺爱好者，不但要引领文艺新风尚，还要观照新时代人民日益增长的美好生活需要，为保证文化艺术领域的风清气正提供学术支撑。

要树立批评的权威性和公信力，首先要塑造好批评家自己的形象，注重养德与修艺并举，努力追求真才学、好德行、高品位，做到胸中有大义、心里有人民、肩头有责任、笔下有乾坤。具有高尚的情怀，才能着眼于催生和打造具有中国精神、中国力量、中国气韵的精美作品的大格局开展文艺批评，才能在撰写文章、发表演说、做学术报告、担任评委时，自觉传递正能量、弘扬主旋律，自觉抵制是非不分、颠倒黑白的错误倾向，敢于实事求是坚持原则，对各种不良文艺作品、文艺现象和错误思潮敢于表明态度，在大是大非问题上敢于表明立场，光明磊落、以理服人。持之以恒终究会受到文艺界的认可和人民的尊重。

三是遵循科学方法开展文艺批评。

文艺评论与批评虽然属于个体化的精神劳动，但绝不是随心所欲的无规则游戏，大家都要遵循基本的原则，在科学的文艺作品评价体系框架内发表各自的意见。

对待不同层次、不同水准的文艺作品，要以不同的评价标准和包容态度进行批评。对待那些有可能成为经典的优秀作品，要以思想性、艺术性和价值取向相统一，按照历史的、人民的、艺术的、美学的最高标准进行评判；对待人民喜闻乐见的较好作品，要在题材、内容、形式、表现手段上帮助作者全面提升水准，帮助作家艺术家把作品打造成叫得响、传得开、留得住的艺术精品；对待创造、创新性作品，要以包容的心态鼓励扶持；对待抄袭模仿、千篇一律、形式大于内容、缺少精神内涵的平庸之作，要敢于指出缺点与不足，引领作者走正路；对待那些调侃崇高、扭曲经典、颠覆历史、丑化人民群众和英雄人物的低劣作品，要旗帜鲜明地进行抵制和批评，不能让垃圾文化大行其道。

习总书记要求要发扬学术民主和艺术民主，要说真话、讲道理，以理服人。文艺批评是一项复杂的课题，没有一成不变的金科玉律，面对新时代社会需求和市场需求的多样性，文艺创作、传播和接受形式都在发生变化，文艺批评要在把握好大方向的前提下，探索批评方式的多样化和实效性。其中，创新批评语境，发扬学术民主和艺术民主是坚持百花齐放、百家争鸣的最好方法。批评家不仅要敢于批评还要善于批评，允许别人提出不同意见，甚至是反批评，不要居高临下、唯我独尊，更不要把说真话、讲道理演变成说空话、讲大话，片面地以政治性、思想性和题材的重要性为单一标准而忽略艺术标准和美学标准，理不服人或理不服众，批评就失去了意义。特别是当下交互媒介作用下的文艺批评，感性大于理性，以现象代替实质的问题普遍存在，批评家要探索如何适应和引导这种影响迅速而广泛的大众批评走向，逐渐把活跃在互联网批评领域里的新生代团结到主流文艺评论和文艺批评队伍中来，进一步发挥文艺批评的重要作用。

新时代文艺批评要有新气象、新作为，要在加强文艺队伍建设，造就一大批德艺双馨名家大师、培育一大批高水平创作人才方面发挥重要作用，同时也要造就和培育一大批有真才实学、有影响力、有威望、有公信力的文艺评论家和批评家，以高度的文化自信和文化自觉担负起伟大时代催生伟大作品的历史使命。

（本文作者系中国文艺评论家协会副主席、国家一级编剧）

交互媒介下的曲艺生态新格局

以新媒体为主导的艺术生态模式逐渐形成，当曲艺艺术浸润到以电子商务技术为依托的文艺土壤中时，新媒体以破芽之势促生了民间说唱艺术的革新与突破，在内容与形式上，曲艺都以受众和媒介承载为原点，呈现出一派交互媒介下的曲艺生态新格局。

一、DNA（基因）决定的革新者

曲艺源起于汉代的说唱表演艺术，跨越了千年，曾在受众教育程度极低的时代里，用人们喜闻乐见的欢唱形式，传播了历史文化，弘扬了传统美德，起到了伦理教育普及的主导作用。曲艺的肌理发肤皆传承可考，在华夏文化的发展过程中，烛照着民族民间文学、戏曲、音乐等艺术形式，为其形成与发展提供了基础与养分。

带着传统说唱艺术 DNA 的曲艺艺术，自发生之日起就与受众审美紧密联结在一起，曲艺作品与观众的主客体互换影响了其发展与传播的整个历史。既出现过附庸于观众而导致的跌宕起伏，也因创新繁衍能力出众而具备自愈性和极强的生命活力。当眼球经济新媒体文艺模式兴起，以受众为王的曲艺艺术迅速调整创新，成为交互媒介格局下身先士卒的开拓者与革新者。

二、时代契机下的前行号角

曲艺艺术的革新与发展在本体上取决于三个至关重要的因素。首先，取决于政治的昌明与否和导向引领。说唱艺术的内容是其艺术发展的生命核心，既有弘扬、赞颂，又有讽刺与幽默，在政治条件成熟的宽松民主环境中，才有契机得到跨时代性的发展与革新。在时代发展的关键节点上，习近平总书记在文艺工作座谈会上的讲话，明确了中国特色社会主义文艺的本质和发展方向，指出了文艺工作和文艺创作方面存在的问题和解决办法，高屋建瓴，拨云见日。一向"文艺轻骑、反应迅速"的曲艺界，从迷茫和困惑中幡然梦醒，带着问题边学习领会"讲话"精神，边付诸行动，探寻曲艺生存发展的新路径。两年时间，初见成效，曲艺从生态结构、发展趋势、行业价值链重组和受众群体调整等方面都发生了从来没有过的深刻变化，出现了曲艺史上从未出现过的飞升与发展。

其次，曲艺艺术的革新取决于文化的多元、健康发展。改革与创新是曲艺艺术生命的保障，然而形式上的改革永远无法带动内容上的健康发展，鼓曲加上伴舞、快板用电声乐队伴奏、弹唱用大乐队烘托、评书表演背景用上了LED（发光二极管），但观念没更新、内容缺创新，形式上搞得再热闹、再花哨也难以从根本上改变传统说唱的内核。只有在中国特色社会主义文化建设的宏观大局下，以先进的世界观和方法论为指导的先进文化土壤中，才能延展出兼具文化自信，内容活跃充实，形式新颖有益的曲艺艺术创新，催生出具有时代文化气质的优秀作品与曲艺从业者。

再次，曲艺艺术的革新关联于技术的创新与突破。迅猛发展的新媒体技术打开了媒介融合与交互时代的大门，在数字媒体的技术革新与发展中，曲艺艺术的时代性跨越发展成为可能。在历史沿革中，曲艺艺术的生态格局曾发生过多次重大改变，一是从原始民间的"盲翁作场"说书讲古,宫廷丑角表演,发展到进入"勾栏瓦肆"的说唱表演,催生了大量的个体职业艺人,彼时的说唱基本处于说书唱曲加杂耍的简单形式,尚未形成完整的表现形态和成熟的曲种。二是从明清到民国,说唱进入成熟期,由于民间对说唱艺术有着巨大需求,当时出现了诸多专业说唱小班,有了师徒关系的传承模式,从城镇到乡间,说唱艺人无处不在,他们在行走江湖的历练中完善了不同曲种的表现形态,同时也积累了大量的保留书目和曲目。三是新中国成立以后,数以万计的说唱艺人华丽转身、登堂入室,成为了新文艺工作者,有了自己的团队和组织,说唱艺术也有了"曲艺"这个可与其他艺术门类相提并论的"大名"。至此中国曲艺出现了枝繁叶茂、流派纷呈的繁荣局面,涌现出诸多家喻户晓的曲艺表演艺术家和大批脍炙人口的优秀作品。

交互媒介格局下的新媒体技术,使曲艺艺术的表演传播形式有了多元化改变。电子商务时代的就业优势增加,使从业者组织形态有了根本性改变。曲艺行业出现了曲艺队伍扩充、艺术观念革新、创作能力提升、受众规模倍增的业态与特点,在原有曲艺创作、表演、传播的基础上,形成了与时代发展相适应,与现实生活相融合的大量作品与内容。

三、曲艺元素的跨界融合

习近平总书记发表文艺工作座谈会讲话之际,正值中国文艺格局面对媒介交互融合的重大变革时期。《讲话》发表以来,面对文化多元化、艺术多样化、文艺传播现代化发展与转变,曲艺艺术的生态格局也面临着机遇与挑战,发生了一系列变革。

借助媒介交互生态下的技术优势,曲艺生存状态得到改观。全国原有各种说唱表演形式的曲种四百多类,进入新世纪以来,尚可保持活态传承的不到一百种,其中近一半的曲种处于后继乏人、门前冷落、进退两难、"生活不能自理"的状态,只能靠抢救、保护等措施勉强维持生存；以往备受观众喜爱的相声、评书、快板、评弹、评话等曲种，也因为创作滞后、作品千篇一律等多种原因而逐渐风光不在。新媒体电子商务时代的到来，曲艺从业者借助微信、微博、公众号、直播平台等多元媒介，进行传统艺术门类的活性传承，拓宽了曲艺艺术从业路径，增加了受众接触曲艺内容的途径和方式。

四、曲艺受众的视野转变

基于受众层面的改变，以市场和受众反馈为杠杆，曲艺作品内容得到了良性促生的代谢与改观。近年来，经营性的民间曲艺社团迅速崛起，专业曲艺团体数量锐减。以小剧场大众娱乐为主的商业性演出，在活跃了文化演出市场的同时，也凸显出许多弊端，作品碎片化、表演低俗化、管理江湖化等问题俯拾皆是，个别艺人甚至唯利是图、美丑不分，为了赚钱竟然刻意复制旧时代说唱中的糟粕，以恶搞伦理、调侃崇高、丑化劳动群众等文化垃圾充当说唱艺术，把曲艺当作追逐利益的"摇钱树"和感官刺激的"摇头丸"。

然而，在曲艺艺术进驻新媒体市场后，受众格局发生了颠覆性的变化——以往剧场演出的曲艺面临的最大挑战，也是最大危机，是大批青年观众"失联"。坚持传统曲艺演出的场所，青少年很少驻足，有时观众几乎是清一色的中老年人，有的演员形容说，站在台上往下看，满目"霜雪"，前景堪忧。而交互媒介中的受众和用户，以青少年观众为主，他们往往用移动终端设备进行点映观看，以兴趣为主导，不受播出平台局限和牵制。由此一来，以往面向成年观众的内容便不受热捧，而青少年观众所关注的青春励志、幽默智慧等内容成为热点。青少年观众有从众性、同龄感召等特征，他们往往将期待视野集中在校园、爱情、理想、就业、动漫等领域，受众的焦点转变同时带动了曲艺艺术的内容革新，吸引了众多受过高等教育的曲艺爱好者加入到行业中来，其中不乏名牌大学毕业的硕士、博士研究生，以受众认知为调节的曲艺生态特性，对于曲艺艺术的良性代谢大有裨益。

五、业态模式的方向调整

较长时间以来，曲艺界"体制内与体制外""主流与非主流"的队伍结构分野问题，一直受到热议与关注。据有关部门2013年调查数据显示，所谓体制内，包括已改企转制的专业曲艺表演团体在内，全国仅存70家，而民营曲艺社团超过3000家、曲艺小剧场500个、曲艺工作室200个、曲艺自由从业者25万余人。从数量上看，散在体制外的曲艺从业者远大于体制内的曲艺工作者。从演出市场上看，体制外的曲艺从业者占有了相当大的市场份额，大多数民间曲艺社团都有相对固定的演出场所，部分从业者收入不菲，个别精于"买卖道儿"的"班主"还成了暴发户。而体制内的曲艺团队，大多没有固定的演出场所，属于市场上的"游击队"，他们以"送欢笑到基层""公益性文化服务"和宣传"道德模范事迹专场"等演出为主，在激烈的市场竞争中基本处于劣势，因此，经常被自称为"非主流"的曲艺从业者讥笑为"江郎才尽"。

习总书记《在文艺工作座谈会上的讲话》发表以来，上述情况发生了逆转，曲艺从业者意识到"体制内、体制外，都在同一个行业内"，结束了隔空喊话的局面。基于曲艺艺术的新媒体受众往往聚集在三四线城市，大批曲艺名家和曲艺牡丹奖得主，放下身段、深入基层，在服务群众的同时广泛开展辅导基层曲艺骨干活动，发挥了行业楷模的引领作用。在受众拓展的吸引下，许多体制外的曲艺业务骨干加入到了深入基层、服务群众的行列中，一些曲艺社团主动组建队伍深入到校园、社区、厂矿、农村，开展公益性惠民演出活动。共同的目标、一致的行动，不但拉近了"体制内""体制外"的距离，淡化了"主流"与"非主流"的差别，更在解决曲艺"为了谁、依靠谁、我是谁"的认识上取得了一定进步。在与人民群众面对面的交流过程中，他们自觉净化了表演内容，提高了艺术质量，将以往面对"大众娱乐"的表演内容，转变为微博里、微信中、直播平台里面对"朋友"的智慧与才艺，将表演内容进行创新与提升，艺术层次进行过滤与自查，在促进了节目创新的同时，有效提高了精神格局与品位。

六、新媒体传播的业态创新

近两年，在媒介融合日渐多元的文艺生态环境下，传统曲艺艺术结合新媒体技术进行了多产业交互，进行了极具时代特色的形式与内容创新，涌现出观众喜闻乐见的优秀作品。比如由西安青曲社苗阜、王声创作表演的相声《满腹经纶》《这不是我的》《西游新说》等作品，在受到网友青睐的同时，也在市场演出中被观众追捧。通过网络平台，传统曲艺艺术接触到更为庞大的观众群体，极大地扩充了作品内容，促生了多种规格形式的曲艺形式变种。

（一）新媒体孵化中的形式创新

曲艺艺术从传统的现场演出、广播电视传播，发展成现今的主动进军网络平台，将传统说唱艺术的优秀基因与新媒体、自媒体有机融合，有效拓展了受众群体。网络平台的弹幕、评论，直播平台的即时沟通，成为曲艺艺人与受众无罅隙的供需信息传递渠道。

新媒体平台上，曲艺艺术的传播不再受到时间限制，曲艺艺术从业者、爱好者们不再满足于既有的传统作品形式与内容，进行了有益的形式探索与尝试。网络平台中常见的说唱、MC（Microphone Contrller，主持人或说唱艺人）、套词、散磕、喊麦等，都是中国传统曲艺艺术的形式拓展。在新媒体电子商务的簇拥下，曲艺艺术衍生出模式多样的尝试，以崭新的面貌吸引了大量有才干、正能量的青年从业者。也有部分知名曲艺人尝试性地开辟多媒体展示空间，聚集起大批粉丝群，与舆论领袖直接沟通，实现细胞裂变式的交互媒介信息推介。

（二）多产业交互格局中的内容呈献

新媒体受众群体多为 90 后新生代，曲艺艺术的新媒体平台内容拓展，将传统评书、相声、快板和民间说唱等内容与当代时尚生活相结合，精彩迭现。《一人我饮酒醉》《昨日帝王篇》《梦回当年古战场》等作品脍炙人口，在知乎、豆瓣等评论媒体上，引起话题性讨论和网友围观。更有部分具备曲艺元素的原创作品完成跨界实践，成为打榜单曲和 MV（Music Video，音乐短片）进行传播。

曲艺或带有说唱因素的表现形式进入网络媒体平台，还受制于互联网资本和电商谋利形式，尚处于被动状态，但对于改善新媒体娱乐鱼龙混杂、缺乏正能量的精神引领环境具有积极意义。在"美女网红""屌丝主播"大行其道的潮流中，从传统艺术中脱颖而出的新媒体曲艺内容，沿袭了曲艺作品寓教于乐、喜乐济世的本质属性，在说唱中寄向往，于娱乐里暖情怀，成为当代多产业交互格局中精神文明建设的正向基因。在激变的媒体版图中，传递出传统曲艺艺术在即将到来的新媒体变革中应时而动的韵律与火种，同时也为传统说唱表演艺术的创新发展探寻出新的路径。

（本文作者系中国曲艺家协会副主席、中国文艺评论家协会副主席、国家一级编剧）

说唱小品的前世今生

　　小品算什么艺术形式？属于戏剧还是曲艺？应该归谁管辖？关于小品艺术定位问题的争议由来已久。

　　小品究竟属于哪一种艺术门类原本不是什么重要的学术问题，一直模糊下去也不影响小品的存在与发展。艺术分类本来就没有绝对标准，各类艺术之间，相互依存、相互渗透，你中有我、我中有你的现象普遍存在。学术研究部门按照艺术创造和艺术主体方面的基本特点，以相对标准为各种艺术形式大致归类，佛归佛、道归道，对于开展艺术研究、把握艺术规律和促进艺术发展是有必要的，但不应该是教条的，也不能是一成不变的。

　　自20世纪80年代初期，主要由曲艺界创作和表演的喜剧小品，伴随着电视综艺晚会的热播迅速传遍神州大地，受到了广大观众的热捧。每年春节前后，小品都是备受关注的热门话题，由此，小品成为了新兴的特殊艺术形式。

　　有专家从曲艺本体特性的角度提出小品不属于曲艺，应归属于戏剧门类。如果从学术研究出发，探讨小品的艺术属性问题，本无不可。但若涉及曲艺的艺术评奖、创作扶持和艺术教育等具体项目都需回避或放弃小品，可能不妥。大量带有说唱艺术本质特征的小品就会成为无人关照的野花，沦落到"寂寞开无主"的境地。因此，有必要检测一下"喜剧小品"的DNA，以便确认曲艺大家庭里可不可以容纳说唱小品这个成员。

必须承认，小品是一个杂交品种，是伴随着时代发展和艺术创新应运而生的特殊艺术形式，当它匆忙问世的时候，人们还来不及探究它的身世，也没有人认真考证它是谁的孩子。据说是央视春晚导演组临时动议，给这个无主儿起个小名叫"小品"，因此小品就约定俗成地存在至今，而且老少咸宜，受到观众的普遍喜爱。

由于从事喜剧小品创作和表演的作者和演员大多是曲艺圈子里的行家里手，因此喜剧小品中凸显出大量的说唱元素，又因为其他艺术门类没有认领喜剧小品这一新的表演形式，曲艺界顺其自然地把含有说唱因素的小品纳入自己的领地，扶持小品一路走来，从创作、评论到评奖，小品享受与曲艺大家族里其他成员（不同曲种）同等待遇。

本人从事小品创作和研究三十余年，创作喜剧小品百余篇，其中除两篇由戏剧演员表演的话剧小品获得了戏剧创作奖，四十多篇获得的是曲艺创作奖或语言类节目奖。如今有人说，搞错了，三十多年都错了，小品原本就是戏剧，不是曲艺。这样的定论，不仅让我"风中凌乱"，也觉得有必要针对小品的艺术定位问题做出回应。

曲艺是各民族说唱表演艺术的统称。我们暂且搁置关于曲艺的基本特征是不是由表演者以第三人称叙述故事的争议，回归到原点，探讨部分喜剧小品是否具备说唱艺术的本体特征。

说唱小品无名有实历史悠久

曲艺是个庞大的艺术体系，几百个曲种各具形态、丰富多彩。企图用一个简单概念诠释曲艺的本体特征难免挂一漏万，倘若用某种一家之言为理论依据衡量多姿多彩的曲艺形式，也容易以偏概全。譬如说，曲艺是现身说法，靠演员生动的叙述表现生活内容，凡是演员扮演角色以第一人称表演的都是戏剧。这种说法犹如盲人摸象，只看到曲艺表演的一般形态，没顾及说唱表演艺术的全貌和特殊性。演员扮不扮演角色，不是区分说唱艺术和戏剧艺术的唯一标准。

实际上，曲艺演员根据表现内容和舞台效果的需要，扮上人物进行表演的案例并不鲜见。比如上海滑稽戏、四川谐剧、化装相声、东北二人转、内蒙古二人台（说唱形式）等曲种，演员经常扮演角色进行表演，尤其是民间艺人表演的二人转，大部分丑角（男演员）都是以表演即兴小品为主，有些演员干脆拎着包裹上台，一边表演一边当众换服装，扮上各种角色进行滑稽表演。这些扮演角色的表现形式就是曲艺小品的前身，不同于话剧演员再现生活的舞台表演，也不同于戏曲分行当、讲程式的舞台表现形式，曲艺演员扮上人物仍然以说唱形式夸张、幽默或略带滑稽的手法表现生活。

如果追根溯源，扮演人物进行说唱表演的情形古已有之，只是没有用过"小品"这样的名字而已。如《史记·滑稽列传》就记载了楚国一名说唱艺人优孟扮演角色讽谏楚庄王的有趣故事：有一天，优孟在路上遇到了已故宰相孙叔敖的儿子，这位靠砍柴为生的原宰相之子告诉优孟，说他父亲临终时曾经嘱咐过他，如果生活贫困就找优孟帮忙。于是，优孟回家缝制了孙叔敖生前穿的衣服和帽子，模仿孙宰相的音容笑貌反复排练。一年后，优孟借楚庄王摆酒宴的机会，扮演孙叔敖给楚庄王敬酒祝寿，楚庄王大惊，以为孙叔敖又复活了，请他做楚国宰相，优孟说要回家跟妻子商量，三天后来回复。三天以后，优孟回复楚庄王，说妻子不同意他当宰相，当楚国宰相还不如自杀。楚庄王问为什么，优孟说出了忠正廉洁的原宰相孙叔敖死后，其子女竟无立锥之地，靠砍柴为生的实情。接着优孟又唱了一段自编的词，大意是说，住在山野耕田辛苦，难以维持温饱。出外做官虽然富足，可是要不顾廉耻、贪赃枉法，难免犯罪。像孙叔敖那样做清官，死后妻子儿女贫困无助，这样的官不值得做。楚庄王幡然醒悟，感谢了优孟，召见了孙叔敖的儿子，封给他一些田产做祭祀之用。

司马迁用生花妙笔活灵活现地刻画了艺人优孟精彩表演的全过程。首先是优孟深入生活发现问题，再是准备服装和认真排练（模仿宰相孙叔敖），然后是扮演已故宰相孙叔敖到楚庄王的酒宴上表演，并且连说带唱，表达了他的看法——国君应该善待廉洁自律的官员。

优孟扮演了角色，可他表演的是说唱，不是戏剧。

可见，用扮不扮演角色来衡量是不是曲艺形式的观点失之偏颇。曲艺小品的前身就是化装表演的说唱艺术，现在有些说唱演员扮演角色以第一人称进行的表演，可以称之为曲艺小品或说唱小品。

小品分类有据可依并不模糊

小品过去本不是一种独立的艺术形式，1982 年再版的《辞海艺术分册》里还没有把小品列入艺术形式条目。小品这个名词最早可见佛教界，佛教将短篇经文称为"小品"。美术界将一些小幅画作也称为"小品"。再是戏剧院校或院团考察和训练演员时即兴表演一个情节片段称为"做小品"。1983 年后电视晚会中才出现小品表演形式，这种约定俗成的称谓其实也是统称，要仔细分类，可以分为如下几种：一是话剧小品，如《雨巷》《书香门第》《芙蓉树下》等；二是戏曲小品，如京剧表演艺术家朱世慧、评剧表演艺术家赵丽蓉表演的带唱腔的小品，以及多剧种演员合作的《拷红》等；三是歌剧小品和哑剧小品，如《克里木参军》和王景愚先生表演的《吃鸡》等。还有音乐小品、舞蹈小品、杂技小品等形式也曾经在各种晚会中出现过，因为数量不多、影响不大，尚未形成独立风格。

真正产生广泛影响、深受人民群众喜爱的是曲艺小品。曲艺小品其实就是化装表演的说唱小品，也被称为喜剧小品。曲艺小品有着鲜明的艺术个性，与戏剧小品有明显的区别。戏剧界曾经组织过很多次小品大赛（从来不包括带有明显说唱元素的曲艺小品），也出现过许多优秀作品，但是仅限于业内流传，观众很少问津。本人曾参与过戏剧小品的创作，辽宁人民艺术剧院也曾排演过我的一批作品，还参加了辽宁省文化艺术节，剧场效果不如曲艺演员表演的那样火爆，但刻画人物和诠释作品内涵要比曲艺小品深刻。我把话剧小品与曲艺小品的表演差别做了一些比较：话剧演员表演小品遵循再现生活的艺术理念，注重刻画典型环境中的典型人物；曲艺演员表演小品追求剧场效果，以放大、夸张的手法表现内容。话剧演员刻画人物注重内心节奏，表演张弛有度；曲艺演员表演更注重抖包袱，观众有笑声掌声时表演就停顿（等包袱）。话剧演员严格遵守"第四堵墙"的舞台感觉，只与同台演员进行角色与角色之间的交流；曲艺演员上台第一件事是打破"第四堵墙"，在与同台演员交流的同时，时刻不忘与观众的交流和互动。话剧演员认真与编剧合作，懂得体现作品的完整性；曲艺演员自我意识第一，随意删改剧本和给自己加戏。

戏剧小品和曲艺小品不但在表演套路上各不相同，在选材和情节结构以及表现手段上也各有各的章法。因此说，曲艺小品就是曲艺小品，不能称之为戏剧小品。

曲艺小品的艺术特征及形式规范

在各种规模的曲艺展演和评奖中，确有一些小品定位模糊或缺少说唱艺术特征，也有作者特意标明"话剧小品"字样的作品却被报到曲协来评奖。因为各种不规范现象的存在，引发小品是不是曲艺的质疑，可谓事出有因。

能够归为曲艺门类的小品可以具有不同的表现风格，但必须具备说唱表演艺术的基本特征。

一种是从化装相声演变而来的小品，其主要特点是运用相声手法、语言包袱表现内容，演员的舞台道白明显是相声口风，没有话剧腔，扮演角色或倒口（使用方言），或反串（男扮女装），有时还用一赶二、一赶三（一名演员扮演两个以上角色）的曲艺手法，带有夸张的表演方式，常用即兴、现挂、跳进跳出等表现手段追求剧场"笑果"，如冯巩、巩汉林、郭冬临、贾玲等人表演的小品，把此

说唱小品的前世今生

类小品归为曲艺类节目应该是无可争议的。

另一种是运用说唱艺术手段表演的小品，其特点是有说有唱、化装表演。如东北的小品，把二人转里的说口、唱腔、舞蹈等元素直接运用到小品中，如《过河》《红高粱模特队》《说事》等。也有一些曲艺院团创作的小品，把鼓曲、琴书、单弦、快板快书等形式与喜剧表演进行混搭，主要特征没有离开说唱艺术的本体，这些都应该算作说唱小品。

再一种是海派小品和西北、西南地区的小品，他们把上海滑稽、西北说唱或四川谐剧等艺术元素运用到小品之中，虽然其中有一些戏剧成分，但是运用方言表演和直接与观众交流，作品具有幽默、诙谐，甚至夸张、荒诞等明显特点，这类作品的基因还是源于曲艺艺术。

我的主张

过去我一直认为，一种新的艺术形式叫什么和归谁管并不重要，受老百姓欢迎才是王道，现在看来是我错了。在我国，任何一种艺术形式，如果没有归属、没人扶持，就有可能被边缘化，直至萎缩或消亡。带有明显曲艺艺术元素的小品戏剧界不会"收养"，曲艺界要是也不管，它完全有可能走向未老先衰。

曲艺由于出身低微而缺少自信。许多地方曲艺团队经常把自己创作和演出的说唱作品特意标明为"话剧小品""喜剧小品""大型曲艺剧"，甚至把综合性的说唱表演节目，标上不伦不类的"大型音舞诗画剧"，误以为只有这样才能抬高曲艺的身价。其实，艺术形式没有高低贵贱之分，曲艺是人民的艺术，人民喜爱才是硬道理。

为了规范小品的艺术属性，避免不必要的争端，本人建议：今后凡是由曲艺工作者创作、表演的，带有说唱艺术特色的小品，参加曲艺评奖或展演的作品，应该回避"喜剧""话剧""音乐剧"等带"剧"字的称谓。属于以语言为主的节目，应该标注为"曲艺小品"；有说有唱的可以称为"说唱小品"，不要随心所欲、乱起名堂，避免引起不必要的"边界纠纷"，也防止因为乱起名号而失去评奖和获得创作支持的机会。

曲艺小品的产生和发展是全国曲艺工作者集体努力创新的成果。三十年来，曲艺小品给全国人民带来了无限欢乐和慰藉，无论当下还是未来，曲艺小品都是有希望、有市场、有发展空间的说唱表演形式，曲艺界的有识之士无论从理论支持还是艺术实践层面，都应该给曲艺小品更多的关注和扶持，让这朵说唱艺术之花绽放得更加艳丽。

以情代理　情理交融　讲好中国故事

习近平总书记在文艺工作座谈会上要求文艺工作者"要讲好中国故事、传播好中国声音、阐发中国精神、展现中国风貌……让外国民众在审美过程中感受魅力，加深对中国文化的认识和理解"。

随着我国在现代化建设中取得辉煌成就和对人类命运共同体的建构发挥重要作用，外国民众对了解中国文化的意愿日益增强。可是，我们必须看到，由于受西方某些别有用心的势力长期对我国妖魔化宣传的影响，以及我们在传播中华文化精神方面的被动和偏差，国外许多民众对中华民族文化的认知还十分有限，甚至存在许多误读。尤其是西方的许多青少年，他们仅仅知道中国有长城、有"会功夫的熊猫"，还有一个"办学院"的孔子，而对于独具特色、博大精深的中华文化，他们却像雾里看花，模糊不清。

造成中华文化对外传播不利和被误读的原因，与我们的文艺创作滞后和创新能力不强有直接关系。首先是我们的作家艺术家长期以来没有彻底摆脱"主题先行论"和"题材决定论"的观念影响，创作生产的文艺作品带有明显的功利意识和宣传色彩，总是要"以理服人"，不能以情动人，缺少世界性美学价值取向，造成了对外文化交流的障碍。其次，有些作家艺术家盲目以洋为尊、以洋为美，亦步亦趋、东施效颦，以西方的审美尺度剪裁自己的作品，模仿一些极端的创作方法，揭露社会阴暗面、描写中国人的愚昧落后和丑陋行径以讨取洋人欢心。虽然也有些作品在国外获奖，却对中华优秀文化和国人的文化心理造成了伤害。也有的艺术团体在走出国门对外交流时，美丑不分，善恶不辨，以低级趣味嘲笑弱势群体的不当方式取悦观众，受到了国外民众的鄙视。

讲好中国故事，我们必须遵循中华传统美学理念和时代精神，传递真善美，传递向善向上的中国价值观。在创作手法上要追求"托物言志、寓理于情、形神兼备、意境深远"的中华审美风范，使我们的文艺作品能够温润心灵、启迪心智，以独特的魅力去吸引人、感染人、打动人、鼓舞人。

中国不乏生动的故事，关键要有讲好故事的能力。

感人心处　莫先于情

白居易在《与元九书》中提出：感人心者，莫先乎情。李渔在《闲情偶寄》中说：传奇无冷热，只怕不合人情。古人道出了文艺作品最本质的功能不是用大道理教育人，而是要以情感人、以情动人。凡是深受国外民众喜爱和广为流传的中国文艺作品，都是充满人间真情，表现大爱、大善和正义至上的生动故事。比如，明代汤显祖创作的《牡丹亭》，被称作中国的"生死恋"，剧中的杜丽娘，因爱而死，为情还魂的浪漫故事，是穿越时空的生死之恋，感天动地、荡气回肠，具有世界性的美学价值。汤显祖在该剧题记中说：如杜丽娘者，乃可谓之有情人耳。情不知所起，一往而深，生者可以死，死可以生。再如，源于中国古代民间故事的戏曲《梁山伯与祝英台》，也是深受国外观众喜爱的优秀作品。周恩来总理在向外国朋友介绍这部作品（戏曲电影）时说，这是我们中国的《罗密欧与朱丽叶》。当外国朋友看到梁山伯为爱病故，祝英台为爱殉情，最后化作彩蝶双飞时，无不为中国人这种深情大爱、至死不渝的爱情观所打动，更为中国艺术至善至美的浪漫主义情怀所感染。

当然，能够跨越时空、超越国界，具有永恒魅力的优秀作品，不仅仅是靠故事本身，还要具有世界性文化价值的精神内涵，如巴尔扎克所说，一个作品，不仅仅要写出事件人物和他的故事，还要对事件思索，发掘出事件背后的深刻含义。

以情代理　情理交融

凡是能够经久流传的文艺作品，都会在演绎人间真情故事的同时展现理性的光芒。中国艺术美学中所言之"理"，不是"高台教化"讲道理，而是动人情节本身所包蕴的一种正道——天理、公理和情理。天理是不可违背的法则，是老百姓常说的"天地良心"。公理是指社会公认的规矩，如道德规范和行为准则。情理则是世道人心。好故事要合情合理，更要情理交融。正如《牡丹亭》，在讴歌杜丽娘和柳梦梅至死不渝爱情的同时，也对"灭人欲"的封建理学进行了鞭辟入里的批判；《梁山伯与祝英台》在表现梁祝生死相依爱情故事的同时，也对嫌贫爱富的腐朽观念进行了理性批判。还有一部获得国外艺术学界高度评价、被王国维誉为"即列之于世界大悲剧之中，亦无愧色"的元杂剧《赵氏孤儿》（元代纪君祥作），其故事跌宕起伏、扣人心弦，在表现晋国朝臣公孙杵臼和民间医生程婴为营救被奸臣陷害的忠臣赵氏遗孤，而与当朝权臣屠岸贾进行不屈不挠斗争过程的同时，深刻揭示了正义力量必定战胜邪恶的天理正道。

中国故事要表现的中国精神、中国力量，最本质的"理"是顺天理、合民意，是大道自然、天人合一，而不应是鲁迅先生批评的：不免咀嚼着身边的小小悲欢，而且就看这小悲欢为全世界。

各美其美　美美与共

我们说"情"道"理"的最终目的，是要探讨如何面对世界、面向未来讲好中国故事。要把中华文化独一无二的理念、智慧、气度、神韵等美学精神与人类文化相融合。实现这个艺术理想最关键的是文化自信和文化自觉。各美其美、美人之美、美美与共、天下大同。我国著名社会学家费孝通先生提出的融入世界文化的"十六字箴言"，精辟概括了在世界文化多元化语境下，如何尊重差异，如何以鲜明的民族特色丰富世界文化，推动人类文明大繁荣的开放理念和发展路径。

值得深思的是，当人类命运共同体向我们敞开机遇的怀抱时，我们的文化艺术界还没睡醒，在西方无孔不入的文化渗透和强势袭来的文化贸易竞争中，我们还存在着妄自尊大和妄自菲薄两种倾向。当西方的文艺创作生产者和文化产业公司，拿去了我们的故事和素材，制作出了文化产品销往全世界的时候，我们却在效仿美国韩国，推崇娱乐至上的理念，生产了许多文化垃圾。美国迪士尼公司根据我国南北朝时期产生的一部民歌《木兰辞》（在音乐文学分类中也叫故事歌）制作成的卡通片受到了全世界观众的喜爱，收获了出乎意料的经济回报，以木兰从军故事为创作素材的电影正在制作中。而与此同时，在我们的传媒里却出现了多个恶搞花木兰的版本。为什么外国人在短短的六十多句、仅三百余字的一首民间故事歌里，能够看到花木兰替父从军的"孝"，看到她女扮男装征战疆场的"勇"，看到她立下战功而辞官不做，"愿驰千里足，送儿回故乡"的"美"和"善"，而我们的一些网民却在津津有味地研讨为什么那些与花木兰并肩作战十二载的男人们，竟然没有发现她是女人？对那些藐视经典、消解崇高、歪曲现实、丑化人民的不良风气不可熟视无睹，我们要花大气力进行价值引领，否则，在世界文化大发展的格局中，我们只能看着别人美，却讲不好中国故事。

习总书记殷切希望文艺工作者要坚守艺术理想，把作品的精神高度、文化内涵、艺术价值作为追求。让目光再广大一些、再深远一些，向着人类最先进的方向注目，向着人类精神世界的最深处探寻，创造出丰富多样的中国故事、中国形象、中国旋律，为世界贡献特殊的声响和色彩，展现特殊的诗情和意境。

讲好中国故事，任重而道远。

（本文作者系中国文艺评论家协会副主席、中国曲艺家协会副主席、国家一级编剧）

多元文化语境下的民族艺术发展前景
思考与判断

我们所说的"文化多元化"与西方学者提出的"文化全球化"其实别无二致，只不过大多数发展中国家不愿意使用文化全球化这样一个概念而已。

从目前全球文化的碰撞、交融和变革的现实来看，文化全球化趋势实际上是以美国这一个国家为主导地位的单边文化霸权，无论我们愿意不愿意接受这样一个现实，占全世界文化产品（或称内容产品）出口 50% 以上的美国式娱乐仍然占据全球文化发展的主导位置。法国学者弗雷德里克·马特尔曾说："美国在对外输出文化产品的同时也输出文化娱乐模式，无论是二十七国的欧盟还是有十三亿人口的中国，都无法与之抗衡。"在不对称、不均衡的世界文化贸易格局中，美国在电影、电子游戏、流行音乐（含音乐剧）和畅销书等领域都处于绝对优势，在全球化和互联网的时代，配额与审查已经难以起到对本土文化艺术的保护作用。民族艺术面临冲击和挑战是不容忽视的现实。面对全球大文化的发展趋势，我们应有冷静客观的思考和应对策略。

民族艺术遭遇大众娱乐的严峻挑战

我们常说的美国文化或西方文化，实际上是一种大众娱乐文化，至少是淡化了艺术与娱乐界限"软硬兼施"的混搭文化。而我们的主流文化价值理念从来都是把艺术价值放在首位，大众娱乐处于次要地位或边缘化状态，至少在中国是这样的。有人将当前全球文化传播说成是一场文化战争，那么这场"战争"的主体肯定不是艺术的，也不是意识形态的战争，而是在大众娱乐领域里展开的生死较量。美国人非常明确地认为，主流是由多数人共同享有的一种思想方式和文化方式，主流文化是一种大众文化，也是流行文化。迪士尼总裁卡森伯格更直截了当，他说："在我看来，我终其一生就是为了服务大众，归根到底，观众才是我的老板。"本人在这里不厌其烦地提及美国的娱乐文化，不是羡慕和推崇，而是这个极其强势的文化娱乐模式谁都不可以无视它的存在和影响力，单纯从文化实力和影响力来看，恐怕中国与新加坡合到一起也未必是它的对手。从美国引进的电影《阿凡达》《功夫熊猫》《无间道风云》和《2012》，每一部影片的获利都可以超过我们国产电影出口盈利的总和。自 2012 年始，中国已经将每年电影进口的配额在原来 20 部的基础上，又增加了 14 部（3D 电影），票房提成也从原来的 13% 提高到 25%，实际上，进口配额已经成为一种形式，从市场份额占有率来看，国产影片一直处于劣势，对外出口情况不佳，在电子游戏、流行音乐、舞台艺术和畅销书等方面与电影的处境大同小异。我们即使不大在意文化贸易的绝对逆差，也不能不在意外来文化对我们民族艺术的冲击。

近几年来，大陆和台湾都在加强对民族文化和非物质文化遗产的保护，可是，这种被动式保护产生的作用是有限的，难以从根本上改变人们对流行文化趋之若鹜的状况，绝大多数传统艺术和现实主义的文艺都陷入困境，生存艰难，更不必谈发展繁荣。本人在大学生中做过一个初步调查，绝大多数青少年对民族艺术不感兴趣，甚至对中国的"四大名著""四大名旦"、传统戏曲的"十大悲剧""十大喜剧"所知甚少，他们的文化生活过多地依赖于互联网，津津乐道的几乎全是俗文化大众娱乐的东西，这恐怕是我们繁荣民族艺术遇到的真正危机。尽管政府在文化导向上一直在努力，尽管我们有相当数量的艺术家和文化企业家都致力于保护中国文化，保护民族艺术，可现实是严酷的，不容乐观的，对这场没有硝烟的文化战争没有清醒的认识，缺少主动改变目前被动局面的战略意识，结果是不言而喻的——以民族艺术来抵御外来流行的娱乐文化当然难有胜算。

以不变应万变终会走向僵死

古今多少事，上下五千年。悠久的文化传统是我们中华民族的骄傲，在传统文化背景下产生的民族艺术也是我们民族的宝贵财富。问题是面对现代传媒和文化输出国的强大攻势，民族艺术正在节节败退，只能靠保护生存，如同一个靠输氧、输血而苟延残喘的植物人一样。这是为什么呢？

一是我们衡量艺术的标准不够科学。"文以载道""高台教化""寓教于乐"一直是我们艺术评判的主要标准，尽管现在叫"思想性、艺术性、观赏性相统一"，也还是万变不离其宗。当然，艺术不能没有思想，不能没有灵魂，"三性统一"的标准也没错，但这毕竟是针对真正的艺术精品创作而言的最高标准，不是所有的艺术创作都能够达到的，更不适用商业的大众娱乐行为。大众娱乐和流行文化没有或基本没有这种标准，他们唯一的标准是让大众接受，获得最大利润，可以说这是个最低标准。那么最高标准遭遇最低标准情形会怎样呢？如同君子与无赖打架，君子永远占不了上风。何况我们经常把艺术的、娱乐的和宣传的文艺混为一谈，用一个价值标准衡量不同用途的文化艺术，这是不科学的，带有政治文化色彩的艺术品在全球文化传播中更难以走出去，也不能占有一席之地。

二是我们传统的艺术理念需要更新。在全球文化竞争中我们民族传统艺术几乎没有什么竞争力，我们经常在媒体上看到"某某团体在国外演出传统剧目引起轰动"的新闻，实际情况却大打折扣。所谓的"轰动"不过是在部分思乡心切的中老年华人中引起的正常反响而已，西方人基本上不了解中华文化，更谈不上什么"轰动"。我们不缺少文化自信，也不能盲目自信，故步自封，画地为牢。一成不变的艺术理念是保守的落后的理念，老祖宗留下的就是最好的，不能变的，这不符合美学原理。艺术永远要求新求变，要跟上时代的脚步，老祖宗们就是在不断创新中确立了各种艺术表现形式。今天的时代在变，文化传播模式在变，人们的审美趣味和接受理念也在变，而我们的艺术样式不变，不符合艺术发展规律，不更新保守的艺术理念，民族传统艺术就没有活路。

总之，我们处在全球文化竞争极其激烈的时代，谁能脱颖而出，现在下结论为时尚早，要想取胜我们就必须迅速调整和尽快适应，当我们不能改变世界的时候，就要顺应世界潮流，以不变应万变肯定是会走入死胡同。

发挥优势打好主动仗

在中国走向世界经济大国的历史时期，文化全球化应该有我们的中国化。在我们分析外来的文化挑战和自身存在的某些不足的同时，也应该看到我们自身的发展优势，增强文化自信。

中国文化建设正处在最好的历史机遇时期，一个文化大发展大繁荣的时期正在到来，全国公益性文化服务体系正在形成；深化文化体制改革已初见成效；文化产业的全面发展正在提速；文化市场的培育正在加强；国家对文化艺术的投入逐渐加大。所有这些都会对我们民族艺术的发展提供根本性的保证。

我们拥有丰富的文化资源，全国各民族、各地区都有自己独具特色的深层文化储存，可开发的文化资源极其丰厚，别人可以利用我们中国的"图兰朵""花木兰""中国功夫"等文化元素打造出优秀的文化产品，我们不行吗？当然可以。中华民族悠久的历史文化和火热的现实生活是我们艺术创作和开发创意产业取之不尽用之不竭的源泉。

巨大的市场需求是繁荣艺术创作和发展创意产业的强大动力。应该说，改革开放的中国，不惧怕任何外来文化的进入，打开门窗会进来新鲜空气，随之也进来几只蚊蝇，这很正常。有人说目前的中国，每天都有一座影城竣工，遍及中国城乡的各类剧场和文化活动中心像雨后春笋般迅速崛起，中国人的精神文化需求对文化投资者具有强大的吸引力。但是，我们应优先考虑发展民族的文化艺术，尽快发展强大主流文化创意产业，只有最大限度地拥有国内市场的占有量和提高文化产品输出量才能有效抵御外国产品的横行。

面对民族文化艺术的繁荣和创意产业的发展，海峡两岸暨香港、澳门加强合作，优势互补，携手共进是明智之举，也是民族利益之所在。近几年来，港澳台地区的艺术家和部分文化企业与大陆的合作取得了历史性的进展，所有到大陆发展的艺术家和文化投资商都尝到了甜头。当然，这种合作好像才刚刚开始，还存在着一些障碍和不足，比如港澳地区的娱乐性文化如何与以传统为优势的内地文化进一步融合的问题需要解决，台湾地区与大陆的文化合作仅仅开了半扇门，如何消除隔阂与限制还有待我们的共同努力。

一是在创意产业方面加强合作。当前，中国的文化产业发展神速，各地区都在大干快上，有大量的社会资金正在进入和准备进入文化产业。但是，有产业缺创意的情况也是显而易见的。据报载，在前不久的一次文化产品展销会上，出现了一万五千集国产电视剧。专家认为，其中有近万集质量欠佳，难以进入市场。这与缺少创意，仅靠跟风、扎堆、克隆，盲目投入不无关系，许多文化公司里缺少和没有文化创意人才，不进行市场调研和对国内外文化发展的分析研究，看什么题材走俏，赶紧跟进，不重视文学剧本的创作，不重视制作质量，生产出大量垃圾产品，既浪费了大量资金，也扰乱了市场秩序。需要指出的是，在大量的低品质、无价值的文化产品生产中，也有部分港台艺人参加，他们拿到了不菲的劳务报酬，却没有赢得人心。本人认为，只有我们共同组织优秀人才，认真合作，在创意上狠下功夫，才能打造出在国内有市场，走出去有影响力的优秀创意产品。

二是在打造民族艺术精品方面加强合作。什么叫精品？精品应该是经得起市场和时间检验的能够叫得响、传得开、留得住、活得久的经典作品。精品不是评出来的，也不能批量生产，一两年就评出几十部精品不符合艺术规律。严格说来，近些年来，在国内外产生重大影响的民族艺术精品实属凤毛麟角。按照国外的经验，一般情况下，创作和推出代表国家和民族最高水准的艺术精品都不是由文化产业公司来做的，大部分是政府支持那些非营利组织来做。海峡两岸暨香港、澳门的艺术家和群众团体应该联手策划，利用几年时间打造出几部无愧于历史、无愧于时代、无愧于中华民族的经典艺术作品，为中华民族的伟大复兴作出一点贡献。

三是在文化走出去战略上加强合作。本人通过文化交流的渠道去过一些国家，所到之处几乎都可以看到有些华人在国外参加商业性演出和公益性文化活动，却很少看到中国风格的大型表演在国外落脚并长期上演。目前，国内出现了一些大型表演娱乐节目，效果不错，效益也很好，可是，一般都是拿不走、出不去的东西。某些杂技团队到国外演出的机会较多，但也都是受制于人，采取打一枪换一个地方的游击战术，赚点小钱。如何让中国的文化走出去，不仅仅是文化交流的方式，更是拿出优秀的文化产品进入国外市场，是值得我们共同面对的课题。有国外文化学者指出，中国人拍戏和制作影视剧都是给自己看的，美国是给全世界拍电影和制作娱乐产品。在文化走出去方面，香港、台湾比大陆做得好些，如果我们联手走出去，可能会更好。

　　四是在培养艺术人才方面加强合作。艺术人才培养是一个相对复杂的系统工程，也是关乎文化进步和艺术繁荣的根本大计。香港在实践中培养十八般武艺样样皆通的多功能型演艺人才方面比较成功，台湾地区深厚的国学教育和文化传统也很突出，大陆有无数个艺术教育院校，教育资源丰厚，如果通过合作产生合力，对我们培养有中国特色的适应时代发展需求的艺术人才一定是大有裨益的。

　　以上思考与推断都是一孔之见，就教于各位有识之士。

与时代同步伐 以人民为中心 传承发展
二人转艺术

——在二人转传承发展高峰论坛上的发言

为贯彻落实习近平总书记的重要指示精神和实施中华优秀传统文化传承发展工程，前不久文化和旅游部出台了《曲艺传承发展计划》，我们举办这个高峰论坛就是以习总书记新时代中国特色社会主义思想为指针，围绕《曲艺发展传承计划》而开坛研讨的。

东北地区说唱艺术和地方戏品种较少，老百姓说，宁舍一顿饭不舍二人转。因此可以说，二人转是东北广大劳动人民最重要的文化主食和精神寄托。我曾经为电视剧《正月里来是新春》写过一首主题歌：黑土地为根，长白山为魂，冰雪铸风骨，江河融精神。二人转、东北人，血脉相连辈辈亲，打折骨头连着筋……

二人转陪伴着东北人民走过了三百年的风风雨雨，它是优秀的民族传统艺术。

我们进入了伟大壮阔的新时代，传统艺术必须与时代同步伐，二人转要满足新时代人民的需求就必须实现创造性转化、创新性发展。

客观评价二人转的三百年、七十年、二十年基本状态

从民间说唱"蹦蹦"到现代"二人转"经过了三百年的活态传

101

承，它不但没有像有些传统艺术一样枯萎衰竭，反而越转越欢，不但活在当下、活在东北，甚至有东北人的地方就有二人转，这是一种了不起的文化现象。

二人转曾经叫"蹦蹦"，民间还称其为"地蹦子"，意为没有舞台，在地上活蹦乱跳表演的艺术，新中国成立之初改名为二人转。它是可"蹦"可"转"、可喜可叹、可方可圆，生命力极强的民间艺术，从来没有僵化过。向前"蹦"，越蹦越远；任意转，越转越宽，以观众为父母、以人民为中心，一直是二人转的生存之道，围着人民"转"，跟着时代"转"是它三百年久"转"不衰的原因。

传统"蹦蹦"的起源受中国北方萨满文化影响较大，民间"跳大神"与"蹦蹦"都是载歌载舞的表现形态，前者关乎民间信仰，"蹦蹦"把"道"的观念融入到民间说唱之中，从总体上看，传统二人转所表现的主体内容一直没有脱离文以载道的大范畴。

新中国成立以来，党和政府实行了对民间艺人的改造，行走江湖的二人转小班融入到各级专业曲艺团队，民间艺人成为了新文艺工作者，"滚土包"的二人转登上了文艺舞台，发生了翻天覆地的变化。七十年来在"为人民服务"和"为社会主义服务"的方向指引下，二人转对东北的老工业基地建设和改革开放作出了重要贡献，产生了几百篇现实题材的二人转作品。

20世纪六七十年代二人转遭遇了有史以来最严重的摧残，但是，这个阶段产生的二人转《常青指路》《太阳出来了》、坐唱《处处有亲人》、二人转歌舞《插秧歌》等作品以独特的姿态延续了二人转的存在，也应该载入二人转发展史册。

近二十年来，二人转集体进入市场，在开拓演出市场、培育新型演出业态和吸引新人加入二人转行业等方面成绩斐然，走在了全国所有传统艺术的前面，目前已经形成了二人转人才培养、市场营销和新型文艺群体等一个完整的产业链，为东北地区文化产业总产值作出了实实在在的贡献。与此同时娱乐二人转也创造了一种虚假繁荣现象。所谓虚假繁荣，是从表象来看，二人转从业人员猛增到几十万（包括二人转经营者和各种培训学校），演出场所近千处（包括夜总会和洗浴中心），二人转从营业收入来说几乎成了东北地区演出业的龙头老大。可是，这二十年产生的思想性、艺术性、观赏性完美统一的作品可谓凤毛麟角，能够叫得响、传得开、留得下的优秀作品几乎没有。娱乐二人转从内容到表现形式都出现了异化现象，除少数地区还存在着传统意义上的地道二人转，大部分经营场所表演的都是"转基因"二人转。这是需要高度重视和提出对策的问题。

在继承中创新，在创新中发展

习总书记指出："创新是文艺的生命。"不想创新、不敢创新、不会创新的二人转迟早都会有性命之忧。

艺术创新不同于科技产品的研发，必须在继承的基础上进行创新，二人转丢掉了唱说扮舞和跳进跳出叙述故事、模仿人物的基本表现形式，就不存在创新，换句话说：不懂得传统就没资格创新。失去了基本特征的所谓二人转终究会变异成夜总会式的娱乐搞笑表演。

提倡继承是为了更好的创新，二人转创新不能靠花拳绣腿做表面文章，而是要在思想内容上、艺术表现上、传播方式上全面创新，创新的目标要以中老年观众喜欢、青少年乐于接受为出发点和落脚点，创新的成果要经得起专家评价、人民评价和市场检验。

增强二人转的原创能力和创新能力必须得到政府的支持和引领，以人民为中心的创作创新必须让人民满意，参加评奖或公益性演出与经营性演出的作品不要搞两套版本，官方主抓和各种艺术基金扶持的创新作品也要兼顾人民群众喜闻乐见，不要再搞"政府是投资主体，领导是主要观众，获奖是唯一目的，仓库是最终归宿"的形象工程。脱离人民的所谓创新不利于二人转的健康发展。

打造精品力作，培育名家大师

习总书记强调："衡量一个时代的文艺成就最终要看作品。"缺少无愧于伟大时代、伟大民族的优秀作品，其他事情搞得再热闹、再花哨，也是表面文章。

二人转的保护传承仅仅是手段，不是目的，目的是要让人民喜爱的民间艺术与今天的时代相适应，与现代文化相融合。新时代二人转要有新气象、新作为，要创作出在全国产生广泛影响的精品力作，要通过优秀作品培育二人转新一代名家大师。在艺术传播和市场营销上，往往一个艺术名家的作用胜过千军万马。那些通过炒作、圈粉和偶然机缘一夜成名的所谓"大腕儿"，如果在人品、艺德上站不住脚就不会走得太远。我们要努力培养一大批有信仰、有情怀、有担当的德艺双馨的艺术人才，让他们成为新时代二人转的领军人物，在东北二人转传承创新再创辉煌的历程中实现他们的艺术理想和人生价值。

传统曲艺的艺术魅力探源

　　曲艺是我国各民族说唱表演艺术的总称，其历史悠久，流传广泛，形式丰富多样，人们喜闻乐见。千百年来曲艺在传承优秀文化和民族美德方面发挥了无可替代的重要作用。据不完全统计，全国共有不同曲种四百多种，几乎每一个曲种都是一个相对独立的系统：相声讲究的是"说学逗唱"；弹词表演的技巧是"说噱弹唱"；二人转的表演五功是"唱说扮舞绝（绝活）"；评书在结构上讲的是"坨子梁子扣子"；表演上有"表、白、评"三种手法并用；化装相声和曲艺小品又是进入到角色化的表演。不同曲种有的侧重于说、有的侧重于唱、有的侧重于演，还有与戏曲联姻、与歌舞混搭的各种形式，丰富多彩，曲艺理论家们对曲艺本质特征的概括也不尽相同，有人说"曲艺是语言艺术"，有人则说"曲艺是口语说唱叙事艺术"，也有的曲艺家认为"曲艺是听觉艺术"，各种说法似乎都有道理，又不十分精确。本文不讨论曲艺到底是什么，仅从艺术接受学的角度探讨传统曲艺表演靠什么手段吸引观众，曲艺区别于其他舞台表演艺术的基本特征是什么。

　　一、独一无二的交流方式。纵观所有的舞台表演艺术，绝大多数形式都是"我演你看"的两分法观演格局，戏剧与戏曲尽管有许多流派，但基本上都是扮演人物，舞台上角色与角色之间进行交流，唯有曲艺从产生之初就奠定了与观众融为一体的观演形态——演员与观众的直接交流与互动是曲艺最为独特的表现形式。一个或两个演员（传统曲艺很少见多人表演）借助简单的手持道具，靠说唱表演完成一场或一个段子的表演，没有过硬的功夫不行，不会与观众交流更不行。修养高深的曲艺表演者会使用开场白、垫话、书帽、现挂（即兴表达）等各种手段拉近与观众的情感距离，主动引领观众参与艺术创造。在基本没有舞台布景和"灯服道效"相配合的简约表演环境中，曲艺演员要靠自身的表演征服观众，其难度远远大于其他舞台表演艺术。艺人们说："世上生意甚多，唯有说书难习。紧鼓慢板非容易，千言万语须记：一要声音嘹亮，二要顿挫迟急。装文扮武我自己，好像一台大戏。"所以，曲艺先人采取了一个最聪明的办法——把观众拉进书中或曲目中来，尽可能地启动观众的想象力和理解力，实现情感和信息的双向交流。在打消了观演隔阂和没有高台教化的感觉中，观众不由自主地参与到演出之中，通过积极的互动，观众会随着表演者的喜怒哀乐或哭或笑、或喜或悲，相互感染，这是艺术欣赏过程中的一种快感满足，也是从古至今，无论艺术传播方式发生了多大变化，观众仍然喜欢到小剧场欣赏曲艺演出的主要原因。

二、观众至上的演艺理念。曲艺生成于民间，行走于江湖。靠卖艺养家糊口的民间艺人最懂得"没有君子不养艺人"和"观众是艺人衣食父母"的硬道理，以敬畏心理面对观众是曲艺艺人的生存之道。所以，无论本事多大的艺人上台表演都会放下身段儿、不摆架子，恭恭敬敬地为观众献艺。他们尊重观众不仅仅表现在态度上，更是在表演内容上严格按照人民群众的道德尺度和审美标准打造曲目（作品），歌颂英雄、赞美清官，以抑恶扬善的精神宣扬民族的传统美德，用生动鲜活的说唱艺术传递正能量的思想内容，以寓教于乐的正趣味愉悦观众，此乃传统曲艺之主流，诸如《三国演义》《杨家将》《岳飞传》《水浒传》《隋唐演义》《包公案》《海公案》以及少数民族的《格萨尔王传》《江格尔》等优秀书目、曲目都是经过几代艺人的不断加工完善，一直流传到今天。一些长期活跃在乡间的民间艺人，他们把《西厢记》《回杯记》《包公赔情》等民间传说按照农民的欣赏标准进行地域化、农民化、通俗化的改造，保证让农民观众在观赏中"不生、不隔、入耳、入心"。尤其是讲艺德的说唱艺人，只有在大车店、矿山、林场等没有女人的地方演出时，才表演一些带有性意味的段子用以满足那些社会底层的汉子们部分精神需求，到了"子孙窑"（农村）演出时，绝对不允许"说黄的、唱粉的"，他们说这叫"行低人不低"，这种自觉自律和自我约束意识换来的是艺人的尊严，同时也密切了艺人与广大观众的关系，这种崇德尚艺的传统也是曲艺薪火相传不断发展的根基。

三、创新求变的艺术追求。曲艺是一种鲜活的艺术，接地气是它的根本，创新是它的生命，所有流传至今的说唱曲种，无一不是在适应观众需求中得以生存，在适应时代变革中寻求发展的。曲艺与其他舞台表演艺术的不同之处在于一个"变"字，同一部书或同一段作品，不同的艺人各有各的演法，即便同一个演员在不同的地点、不同的时间演出也不尽相同，绝对不会一成不变地表演到地老天荒。灵活调整和不断改革的出发点和落脚点完全取决于观众的需求和喜爱，技艺高超的艺人甚至会临场征求观众的意见，观众想听什么就说什么，观众想看什么就演什么，受到如此礼遇的观众理所当然地愿意捧那些德艺双馨的曲艺表演艺术家。因此，曲艺在与人民同心同德共命运的状态下走过了千百年的风雨历程，至今还保持着旺盛的艺术活力。曲艺经久不衰的奥秘就是为人民而生，为人民而用，根据人民的需求不断创新求变，与时俱进地发展繁荣。

当然，传统曲艺的艺术魅力离不开表演者炉火纯青的表演技巧，可是，初学曲艺的年轻朋友一定要知道，比掌握表演技巧更重要的是从艺者要端正艺术价值观的正确取向，缺少以人民为主体、以为人民服务为宗旨的正确价值观，嘴皮子功夫练得再好、卖艺赚钱的"买卖道"学得再精，也只能是个一般艺人，成不了深受人们喜爱的艺术家。继承传统要遵循习近平总书记提出的"有鉴别地加以对待，有扬弃地予以继承"。旧时的曲艺，产生于民间，游走于江湖，先人留下的既有宝贵的艺术经验，也有一些江湖中的陈规陋习，我们不能拿垃圾当珍宝紧抓不放，也不能"泼脏水带出去孩子"。在当今文化多元化语境下，挖掘和阐发传统文化的优秀基因，探寻民族传统艺术如何"与当代文化相适应，与现代社会相协同"，坚持古为今用，推陈出新，将先人留下的艺术遗产"创造性转化，创新性发展"，才能使我们最具民族特色的曲艺艺术在实现伟大中国梦的历史进程中发挥更大的作用，绽放出更加绚丽的风采。

红山文化之谜

本人不是研究红山文化的专家。作为辽宁人，我很想知道距今五六千年之前，在这块土地上发生了什么，这也可以说是文化人对自己"根"的关注。

随着红山文化考古发现取得重大进展，近几年来，已经有许多专家学者加入到了红山文化研究的队伍中，他们对红山文化的形成、消亡，以及"原始古国"形态和对中华文明的影响等，都提出了精辟的论断，基本廓清了红山文化的脉络。

考古学家以科学为依据，侧重于对考古发现的实物进行研究，判定其年代、用途和文化价值，不能怀疑。某些推论，比如"红山古国论""受中原文化影响论"等，或许还值得商榷。但是，以郭大顺先生为代表的考古专家对红山文化的本体研究和判断是科学的，定位是准确的，结论是坚实的，我本人深信不疑。只是，从文化人类学的角度分析红山文化的基本形态，更深入地研究红山人的生存状态，从目前我见到的诸多论文中，还有许多问题找不到答案，存在着一些未解之谜。

一是红山文化的源头与消失问题，目前还是个模糊概念。有人说红山文化的源头在内蒙古赤峰的红山，有人认为源头应该在辽宁的辽西一带。对于红山文化的形成时间，有人认定在 5000 年前，也有人认为在 5600 年左右。关于红山文化的消失问题，有人提出了"自生自灭"说，也有人认为红山文化没有消失，而是融入了中原文化之中。哪一种说法更靠谱呢？

从目前的考古发现来看，也许各种说法都有一定的道理，对于5000年前发生的事情，推论只能是推论。

既然允许推论，我也不妨推论一下：在旧石器晚期和新石器时代，整个东北亚地区还没出现国度和疆界形态，更不必说区域划分问题，用今天的概念认定红山人属于哪一个地区显然不合适。红山人也许就是中国北方人的整个群体，哪里适于生存，哪里就是他们的"家"，不必苦苦追寻哪座山，哪个洞才是他们的发源地。从目前的考古发现来看，内蒙古、辽宁、河北和晋北地区都发现了红山人的遗迹，从生活遗址、墓葬群、祭祀遗址到类似庙宇的遗迹，地域之广、规模之大和出土文物的密集程度，都是不可想象的。如此众多的红山人，他们从哪来的，在干什么？

总体上说，当时的情形也许很简单，就是生存繁衍。可是，众所周知，一种文化的形成，不可能像下雨出蘑菇一样一夜之间出现，也不可能是一个较小的群体刻意创造出来的。联系沈阳新乐遗址和辽西查海遗址等考古发现，我们知道了7200年前，辽河流域就有了大批人类生存，从出土的陶器、各种石器，以及种子和具有一定规模的遗址来看，距今7000年前，中国北方地区就已经进入到了人类早期文明阶段，而且有一个或几个人口众多的族群在这里生存繁衍。到了牛河梁时期，他们已经创造了灿烂的文化，用郭大顺先生的话说，红山人已经具有了崇高的精神追求，这是很了不起的事情，不能用简单的生存逻辑看待红山文化的成因。

红山文化从孕育到初步形成，距今恐怕不止5000年。

对于红山文化来说，不但形成时间不能精准确定，"消失说"也不成立。一个族群可能会因为气候、自然条件或战争等原因集体迁徙离开本土，但是，他们创造的文化不会消失。

再说第二个谜团。牛河梁墓葬群周围为什么尚未发现大量的红山人居住遗址？长眠在这里的是什么人？为什么要集中安葬于此？

有些专家认为，牛河梁有可能是红山人的圣地，所以红山人

（有一定身份的人）死后都要到这里安葬。

问题是在5000年前，没有交通设备，甚至也没有人修路，那么，生活在内蒙古或其他离辽西较远地方的红山人去世后，怎样运送到牛河梁呢？假如又是在炎热的夏天，长途运送遗体可能吗？

我们深究这个疑点十分必要。

有人说，看一个族群的文化中心在什么地方，重点是看他们把祖坟安在哪里，庙修在哪里。从牛河梁发掘的几个主要墓葬和女神庙遗址以及墓葬规模和随葬品的质量、数量来看，都可以证明在红山文化后期，确实出现了等级制度，抑或有了部落首领和巫师类的人物。也可以说（还是推论），牛河梁是红山人进行大型祭祀活动的中心。那么牛河梁附近为什么没发现更多的红山人生活居住的遗址呢？

我个人主观认为，距今5000年前，北方人大概还没有盖房子的习惯或者说是没有使用木料、砖瓦的能力，直到距今2000年前，北方游牧民族也还是哪里有水草就在哪里安家，也没有建造房屋和村落的习惯。在目前已经挖掘的红山墓葬中还没有发现有棺木或木材的痕迹，可否认定在当时的条件下，用石斧砍树的可能性不大，所以，使用的都是石材。那么，所谓的居住点，也只能是在地面上建造一个简单的窝棚而已，历经几千年的风风雨雨，找不到当时的生活遗址也是正常的。

目前，我们已经发现的大量陶器、玉器和其他随葬品是从哪里来的呢？为此，我请教过专家，他们认为，牛河梁出土的陶器其胎泥都是当地的，玉器的材料都属于岫岩玉。据此分析，牛河梁地区在新石器时期有可能是中国北方比较繁华的地方。

看了牛河梁出土的玉器和陶器，我也感到非常惊讶，凭着5000年前的生产条件和工艺水平，红山人是怎么把这些玉件和陶艺品制作得那样精美？

红山人是怎么制作出那么多的玉器、陶器？做出来是干什么用的？许多陶器，比如陶罐、大口缸等器物可能就是生活用品，可那些精美的玉器是干什么用的呢？不会是专为随葬制作的吧？

　　我们今天发现的这些器物都是在积石冢下的墓葬中出土的，否则这些东西也保留不到今天。那么红山人制作这些精美的器物就是为了陪葬吗？当然不是。我们知道，玉石的密度很高，质地又很脆，加工玉器需要专业工具和工艺，在 5000 年前，用一块原料加工出一件"玉猪龙"来，需要用什么工具，用多少时间，我们不得而知。但是，我们知道，即便在今天，找几个不是专门从事玉雕工作的人，给他们一块原料，让他们制作一件工艺品，估计也很难完成这一艰巨的任务。从牛河梁出土的大量精美玉器看，我们不难想象，当时，一定有一支相当专业的队伍，负责开采玉料、加工打磨、设计制造玉器，而且也不难推断，当时的红山人酷爱玉器，也许佩戴精美玉件已经成为当时的一种时尚，人离世以后，把他们生前喜爱的东西随葬，也成为了一种习俗。

　　有些专家认为，赏玉是中国传统文化中所特有的一种精神，红山人爱玉也许不单纯出于喜欢，很可能是认为玉可以通灵，也是身份的象征，所以才用大量的玉器做随葬品。

　　我们不会"穿越"，很难与古人对话。我到牛河梁遗址去考察和参观红山文化考古发现实物展，心情久久不能平静，面对着一件件精美绝伦的艺术品，我很想有能力与红山时期那些艺术家的灵魂接通，探寻他们的精神世界。他们是如何创造了龙和凤的图腾（龙凤玉合璧）？怎样创造出展翅翱翔的雄鹰（玉雕鹰）？怎样设计出雌雄双龟？还有那些精美的彩陶，颇具想象力的图案是用什么颜料绘制的，以至 5000 年后出土还那么清晰亮丽？那些不知名的艺术大师真让我们敬畏！

　　红山人的艺术创作能力确实令人惊讶，他们的精神追求到底是怎样的，值得我们深入探寻，也许会给我们东北地域文化的形成提供一个极其重要的答案。

　　我一直在思考红山人的信仰和崇拜问题，他们信什么？我注意到有的学者提出的"红山古国模式"说，似乎很有道理，但还缺少有力的论据支持。我请教过郭大顺先生，他告诉我，在红山文化考古中，至今还没发现太多的武器类石器或玉器，比如"钺""戈""弓弩"等实物，也没有发现夫妻合葬墓。从现已发掘的墓葬规模和出土文物来看，当时已经形成了等级观念，但是，当时最高等级的人物，究竟是首领还是巫师，目前还很难确定。能够确定的是，经过 DNA 检测，所有红山人骨骼都是很纯粹的蒙古人种。据此，我分析距今 5000 多年以前，从内蒙古、辽宁到河北一带都是环境优美，气候宜人，适合人居的好地方，生活在这里的红山人依赖着大自然的恩赐，快乐并幸福地过日子，没有战争，没有掠夺，他们崇尚天神，敬畏大自然。于是，在他们的群体中出现了能与天地沟通的人物，成为了他们天然的领袖，他们的祭祀活动可以称之为原始宗教，在几个主要墓葬内发现的没盖没底筒状陶器、大型斜口状陶器和陶俑、玉俑，很可能都是作为祭祀用的法器，也许蒙上兽皮就是可以敲击的最早发明的乐器（鼓），人们边歌边舞地与天地沟通，祈求风调雨顺，祈求天神接纳他们故去的亲人之灵魂。在那些精神领袖的引领下，他们过着无忧无虑的生活，正是在这样一种美好和谐的状态下，他们创造了灿烂而丰富的文化艺术。

我深信"凡是存在的就是合理的"哲理，红山文化的考古发现，不但改写了中华文明史，也使我们增强了民族文化自信，特别是最近传来的好消息——红山文化已经被列入了世界文化遗产的预备名单之中，这样就更需要加强对红山文化成因及特性的研究工作。文化是人化，当我们面对国际文化专家介绍红山文化的时候，不能单凭出土文物说事，一定要说清楚这是一些什么人，在什么样的环境下生存，怎样创造的这些物质文明和精神文明财富。

本人对红山文化所知了了，属于雾里看花，不揣浅陋，所以使用的多为"可能""也许""差不多"等不确定词汇，纯属一孔之见而已。

牛河梁上古墓葬群考古发现的文化符号

　　牛河梁位于西辽河上游老哈河流域的凌源市与建平县交界处，1981年辽宁考古工作者发现此处藏有上古墓葬群，1983年开始发掘，从此，不断产生的重大考古发现，改写了中华文明的起源。

　　距今5500年左右新石器晚期的牛河梁墓葬群遗址，是红山文化的重要组成部分，在面积8.3平方公里的核心保护区内出土的大量珍贵文物，不但精美丰富，而且蕴藏着许多中华特色的文化符号，其中几项重大的考古发现，让我们追溯到中华文明的源头，从而可以有理有据地将中华文明向前推进到5000年前。

　　虽然牛河梁考古研究还在不断深入，目前对有些重大发现下结论为时尚早，我们从讲好中国故事的角度出发，不太学术地探讨几个问题，也许可以拓展考古研究的思路。

"巫文化"的标志

　　符号是对一种事物的标志记号。文化符号就是对某种特定文化的标志记号。

　　牛河梁出土的"红山女神"塑像，是我国当代考古发现的极其重要的成果，一定意义上来说她代表着史前文化的最高水平。当时考古工作者将其命名为"红山女神像"其实不十分妥帖，在我国的文化认知里，神是生前有影响的人在死后被世人供奉的神明，而不是活着的具体的人。红山女神塑像显然不是人死后被供奉到庙里的神。正如我国考古泰斗苏秉琦先生所指出的："女神庙塑像称为神也可以，但她是按真人塑造的，是有名有姓的具体人物，她是红山人的女祖，也是中华民族的共祖，是中华文明的第一象征。"

那么，被我们称为红山女神的人应该是什么人呢？我们把她请下神坛，她应该就是红山部落的女王，也是大巫，是红山人的精神领袖。

李泽厚先生发表的文章《由巫到礼》提到："远古中国，大巫往往是大王，神权与王权高度结合。"

今天一提到"巫"人们首先想到的是巫婆神汉，李泽厚先生特别指出："巫在当时（指古代），不是我们现在讲的巫婆，当时最有权势的人才是巫。考古学家，从陈梦家到2001年年初去世的张光直教授，他们的研究结果都表明王是首巫，最重要的巫，最大的巫。"我国民间有一句话叫"小巫见大巫"，小巫就是民间驱邪治病跳大神的巫婆、神汉，大巫是圣王。在李泽厚看来，传说中的尧舜禹汤都是大巫。三皇五帝都有与天地沟通的大本事，包括商汤求雨的故事，说的是当时天大旱，汤王作法求雨，他割掉了自己的头发，说如果再不降雨他就去死，于是天真的降雨了。周文王为武王治病，行的也是巫术。巫在远古时期作为原始宗教在东西方都是普遍存在的。在中国，巫文化一直没有消失，转化为"礼教"，换了一种形式而存在。其中的"真命天子"要祭天、祭神，民间的祭祖活动都是巫文化的延续。

说红山女神是红山部落首巫有何证据呢？

一是距红山女神像出土一百米处的大型祭坛，毫无疑问是女王主持祭祀活动的"神坛"，而且祭坛的位置又是在牛河梁大型墓葬群的显要标点。二是中国的神很多，但各司其职，有财神、福神、贵神、喜神、瘟神、土地神等，那么红山女神是一尊什么神呢？显然谁都不知道，说她是王巫，是红山部落的精神领袖，由她带领众巫祭天、祭神、祭祖先，祈求风调雨顺、部落平安，应该没有争议，而且可以推断，在牛河梁发现的诸多墓葬里，所有大型墓葬都不可能是随便安葬的，都必须在巫师主持下举行隆重的仪式进行安葬。三是牛河梁考古发现的大量随葬玉器显然不是现在的工艺品，而是祭祀品，《说文解字》里有一句话"以玉祀神者谓之巫"。也就是说在上古时期，玉是巫的符号，也是王的符号，巫与王相重叠。在甲骨文里，巫与帝常常联系在一起，称之为"帝巫"，特指当时最有权势的人。

据此，我们可以推论，红山女神就是女王，也是大巫。

龙文化源头

龙是中华民族的图腾和象征，中国人说自己是龙的子孙、龙的传人。大家都知道，龙不是真实存在的物种，而是想象出来的神兽，在中国及东方其他一些民族公认的十二属相里，只有龙是象征性的，其他十一种属相都是真实的具体动物。

牛河梁墓葬出土的文物里最令人关注的是"玉猪龙"和"龙凤玉佩"，这说明，我国北方民族在距今 5000 年前就有了对龙的崇拜。如果联系查海遗址发现的 8000 年前的石堆塑龙（位于阜新地区，同属红山文化范畴），可不可以说，龙文化的发源地就在中国北方的西辽河流域？

在民间，关于龙的传说多如牛毛，不胜枚举。在正史之中关于龙的记载也有 300 多处，但多为记述图腾崇拜，至于龙的源起如同屈原在《天问》中考问的那样，乃是神龙见首不见尾。关于龙文化传播最靠谱的说法，应该是"轩辕黄帝率部征服东夷之后，各部落以龙图腾为结盟象征"。也许这一举动才使龙形象遍及中华大地。秦汉以后，龙成为了帝王的象征，如龙袍、龙墩、龙床、龙车，就连皇上翻脸都叫龙颜大怒。而民间对龙的信仰却另有一番景象，赛龙舟、耍龙灯、领龙（二月初二龙抬头百姓要把龙领到家里），以及晒龙（求雨时人们到龙王庙把龙像抬出来晒太阳，让它降雨）等，近乎娱乐的民俗中包含着对龙的另类崇拜。

中华民族对龙的共同信奉也是维系几千年的民族文化延续发展没有断裂的原因之一。

礼文化的模板

中国的礼文化——礼教，传承了上下 5000 年，在中华文明中发挥着独特的作用。儒家学说的核心不是哲学，而是礼教，特别是孔子，几乎穷其毕生宣扬"礼仪之道""中庸之道""君子之道"，其中的"礼"是儒教的内核。按照李泽厚先生的说法，中国的巫始终没有消失，而是自周礼形成之后转化为"礼"了。

在红山文化的结构形态里，我们不难看到，礼教、礼法、礼制不是在商周时期才形成的，而是在新石器晚期就形成了基本形态，特别是从牛河梁墓葬规格上看，无论是墓与冢的排列顺序，墓室规格，还是随葬品的样式和数量，都显示出尊卑等级的差别。特别是从一些有玉器随葬的大墓里，可以清晰判断墓主人身份地位的与众不同：一号冢第 21 号墓内随葬玉器 20 件，是目前发掘的随葬玉器最多的墓，如果与二号冢的 1 号豪华大墓的规格相比较，21 号墓主人并非最显赫的角色，即便如此，也不难认定一号冢 21 号墓主人肯定是一位够级别的巫师。这位墓主人随葬品的摆放位置尽管经历了 5000 年的时光，受地震或墓室坍塌等因素影响，随葬品的位置可能有移动，但仍然可以看出大概布局。特别有意思的是，5000 年前的丧葬理念竟然与距今年代并不久远的墓葬形式有许多相似之处：21 号墓主头下枕玉筒状器物，一些贵族墓主枕玉枕或陶枕，现代民间百姓枕着生前穿过的棉袄（剪掉纽扣和衣领）；5000 年前的墓主口内衔玉件，慈禧嘴里含夜明珠，百姓嘴里含一枚铜钱；5000 年前墓主胸前放玉佩，当代百姓去世胸前压个小酒盅；5000 年前墓主双手各握一枚玉龟，一些王公贵族去世手里攥着金元宝，老百姓去世手里握着打狗棒等。还有令人费解的是一号冢第 4 号墓内出土的一青一白两件玉猪龙，与阴阳八卦的双鱼和合相似。

根据以上考古发现，我们不妨展开一点想象力，5000年前在牛河梁墓葬地举行的安葬仪式应该是何等庄严隆重：王巫率领众巫，列出阵仗，他们头戴神冠（插着雉翎的神帽），身挂玉佩，手持法器（玉棒之类），敲击神鼓（筒形陶器蒙上兽皮），且歌且舞（甲骨文里舞与巫是同一字），一边做法事一边往墓内摆放祭祀物品，众多部落同宗在巫师带领下，共同祈祷逝者灵魂飞升三界，早归神位。这便是原始礼仪。

用牛河梁墓葬考古发现的文化现象，辨析东西方文化信仰的不同，是我们研究中华传统文化特征的最佳案例。西方人信仰的"主"是具体的神，存在于另一个世界，而中国人信仰的神却是一个模糊概念，没有确定一个具体的偶像，神仙鬼怪与世人同处一个空间，民间百姓家里供奉着祖先牌位，各位先人端坐在祖宗龛上与他们的子孙后人同居一室，天地神灵和宗亲先人无所谓有与无，信则灵，世人需要他们的时候由巫师现用现请，民间叫"烧香或跳神"，跳着跳着神就来了，来的是谁也不一定，巫的助理（二神）边击打神鼓边盘问来者是哪路神仙（排神），祭祀、驱邪、医病都有各自的礼法。我们不知道孔老夫子带着他的学生为丧家做丧事活动是什么样的程序，最少我们通过史料可以知道，孔子是能歌善舞的先师，史书记载：孔子击磬于卫；被困于陈蔡，操瑟而歌，七日琴歌不绝。以此推论，孔子在主持丧葬仪式时完全可能是采用歌舞形式，当然不是我们现在用于娱乐的歌舞。

关于红山文化显示出的礼仪之道，郭大顺先生已有论述。关于红山文化中包含的玉文化也有学者进行了非常专业的研究。本人仅仅从牛河梁考古发现的部分文化符号入手，旨在阐释和佐证有关学者提出的"红山文化是中华文明的曙光"，以及"西辽河文明也是中华文明的源头"之说。并且，我们通过以上解读或许能够证明西辽河文明并非灵光一现，而是延续至今的中华文明的根与魂，具有弥补中华文明断代史的重大意义。

曲艺的优秀传统不能丢

曲艺是中华民族特有的说唱表演艺术，也是我国优秀传统文化的重要组成部分。

我国各民族都有自己的说唱表演艺术，总计 400 多种，新中国成立以后统称为曲艺。曲艺以说书唱曲等口头传播的形式广泛流传于世，在中华传统文化传承和发展过程中发挥了无可替代的重要作用。千余年来，一代又一代的民间艺人行走于市井茶肆、乡间村舍，以鼓、琴、板、弦等简单乐器相伴，或说或唱、亦表亦演，以人们喜闻乐见的形式到处传扬着中华美德、英雄事迹、民风民俗、山水名胜，可以说从三皇五帝、二十四史到民间传说、奇闻异事，几乎没有说唱艺术从未涉猎过的内容，无数曲艺前辈给我们留下了浩如烟海的民间说唱作品，成为了曲艺艺术宝贵的文化遗产。

在当下文化多元化的语境下，具有悠久历史的曲艺艺术传承与发展都面临着严峻的挑战，由于曲艺理论研究、艺术创作和艺术教育的滞后与缺失，曲艺的优秀传统大量衰减，非主流化的曲艺演出市场充斥着颠覆传统、卖艺赚钱、娱乐至上、低级庸俗等不良倾向，严重影响着曲艺艺术的健康发展。因此，我们大有必要进一步对曲艺的优秀文化传统加以挖掘和阐发，有比较、有鉴别、有扬弃地继承传统曲艺的优秀文化基因，让新时期的曲艺艺术与当代文化相适应，与现代社会的发展相协调。

那么传统曲艺中都有哪些宝贵的东西不能丢呢？

一、自强不息与价值追求。一部浩瀚的传统曲艺发展史饱含着民间艺人的辛酸血泪，以往被视为"下九流"的说唱艺人居无定所、游走卖艺，养家糊口生存艰难。但是，其中许多优秀的艺人却能做到自尊自重、崇德尚艺，他们信奉文以载道和寓教于乐的传统礼乐精神，从历史典籍和民间生活中汲取养分，不断创作和完善富有一定民族文化价值的书目、曲目，经过多少代艺人的不断努力和历史积淀，我们今天看到的曲艺前辈留下的经典曲艺文学，既有宣扬爱国主义和英雄主义精神的《精忠岳飞传》《杨家将》《水浒传》《兴唐传》等名篇，也有向往公平正义的《包公案》《刘公案》《海公案》等清官书，还有推崇忠孝仁义的《三国演义》《东周列国》等书目、曲目，更有以人民大众的道德尺度和审美标准打造的赞赏传统美德以及劝人向善的大量说唱作品，这些优秀的传统作品在民间的广泛流传有效引导了世代民众明辨是非美丑善恶。值得一提的是，这些话本和说唱曲目也为我国的传统文学、戏曲以及其他艺术的形成和发展提供了基础，如同元杂剧《西厢记》源于董西厢的诸宫调一样，传统文学四大名著中的《三国演义》《水浒传》《西游记》的创作都曾借鉴说唱话本，唯有《红楼梦》是先有文学作品，后有韩小窗等人改编的子弟书等说唱脚本，但也必须承认，说唱《红楼梦》的段子也为这部伟大的古典文学名著在民间的广泛传播起到了不可低估的作用。传统曲艺作品的有效传播为我们民族文化精神的形成和社会道德标准的构建作出了不可磨灭的贡献。

二、植根民间与敬畏观众。我们在研究传统曲艺文学时发现，有些作品如《西厢记》《回杯记》和《三国演义》《红楼梦》等说唱作品在江南或是塞外不同曲种有不同的演唱文本，基本没有"全国粮票"式的统一台本，因为民间艺人们懂得"百货应百客""一方水土养一方人，一方人养一方艺"的硬道理，他们植根于民间，懂得人民群众的喜怒哀乐和审美需求，因此在打造演唱作品时绝对遵循"观众是衣食父母，必须让观众满意"的理念，宁舍庙堂之高，但求江湖之远。从来不会出现某些所谓的艺术家自恃清高、藐视观众，也不会有"你们看不懂我的戏是因为你们的欣赏水平不够""听不懂我的音乐是你们的耳朵有问题"的荒谬理念。凡是真正有本事的艺人都会以敬畏的心态对待观众，绝对不会装腔作势摆出"艺术家"的架子，他们上场表演时经常对观众说几句自谦的话，如"学徒借贵方一块宝地，献丑卖艺，但有经师不名、学艺不深、出个一差二错之处，请各位父老乡亲多加担待，您高高手我就过去了，您低低手我就爬过去"。他们自动矮化自己是为了和观众缩短距离，视观众为艺术欣赏的主体，在互动过程中不断完善作品、提高技艺，满足观众的精神文化需求。这看起来好像是艺人的生存之道，其实是所有艺术必须源于生活、服务于人民的永恒逻辑。

三、勤奋敬业、精益求精。

说唱艺术看似简单，表演常见以一人或双人居多，加上少数人伴奏或自伴奏。其实越是简便的演出形式越不能简单对待，一两个人一台戏要吸引观众、感动观众，表演者必须具备高深的艺术功力，凡是著名的说唱表演艺术家除了自身的天赋更需要后天的勤奋努力，不断地"长能耐"——积累知识。不但要娴熟掌握本曲种的表现技巧，还要熟知文学、历史、政治、社会、民俗等多方面的学问，上到天文地理、下到柴米油盐，无所不通，所以才有"曲艺家的肚子——杂货铺子"之说。戏曲界常说的"台上一分钟，台下十年功"，毕竟是一个角色专工某一行当。曲艺则不同，一个人或两个人非角色化表演，既要叙事抒情，又要跳进跳出地表现各种人物、刻画性格；既要绘声绘色，又要栩栩如生；既要妙语连珠，又要回味无穷；既要精于表演，又要善于创作和修改作品。当今一些学曲艺表演的年轻演员，误以为曲艺表演就是练好嘴皮子功夫，往往学会几个段子就算功成名就了，遇到偶然机会通过电视晚会或网络一夜走红，就不知天高地厚地自诩为明星大腕儿。建议这些业内的年轻朋友一定要认真研究和学习历史上的孔三传、柳敬亭、张山人等曲艺名家是怎样勤奋敬业修炼成一代宗师的，更要效仿和追随当代的侯宝林、高元钧、马三立、骆玉笙、韩起祥、蒋月泉、李润杰、马季等曲艺大师胸怀大志、勤奋好学，干曲艺爱曲艺，对艺术精益求精的敬业精神。

四、崇德尚艺、江湖有道。"跑江湖"是过去民间艺人的生存方式，有人说："见面道辛苦，必定是江湖。"江湖行规中有许多陈规陋习必须扬弃，但是，江湖道里面有些正面的东西还值得借鉴。比如，曲艺界内一直以师承授业的方式培养后续人才，拜师收徒前师父要对未来的徒弟进行必要的品德考察，正式收徒要有引荐师、保证师、代理师（俗称引保代）作为见证人，徒弟入门，师父不仅仅是传授一些江湖"春典"（业内行话）、教会徒弟卖艺赚钱的本事，更是要按照江湖道指点徒弟先学做人后学艺，比较正规的曲艺门派中所遵循的尊师敬祖、拉帮同门、品德高尚、正道直行等理念，既包含着儒家的忠孝仁义精神，也有佛教中修身向善的内涵，其主要精神还是源于道教的内外兼修、道法自然的法则。中原地区的道情、渔鼓、鼓子词等曲种，师门供奉的祖师偶像不是唐明皇，而是丘处机老祖，师门之内按照"道德通玄静，真常守太清"等字排出辈分。可见，过去的曲艺界把从艺者的道德修养看得何等重要。我们今天所倡导的"德艺双馨"同样也把"德"放在"艺"的前面，德不出众者即便有天大的本事也算不上合格的艺人。

诚然，由于时代的局限和生存环境所限，曲艺界先人留下的不全是宝贵遗产，其中也有江湖习气、流寇作风、门户之见、同行相轻、追名逐利、自轻自贱等糟粕与陋习。我们必须以社会主义核心价值观为尺度，对先人传承下来的东西有鉴别地加以对待，有扬弃地予以继承，要坚持古为今用，推陈出新，把优秀的传统创造性转化、创新性发展，让我们新时期的曲艺艺术在以人民为主体、以中国梦为主题的社会主义文艺大发展大繁荣中绽放出新的光彩。

戏曲文化生态与传承发展大格局

中华戏曲是世界戏剧之林中独一无二的舞台表演艺术。

几个世纪以来，虽然世界戏剧舞台上流派更迭起伏，表演体系繁多，但中国戏曲始终以其浪漫俊秀的美学表现形态自成一家、独具一格。

戏曲以写意、虚拟、传神、象征为美学追求，用生旦净丑、唱念做打、手眼身法步等载歌载舞的程式感表现生活，浸润了中华民族独特的审美向往。自宋、元以来，中华戏曲在传统说唱艺术的基础上大量吸收了民族歌舞元素，逐渐形成了综合性舞台表现形式，经过漫长的传承与流变，最终形成了昆曲、京剧和四百余种地方戏共生共存的戏曲大家族，有明确记载的传统戏曲作品超千部，内容几乎涵盖了中华上下五千年所有的重大事件和英雄人物。在教育资源匮乏的年代里，中华戏曲和民间说唱艺术承载了使命深远的宏大教育主题，担当起传播民族历史、弘扬中华精神、匡正社会道德、引领生活风尚的教化责任。"听书看戏"成为了广大民众普遍的文化需求和精神享受。

内涵丰富的戏曲文学是以艺术形式弘扬和传递国学精神的最好范例，无数具有文化自信和社会担当的戏曲作家，把博大精深的传统文化理念融入到人们喜闻乐见的戏曲作品之中，创作出了诸多令人叹为观止的精品力作。被誉为中国版《生死恋》的《牡丹亭》，以浪漫笔法描写了杜丽娘因爱而亡、为爱还魂，是穿越时空的生死恋，感天动地、荡气回肠，具有世界性的美学价值；被美国好莱坞借鉴拍成电影的《花木兰》，花木兰女扮男装替父从军，驰骋疆场保家卫国，立下战功辞官不做，回归故里阖家团圆，熔"孝""勇""美""善"为一炉，可谓是充满正能量的中国故事；被王国维称之为"即列之于世界大悲剧之中，亦无愧色"的《赵氏孤儿》，表现出中国人为追求正义不惜牺牲的崇高情怀；还有至善至美的《梁山伯与祝英台》《西厢记》，体现忠孝仁义的《岳母刺字》《杨门女将》等作品，皆为展现中华文明和传统价值观的珍品佳作，也是中华民族宝贵的文化财富之一。

自 20 世纪 30 年代起，以梅兰芳先生为代表的戏曲名家先后走出国门，让西方观众领略了中国戏曲的艺术神韵和独特魅力，同时引起了国外戏剧界和艺术理论界的极大关注。德国戏剧家布莱希特在中国戏曲表演美学的启发下，完成了他的"间离效果"学说，亦称为"陌生化方法"的戏剧表演理论。无独有偶，俄国戏剧理论家梅耶荷德在深入研究了中国戏曲表现方式后，完善了他创立的"假定性戏剧理论"，与体验派戏剧学说分庭抗礼。波兰戏剧革新家格洛托夫斯基针对华丽戏剧而创立的"质朴戏剧"与中国戏曲艺术理念有着异曲同工之妙，他强调"演员的个人表演才是戏剧艺术的核心"。直至当下，西方许多专家、学者还在潜心研究中国戏曲文化，意欲通过了解戏曲艺术探寻东方美学精神。

新世纪以来，由于受到西方文艺思潮的冲击和市场压力的挑战，具有悠久历史的戏曲艺术出现了整体萎缩的现象。尤其是地方剧种几乎濒临生死存亡的境地，人才断档、院团解体、观众疏离、传播阻滞、创新乏力等现状困扰着戏曲，曾经让国人引以为傲的戏曲艺术一度沦为大众娱乐的佐料，除一二线大城市偶尔还有戏曲演出，地区性的常态化演出基本罕见，戏曲爱好者们只能在综艺晚会里看到被肢解以后的或混搭贩售的戏曲片段。戏曲的生态状况和发展前景令人堪忧。

忽如一夜春风来，千树万树梨花开。2015 年 7 月，国务院办公厅印发了《关于支持戏曲传承发展若干政策的通知》，2017 年 1 月，中共中央办公厅、国务院办公厅发布并实施了《关于实施中华优秀传统文化传承发展工程的意见》，政策导向为戏曲艺术的繁荣发展注入了活力，在各级政府和国家艺术基金的大力扶持下，各地戏曲表演团体重整旗鼓，恢复剧目、组织创作、深入基层开展公益性演出。仅 2017 年上半年，就有几十家地方剧种会师京城进行展演，百花齐放，热闹非凡。戏曲艺术出现东山再起之势，整体上呈现出欣欣向荣的蓬勃景象。随着信息商务时代新媒介行业的活跃介入，戏曲艺术与网络媒介传播结合在一起，几十家戏曲网站先后创建，公众号、微信、微博的传播，为戏曲艺术发展开创了新格局。

虽然戏曲艺术发展趋势可喜，但在文化多元化和传播形式现代化的时代语境下，繁荣发展戏曲艺术仍需要审时度势、正视问题，在观念更新、人才培养、创作创新、理论研究等方面下功夫，突破瓶颈、砥砺前行，才有可能真正摆脱困境，迎来百花竞放的无限风光。

一、破除保守观念　让戏曲就青年

任何一种艺术样式，如果疏离了青少年受众群体，必将走向衰落。

沉迷在二次元文化中，吃着麦当劳看着美剧长大的青少年们，听不惯和看不懂传统戏曲，是中华戏曲生存发展的真正危机。国产电影市场的迅猛发展要归功于平均年龄在 23 岁以下的青年观众捧场，而戏曲至今仍以中老年为主要受众，如何增强戏曲的现代魅力，是值得我们拓展思考的课题。

戏曲进校园诚然是让青少年接近戏曲的一种办法，真正的问题是拿什么戏曲元素去打动青少年受众，有什么办法让他们对戏曲艺术产生兴趣，从而主动亲近和了解戏曲。让几千名小学生站在操场上集体学唱"苏三离了洪洞县"是无异于刻舟求剑的滑稽举措，文化和艺术的传承传播从来不能依靠强迫灌输。大学生们说：听戏曲的韵白比学外语还费劲，唱腔节奏太慢，咿咿呀呀没完没了让人着急。戏曲对青年受众缺乏吸引力，能够让青年观众口耳相传的作品寥寥无几。在这种受众老化形势下，戏曲界人士切不可抱残守缺，画地为牢，奉行"老祖宗留下的东西不能改"的守旧观念，宁可故步自封，等待国家保护，也坚持孤芳自赏，不顺应历史和文化的基本传播趋势。当理念成为一种壁垒，人为阻隔戏曲艺术与当代主流观众群体的交流渠道时，这类顽固捍卫传统的行为实际上成了戏曲发展的绊脚石。

陈云同志曾经就评弹艺术改革问题指出，不要让青年就评弹，而要让评弹就青年。传承戏曲艺术也必须把就青年的问题放在首位，不能强迫当代青少年接受戏曲，而需要依靠改革创新因势利导，使青少年受众对戏曲产生兴趣，逐渐养成欣赏戏曲和热爱戏曲的习惯，成为自觉接受和传承戏曲文化的新生代。

二、培养创作人才　加强原创能力

戏曲创作人才断档，是戏曲发展的最大短板。

戏曲文学创作和音乐设计是非常专业化的行当，优秀的电视剧和电影编剧未必能驾驭戏曲脚本创作。缺少优秀的"一剧之本"，戏曲发展无疑将缺乏持久续航能力。

西方人惯于将中国京戏翻译成"北京歌剧"，实际上戏曲与歌剧在艺术本体上有着很大差异，西方歌剧往往以"宣叙调"、"咏叹调"、合唱、重唱、独唱等歌式叙述故事，远没有戏曲的表现形式丰富复杂。戏曲艺术在展现作品时，以演员为表现主体，以唱念做打等综合元素进行故事阐述，抒发情感、并揭示人物的内心活动。在选材上讲究传奇性，在结构上讲究张弛有度、疏密相间——疏可跑马、密不透风。唱词和音乐创作更是需要功力和精雕细琢，优秀的戏曲创作者，会驾轻就熟地灵活运用戏曲艺术手段，通过"报家门""打背躬""多人连弹"等丰富的表现形式，介绍人物、抒发情怀、推动情节发展。西洋歌剧一般在人物内心错乱、情节停顿时，以"咏叹调"直抒胸臆，而中国戏曲却善于在演唱中，交替运用多种艺术技巧推动剧情发展，比如京剧《龙凤呈祥》中一段"五音连弹"，通过 68 句唱词表现出刘备、孙权、吴国太、赵云、乔国老在剑拔弩张的氛围下各自的典型性格和鲜明立场，把矛盾冲突推向了高潮。

深究戏曲专业创作人才短缺的根源，除了因行业低迷造成劳动报酬微薄的因素，也有因戏曲创作难度系数较高，非专业人员难以驾驭的原因，优秀的戏曲创作人员需要多年历练，不断进行业务补充才能有所作为。而很多戏曲作者缺少"十年磨一剑"的坚守意识，更耐不住"板凳坐得十年冷"的寂寞。戏曲院团中专业作者流失、后继乏人的现象比较普遍，缺少原创能力的院团难以走远。再好的演员没有自己的代表作品，就没有立身之本。由此，戏曲战线要像对待"名角"一样重视专业戏曲编剧和音乐设计人才，把培养优秀的戏曲创作人才当成发展戏曲艺术的重要工程，抓好、抓实、抓出成效。

三、适应当代文化　着力创新发展

创新是艺术的生命，没有哪一种艺术可以历经百代一成不变。时代在变革、观众在更新、传播手段日益丰富，戏曲艺术不能固守城池。以不变应万变，最终只能进到博物馆里成为陈列品。

习总书记提出的文化传承新理念：创造性转化，创新性发展。就是要赋予民族传统文化新的时代内涵和现代表达方式。让传统艺术的优秀基因与当代文化相适应、与现代社会相协调。老祖宗留下的并不都是经典，不能装进筐里都是菜。要有选择地扬弃继承传统戏曲剧目，把那些宣扬"三纲五常""三从四德"的带有封建礼教和迷信色彩的剧目作为历史资料保存起来，挑选出符合当代主流价值观的经典剧目推广传播，重点始终要放在创作反映现实生活的精品力作上面。

戏曲艺术内容创新和形式创新势在必行，但难度很大。尤其以传统的套路表现现实生活，形式与内容的不协调显而易见——戏曲传统中具有的服饰、化妆、道具的艳丽和唱念做打并重的程式美感整体衰减。有些现代戏曲成了话剧加唱，程式美变成了程式化。有的作品工于造势，戏不够、布景凑，一出戏进京演出要带几大车布景，满台的实景展示，极大限制了戏曲艺术本体虚实相生、时空自由的特性。戏曲艺术的改革不是"改行"，创新不能以损毁戏曲艺术的舞台魅力为代价，不能丢失掉戏曲艺术的审美特性。

戏曲艺术发展还要重视流派的传承与创新。以往的流派传承一直处在严格的模仿层面，讲究继承不走样，以原汁原味为金科玉律。殊不知任何流派的创立，都是在改革创新基础上逐渐形成的。新的时代要创立新的流派，传统流派也要在继承的基础上创新发展，僵化地继承流派只能导致断流灭派，而不是对前辈艺术精神的真正继承与发扬。

四、更新戏曲理念，开创发展格局

任何艺术的繁荣发展都离不开本行当学术理论的帮助与指导。

新中国成立以来，我国戏曲艺术学学科建设取得了很大成就，几代戏曲理论家和戏曲教育家同心协力完成了戏曲艺术本体特性研究、戏曲表演体系研究、戏曲音乐研究，以及戏曲教育规范化等课题研究，为中华戏曲艺术传承作出了巨大贡献。可是，面对新时期文化多元化、传播现代化的巨大变化，凸显出戏曲理论落后于艺术实践的窘况，以那些传统的思维套路指导现代戏曲发展已经是捉襟见肘，戏曲电影、戏曲电视剧、戏曲网络传播等新形态如何突破舞台化表现模式，似乎还没有在理论上实现突破。尤其是以往的戏曲理论研究关注焦点偏重于对表演艺术家个体和流派传承方面较多，而对于新形势下戏曲发展大格局的学术观照很少，因此造成戏曲艺术创新缺乏目标性和方向感。创新发展戏曲艺术，回头路走不通，以传统戏曲的舞台表现经验指导当代戏曲创新或许成为一种思想束缚。

要破解戏曲理论与实践不相适应的难题，当务之急一是要建立健全戏曲艺术作品评价体系，把专家评价、人民评价和市场检验有机结合，科学界定经典戏曲作品的评价标准、较好戏曲作品的评价标准、一般戏曲作品的评价标准和较差或低级戏曲作品的评价标准。让戏曲创作者和从业者明确努力方向，使广大戏曲爱好者和欣赏者提高鉴赏和审美能力。二是要由国家级或得到国家艺术基金支持的重点戏曲院团，着力打造经典戏曲剧目，树立坐标，引领戏曲创作。三是要组织专业戏曲院团和戏曲院校的名家走进校园，大力传播戏曲文化，特别是指导在校学生和大学生戏剧社团排演经典戏曲片段或折子戏，吸引更多的青少年亲近和喜爱戏曲。四是要改变和调整戏曲评奖方式，尽量改变新创作、刚出炉的新戏都要到京城去汇报演出的惯例，而是先到群众中去接受人民的评判和经受市场的检验，然后再接受专家的评价。只有这样，才能评出叫得响、传得开、留得下，受人民群众欢迎的优秀戏曲作品。

迄今为止，戏曲艺术的传承创新仅仅迈出了第一步，仅靠政策导向和资金扶持的艺术不会坚持长久，繁荣戏曲需要激发戏曲艺术内在的生命力和创造力。在艺术传播能力空前强大的时代背景下，要借东风乘势而上，创新发展、攀登高峰，努力开创中华戏曲繁荣发展的大格局，让我们优秀的民族艺术之花回归到人民中去，在祖国广袤的艺术版图上更加绚丽夺目，盛景迭现。

（本文作者系辽宁省文史研究馆馆员、中国文艺评论家协会副主席、中国曲艺家协会顾问、辽宁省文联副主席、国家一级编剧）

传统民间说唱表现形式解码

传统民间说唱与当代曲艺艺术密不可分，但在表现形式上却大不相同，甚至可以认定为两种不同的表现形态。

中华传统说唱，历史悠久，分布广泛，表现形式多姿多彩，以说书、唱曲、讲故事的方式劝人向善、向上、向美是说唱艺术的基本底色，形式简单、内容丰富、人们喜闻乐见是说唱艺术经久不衰的王道。

古往今来流传下来的传统说唱作品浩如烟海，其中大部分来源于广大劳动人民创造的民间说唱，也有部分作品是王公贵族豢养的"俳优""小丑"和御用文人创作的赞颂类或娱乐性作品，还有佛家、道家为传播教义所编纂的"俗讲""变文""宣卷""道情"之类的作品流传于世。这些不同的传统说唱文学作品在长期流变过程中相互渗透融合、借鉴共生，但各自的内容与表现形式还是不难区分的。源于宫廷或庙堂的说唱作品语言相对规范，且大部分可以找到文字记载，而流传于民间的说唱作品，基本使用口头语言，绝大部分没有形成文字。罗贯中、施耐庵、吴承恩等文人根据民间说唱加工改编的古典章回体小说《三国演义》《水浒传》《西游记》等作品，增强了文学性却失去了许多民间说唱原有的通俗性和趣味性。然而，对于梳理中华民族文脉、传承优秀传统文化和弘扬民族精神，最有价值的恰恰是民间说唱文学。

在搜集和编纂《中国民间文学大系·说唱卷》的过程中，最容易出现的问题是，把 1949 年以后经过文人整理改编的说唱文本，或者是曲艺界重新创作演出的传统题材曲艺作品当作传统民间说唱文学作品收录到这一文本里。因此，我们有必要厘清传统民间说唱与当代曲艺的区别，特别是把握好传统民间说唱的表现形式和表述语境，确保《中国民间文学大系·说唱卷》去伪存真、还原历史，为后世存珍品。

一、从口头传承到文本依赖

传统民间说唱是旧时代艺人世世代代赖以生存、养家糊口的技艺，除少数大城市的综艺性演出场所有专唱短篇、短段的艺人坐场卖艺外，绝大多数行走江湖的艺人都靠说唱长篇或中篇书曲卖艺赚钱，艺人们有"宁送一锭金不舍一句春"的说法，意思是自家的套路不能轻易给外人。千百年来，民间说唱的内容和表现形式全靠师父带徒弟的方式口传心授，没有固定文本。因此，不管是家传还是师传都有各自的风格和绝技，南宗北派的民间艺人，哪怕同时说唱《三国演义》《水浒传》《聊斋志异》等书目，都各有各的表现方式，绝不重纲（不重样）。道行（本事）大的艺人都善于"跑梁子""蹚水"说唱，他们针对不同地域、不同的受众群体，随时调整表现内容与表演方式，保持着能把死书说活和常演常新的鲜活状态，绝不照本宣科。因此，民间说唱文学应该属于联合国教科文组织 1998 年颁布的《宣布人类口头和非物质遗产代表作条例》中"民间创作"范畴。

新中国成立初期文艺界发起了一场对旧艺人的改造活动，老舍、赵树理等诸多文学名家参加了这次活动，"改造"的出发点和落脚点都是帮助民间艺人提高思想水平和艺术境界，从旧艺人转变为新文艺工作者，以人民喜闻乐见的说唱形式为工农兵服务，同时也将散于全国各地的几百种民间说唱艺术统一称为"曲艺艺术"。经过对旧艺人脱胎换骨的改造，全国各地纷纷成立了专业曲艺团体，一场说新唱新运动蓬勃兴起，涌现出一大批优秀的曲艺名家，创作出无数歌颂党、歌颂新中国和歌颂工农兵英雄人物的新说唱作品——曲艺，曲艺从此登上大雅之堂，从民间玩意儿发展成了民族艺术，其实也演变成了官方艺术。民间说唱脱胎成为曲艺艺术所发生的最大变化，就是告别了口头文学和艺人的自由发挥，原来装在民间艺人肚子里的故事变成了白纸黑字的曲艺文本。

二、从简单说唱到舞台艺术

走上舞台的曲艺艺术改变了传统民间说唱行走于村落农家、市井勾栏、茶楼书馆流动卖艺的方式，也改变了民间艺人一家、一班、一鼓一弦简单形式的说唱表演。以团队形式出现的正规化曲艺演出配备了灯光布景和专业乐队伴奏，虽然还是以"说""唱""或说或唱"为基本样式，但是传统民间说唱那种直接面对观众交流互动的观演形态发生了根本性变化。传统的民间说唱艺人带着观众参与创造、亲密无间、同喜同悲。而"高台教化"式的曲艺演出变成了"我演你看"。过去的民间艺人会根据观众的口味和要求随时调整说唱内容，而登上大舞台的曲艺是我演什么你看什么，观众的参与程度变弱了。过去的民间艺人大部分以表现中长篇故事卖艺赚钱，观众如同现在追逐电视连续剧一样可以持续欣赏，现在的曲艺除少数评书、评话、弹词、鼓曲演员还在坚持说唱长篇书曲，绝大部分曲艺演出则以短篇、片段为主，变成了综艺性表演，形式大于内容。因此，当代观众，特别是青少年观众看到的曲艺演出与传统的民间说唱相去甚远，新一代的曲艺演员对文本的依赖和对表演技巧肤浅的掌握，与过去身怀绝技的民间说唱艺人无法比拟，那种一两个人借助简单的手持道具（扇子、手绢、醒木）和轻便的伴奏乐器，生动描绘跌宕起伏、惊天动地的长篇故事，栩栩如生地刻画各种典型人物的精彩表演已经十分鲜见。

当然，源于民间、服务民众的传统说唱和登上舞台、按照固定文本演出的当代曲艺是不同时代的产物，不能用是非或优劣来判断，但是，流传千百年、由几十代民间说唱艺人在与观众不断交流碰撞中完善的口头文学，是人民用心血和智慧积累的一笔宝贵财富，不应该被抛弃。

三、尊重传统　审慎取舍

改革开放以来，各地的文学艺术工作者搜集整理了大批传统说唱文本并结集出版，此举对于曲艺和民间文学的继承创新功德无量。但是，对传统民间说唱形式的陌生或受某些理念的束缚，造成许多经过整理的传统说唱文本缺筋少肉、有形无魂，干巴巴只剩下了骨头架子，已经看不出传统民间说唱的原貌，甚至发生过整理者把老艺人几百万字的演出文本压缩到几十万字，老艺人看到后伤心落泪拒绝署名的情况。即便有一些整理文本基本忠实于老艺人口述，也很难通过书面文字全面看到传统民间说唱的表现形态。

对传统民间说唱内容的取舍一定要知道旧时代民间艺人行走江湖时的演出环境和表现方式，在今天看来有许多与说唱主体故事无关的东西其实是当时说唱艺人表演时必不可少的内容和形式，比如，长篇说唱的"书帽""定场诗""且听下回分解"的拴扣子，相声"撂明地"时的开场小唱（太平歌词）、"垫话"和"外插花包袱"，弹词的"开篇"和跳出人物的"噱头"，二人转的"喊赞""说口"和"小帽"等，都是民间艺人卖艺赚钱表演时必不可少的形式，这些表现形式可能与故事本身无关，却是民间艺人在市场撂地儿，在屯场唱鼓曲，在茶楼、大车店说书时招揽观众、稳住观众、吸引观众的重要手段。再如，有些民间艺人在说唱故事的关键桥段采取"支出去"的手法，连篇累牍地表现与故事本身看似无关的生活细节，删除以后并不影响故事的连贯性，可是，这种表现手法恰恰是民间艺人的表演技巧和超凡功力；类似这些篇章不可轻易舍掉，因为这些细节之中包含着极为广泛的知识性和趣味性，有些篇章甚至是民间说唱艺术的精华所在，往往通过类似的细节描述，自然而然地传播了中华文明、民风民俗和公德良序。换一个角度来说，现在的某些曲艺作品之所以不能吸引观众、感动观众，正是因为创作上直奔主题，概念化地图解某种理念，不讲究艺术手段和表现技巧，减弱了说唱艺术的感染力，青年曲艺作者非常有必要向传统民间说唱认真学习。

四、通俗化地域化的语言表达

民间说唱最为显著的特色是语言表达的通俗化和大众化，民间艺人在与他们的衣食父母（观众）面对面交流互动过程中，最忌讳的就是"不说人话"，他们严格遵循语言（包括唱词）不生不隔、句句入耳入心，甚至不区分故事里的皇上、大臣、八府巡按、相府小姐等人物身份，一律说老百姓的话，有些来源于古典文学或元杂剧的故事，甚至经过几代艺人的努力使语言实现了通俗化、大众化和方言口语化，形成了传统民间说唱风趣、机智、俏皮幽默的语言表达风格。老舍先生曾多次提到：话剧创作要向民间说唱学习语言表达技巧。他自己也曾练习创作鼓词、相声借以提高语言表达能力。有些人认为，民间说唱文学语言不讲究，大白话不符合人物身份，所以在整理说唱文本时大量使用书面语或官方语言修改原作，衰减了民间说唱文学的特色。其实，我们所理解的人物身份语言，不过是从古典文学作品和传统戏曲里看到的东西，古代人在生活中未必是那样交流的。如果大量修改矫正传统说唱的语言，可能会使民间说唱文学面目全非，不伦不类。

有些民间说唱作品里使用的方言土语是不同地域说唱形式的独特风格，特别生僻的方言可以加注，不要一律改为普通话，以免造成传统民间说唱文学的千篇一律。

传统民间说唱经过千百年的流变与淘汰，存活下来的都是精华，我们应该以敬畏的心态搜集编纂传统民间说唱文本，要把即将被时尚文艺淹没的民间说唱文学保留下来，让这些优秀的传统民间文化实现创造性转化、创新性发展，为新时代的文艺繁荣找到根基。

从曲艺生态新变量看全国曲艺行业发展大趋势

传统的民间说唱艺术撞上了"生活大爆炸"的新时代，改革创新成了曲艺生存发展的首选项。

改革创新是艺术的生命。可是怎样改革，怎么创新？鼓曲加上伴舞，快板用电声乐队伴奏，弹唱用大乐队烘托，评书表演背景用上了LED（发光二级管），观念没更新、内容缺创新，形式上搞得再热闹、再花哨也难以从根本上改变传统说唱的本质，心态浮躁、内容肤浅、形式浮华的所谓创新，出不了优秀作品和杰出的曲艺家。

越是历史悠久的艺术形式改革创新的阻力越大，昔日的辉煌往往会成为业界的集体负担。原有的曲艺创作、表演、传播模式滋生出的艺术思维定式成了挥之不去的观念壁垒：曲艺队伍老化、观念陈旧、创新乏力、观众流失是曲艺如何与时代发展相适应、与现实生活相融合的主要问题。

源起于汉代，兴盛于宋朝的民族说唱表演艺术，跨越了千年历史时空。在大多数民众受教育程度很低的旧时代，曲艺以人们喜闻乐见的形式，在传播历史文化、宣扬社会美德、歌颂民族英雄和匡正民风民俗等方面发挥了无可替代的作用。同时也为民族民间文学、戏曲、音乐等文学艺术形式的形成和发展提供了基础性滋养。

在漫长的历史沿革中，说唱表演艺术的生态格局曾发生过多次重大改变：一是从原始的民间"盲翁作场"说书讲古和少量供宫廷娱乐的滑稽丑角表演，发展到进入"勾栏瓦肆"的说唱表演，催生了大量的个体职业艺人，彼时的说唱基本处于说书唱曲加杂耍的简单形式，尚未形成完整的表现形态和成熟的曲种；二是从明清到民国，说唱进入成熟期，由于受民间对说唱艺术巨大需求的感召，出现了诸多专业说唱小班，有了师徒关系的传承模式，从城镇到乡间，说唱艺人无处不在，他们在行走江湖的历练中完善了不同曲种的表现形态，同时也积累了大量的保留书目和曲目；三是新中国成立以后，数以万计的说唱艺人华丽转身，他们的技艺登堂入室，他们成为了新文艺工作者，有了自己的团队和组织，也有了"曲艺"这个可以与其他艺术门类相提并论的大名。大批告别了近似乞讨的卖艺生涯，成为了受人尊重的曲艺人，焕发出极大的创造热情，他们发起的第一个集体行动，就是对旧曲艺的改造运动。深入到火热的生活中去向工农兵学习，创作适应新时代的曲艺作品，说新唱新蔚然成风。这个时期是曲艺艺术大繁荣大发展的黄金期，各曲种几乎都有一些脍炙人口的新作品问世，也涌现出一大批家喻户晓的曲艺表演艺术家，中国曲艺实现了前未有的与民众同乐狂欢的繁荣景象。

曲艺从历史走来，虽然发生过多次变革，但万变未离其宗，说唱艺术本体表现形态基本没变，观演方式基本没变，传播方式基本没变，就连拜师学艺、口传心授、内部沟通使用"春典"（行话）等传统习惯都没改变。

迈入新世纪，面对文化多元化、艺术多样化、文艺传播现代化的重大变革，代代相传的说唱表演艺术，再难以固守城池，面临着从来没有的挑战：全国原有各种说唱表现形式 400 多种，进入新世纪以来，尚可保持活态传承的不到 100 种，其中还有近一半的曲种处于后继乏人、门庭冷落、进退两难的状态，只能靠抢救、保护等措施勉强维持生存；以往备受观众喜爱的相声、评书、快板、评弹、评话等曲种，也因为创作滞后、作品千篇一律等多种原因而逐渐风光不再；经营性的民间曲艺社团迅速崛起，专业曲艺团体数量锐减。以小剧场大众娱乐为主的商业性演出，在活跃了文化演出市场的同时，也凸显出许多弊端，作品碎片化、表演低俗化、管理江湖化等问题俯拾皆是，个别艺人甚至唯利是图、美丑不分，为了赚钱竟然刻意复制旧时代说唱中的糟粕，以恶搞伦理、调侃崇高、丑化劳动群众等文化垃圾充当说唱艺术，把曲艺当作"追逐利益的'摇钱树'，当作感官刺激的'摇头丸'"，让广大观众失望，令曲艺蒙羞。然而，曲艺面临的最大挑战、也是最大危机，是大批青年观众"失联"。坚持传统曲艺演出的场所，青少年很少驻足，有时观众几乎是清一色的中老年人，有的演员形容说，站在台上往下看，满目"霜雪"，曲艺前景令人堪忧。

习近平总书记《在文艺工作座谈会上的讲话》（以下简称《讲话》），不但明确了中国特色社会主义文艺的本质和发展方向，也指出了文艺工作和文艺创作方面存在的问题和解决办法，高屋建瓴，拨云见日。一向以"文艺轻骑、反应迅速"为荣的曲艺界，从迷茫和困惑中幡然梦醒，带着问题导向，边学习领会《讲话》精神，边付诸行动，探寻曲艺生存发展的新路径。两年时间，初见成效，曲艺从生态结构、发展趋势、行业价值链重组和受众群体变化等方面都发生了从来没有过的深刻变化，出现了新的亮点。

曲艺生态结构新变化

较长时间以来，曲艺界"体制内与体制外""主流与非主流"的队伍结构分野问题，一直备受媒体关注。据有关部门2013年调查数据显示，所谓体制内，包括已改企转制的专业曲艺表演团体在内，全国仅存70家，而民营曲艺社团超过3000家、曲艺小剧场500个、曲艺工作室200个、曲艺自由从业者大约25万人。从数量上看，散于体制外的曲艺从业者远大于体制内的曲艺工作者。从演出市场上看，体制外的曲艺从业者占了相当大的比例，大多数民间曲艺社团都有相对固定的演出场所，部分从业者收入不菲，个别精于"买卖道儿"的"班主"还成了暴发户。而体制内的曲艺团队，大多没有固定的演出场所，属于市场上的"游击队"，他们以"送欢笑到基层""公益性文化服务"和宣传"道德模范事迹专场"等演出为主，在激烈的市场竞争中基本处于劣势，因此，经常被自称为"非主流"的曲艺从业者讥笑为"江郎才尽"。

习总书记《讲话》发表以来，上述情况发生了逆转，大家认识到"体制内、体制外，都在同一个行业内"，结束了隔空喊话的局面。大批曲艺名家和曲艺牡丹奖得主，放下身段、深入基层，在服务群众的同时广泛开展扶持基层曲艺骨干活动，发挥了行业引领作用。与以往不同的是，许多体制外的业务骨干加入到了深入基层、服务群众的行列中，一些曲艺社团主动组织队伍深入到校园、社区、厂矿、农村，开展公益性惠民演出活动。在与人民群众面对面的交互过程中，他们自觉净化了表演内容，提高了艺术质量。共同的目标、一致的行动，不但拉近了体制内和体制外的距离，淡化了主流与非主流的差别，更在解决曲艺"为了谁、依靠谁、我是谁"的认识上取得了一定进步。由于曲艺行风的初步好转，曲艺界吸引了众多受过高等教育的曲艺爱好者加入到行业中来，其中不乏名牌大学毕业的硕士、博士研究生。新生代的融入对于改善曲艺生态结构大有裨益。

曲艺发展趋势新亮点

习总书记在《讲话》中指出："衡量一个时代的文艺成就最终要看作品……推动文艺繁荣发展，最根本的是要创作生产出无愧于我们这个伟大民族、伟大时代的优秀作品。""文艺工作者应该牢记，创作是自己的中心任务，作品是自己的立身之本，要静下心来，精益求精搞创作，把最好的精神食粮奉献给人民。"习总书记的要求为曲艺工作者和曲艺从业者指明了方向，狠抓反映现实生活的新作品创作出现了好势头。

2015年至2016年，曲艺创作突飞猛进，从新作品数量上看大约超过了前5年产生的新作品总和。在大量的曲艺新作中，虽然思想性、艺术性、欣赏性相统一的佳作尚属凤毛麟角，但在反映现实生活和坚持以人民为中心的创作导向方面却有明显改观。过去在经营性的曲艺演出中，大家不敢排演传递正能量、弘扬主流价值观的作品，生怕拢不住观众，如今此类作品在曲艺小剧场中逐渐出现，改善了小剧场曲艺演出的单纯娱乐化倾向，特别是一些以反腐倡廉为题材的曲艺新作，还受到了广大观众的热捧，极大地鼓舞了曲艺从业者的创作热情。仅以哈尔滨市曲艺团为例，近两年他们邀请作者和组织内部演员相继创作了相声、小品、二人转、双簧、相声剧等作品 100 多篇，保证了两个剧场的经营性演出，上座率越来越好，从根本上改变了以往靠领导重视、财政支持而勉强生存的被动局面。还值得一提的是，许多体制外的曲艺团队在习总书记《讲话》精神感召下，也把创作当成了提高艺术质量、发展演艺事业的主要环节，用新作品代替旧模式已经成为小剧场曲艺演出的新亮点。西安青曲社主席苗阜深有感触地说："缺少新作品，曲艺小剧场难以坚持长久，没有好作品，繁荣曲艺等于零。"他们投入经费鼓励创作，经常召开作品讨论会，先后推出的相声《满腹经纶》《这不是我的》《西游新说》等优秀作品，受到了全国观众的好评。2016 年 4 月，全国"通州杯"曲艺小剧场新作展演活动在江苏省南通市举行，20 个省份 32 个不同曲种的小剧场演出作品参加展演，其中相声《老朋友》、苏州弹词《欢喜冤家》、说唱小品《审舅舅》等作品表现不俗，虽然还未达到"既能在思想上、艺术上取得成功，又能在市场上受到欢迎"的高水准要求，但小剧场曲艺演出内容的主动调整，业已成为曲艺创新发展的新趋势。

"网络＋说唱"呈现曲艺传播新格局

近两年，在媒介融合日渐多元的文艺生态环境下，传统曲艺艺术结合新媒体技术进行了多产业交互，进行了极具时代特色的形式与内容创新，涌现出观众喜闻乐见的优秀作品。通过网络平台，传统曲艺艺术接触到更为庞大的观众群体，极大地扩充了作品内容，促生了多种规格形式的曲艺形式变种。

1. 新媒体孵化中的形式创新

曲艺艺术从传统的现场演出、广播电视传播发展成现今的主动进军网络平台演艺，将传统说唱艺术的优秀基因与新媒体、自媒体有机融合，有利拓展了受众群体。网络平台的弹幕、评论，直播平台的即时沟通，成为曲艺艺人与受众无罅隙的供需信息传递渠道。

新媒体平台上，曲艺艺术的传播不再受到时间限制，曲艺艺术从业者、爱好者们不再满足于既有的传统作品形式与内容，进行了有益的形式探索与尝试。网络平台中常见的说唱、套词、散磕、喊麦等，都是中国传统曲艺艺术的形式拓展。在新媒体电子商务的簇拥下，曲艺艺术进行了模式多样的尝试，以崭新的面貌吸引了大量有才干、正能量的青年从业者。也有部分知名曲艺人尝试性地开辟自己的网络页面，聚集起大批粉丝群，为招回曲艺的青年观众找到了新途径。

2. 多产业交互格局中的内容呈献

新媒体受众群体多为90后新生代，曲艺艺术的新媒体平台内容拓展，将传统评书、相声、快板和民间说唱等内容与当代时尚生活精彩结合。《一人我饮酒醉》《昨日帝王篇》《梦回当年古战场》等作品脍炙人口，在知乎、豆瓣等评论媒体上，引起话题性讨论和网友围观。更有部分具备曲艺元素的原创作品完成跨界实践，制作成打榜单曲和MV（音乐短片）进行传播。

曲艺或带有说唱因素的表现形式进入网络媒体平台，还受制于互联网资本和电商谋利形式的捆绑，尚处于被动状态，但对于改善新媒体娱乐鱼龙混杂、缺乏正能量的精神引领的环境具有积极意义。在"美女网红"大行其道的潮流中，从传统艺术中脱颖而出的新媒体曲艺内容，沿袭了曲艺作品寓教于乐、喜乐济世的本质属性，在说唱中寄向往，于娱乐里暖情怀，成为当代多产业交互格局中精神文明建设的正向基因。在激变的媒体版图中，传递出传统曲艺艺术在即将到来的新媒体变革中相时而动的韵律与火种，同时也为传统说唱表演艺术的创新发展探寻出新的路径。

（本文作者系中国曲艺家协会副主席、中国文艺评论家协会副主席、国家一级编剧）

春风化雨催新绿

——曲艺呈现新景观

历史悠久的曲艺艺术在市场经济大潮中一度困惑迷茫。

一方面是曲艺队伍老化，创新乏力，阵地萎缩，观众失联：曾经被观众热捧的春晚"语言类"节目，由于创作滞后，作品质量下降，逐渐沦为网民诟病最多的话题；曾经在广播电视领域名列收听、收视率榜首的相声、评书、小品、说唱类节目，逐渐被脱口秀、真人秀和游戏类栏目取代；全国专业曲艺团队成批量解体；坚持演出传统性曲艺的演出场所屈指可数，并且大多是中老年观众，有的演员形容说，站在台上往下看，满目"霜雪"；创作队伍严重流失，全国从事曲艺创作的专业人员不到 30 人；曲种消亡速度不逊于物种消亡速度，全国原有 400 多个曲种骤降到 100 多个，而且有一半曲种只能靠抢救、保护苟延残喘。

另一方面是民间以盈利为目的的经营性曲艺演出悄然升温，在活跃了演出市场的同时也带来了诸多弊端：个别经营者（也称班主）克隆了旧时代江湖习气，为了卖艺赚钱，急功近利、唯利是图，复活了许多曲艺糟粕，拿低级趣味、恶搞伦理、庸俗愚乐，甚至调侃崇高、扭曲经典、颠覆历史、丑化劳动群众等文化垃圾充当艺术，把曲艺当作"追逐利益的'摇钱树'，当作感官刺激的'摇头丸'"；也有少数艺人，行走江湖而无道，竟然善恶不分，美丑不辨，以互撕、群殴等下作手段哗众取宠，制造新闻，毫无体面，让广大观众失望，令曲艺蒙羞。

习近平总书记《在文艺工作座谈会上的讲话》（以下简称《讲话》）和《中共中央关于繁荣发展社会主义文艺的意见》（以下简称《意见》）的发表，在曲艺界引起了强烈反响。《讲话》和《意见》高屋建瓴、拨云见日，习总书记所指出的当前文艺工作和文艺创作中存在的问题切中曲艺行业的要害。《讲话》和《意见》所指明的繁荣发展社会主义文艺的方向，是曲艺"出人、出书、走正路"必须走的不二之路。全国曲艺工作者和曲艺自由从业者自觉学习《讲话》精神，带着问题导向，边学、边改、边实践，更新了观念、转变了作风、增强了历史责任感和文化自信，使曲艺生态有所好转，在坚持服务方向、加强队伍建设和艺术创作创新等方面出现了许多新亮点。

不忘初心，让曲艺回到人民中去

曲艺艺术最根本的属性是以人民为中心的大众艺术。千百年来，曲艺存在和发展的优势，就是依靠最基层和最大范围的普通观众，与人民群众同呼吸、共命运、心连心，视观众为衣食父母的理念，让曲艺获取了永恒的灵魂和生命。无论何时，曲艺一旦离开了人民成为了艺人赚钱的"买卖"，就会失去根基，变成"无根的浮萍、无病的呻吟、无魂的躯壳"。大批曲艺工作者怀着追根寻源找亲人的心态，以志愿者服务、送欢笑下基层等不同形式，走进厂矿、农村、社区、校园、军营，两年时间里，数以千计的曲艺人足迹遍布全国 31 个省、市、自治区，他们为百姓演出，扶持基层的曲艺骨干，感受普通百姓的生存状态，在"身入、心入、情入"的过程中，也在不同程度上反思了曲艺"为了谁，依靠谁，我是谁"的问题。与过去不同的是，许多民间曲艺社团和曲艺自由从业者也自愿参加了曲艺深入生活、服务群众的活动。直接面对百姓的演出和服务，让他们感触良多：以往在小剧场里演出，单纯追求剧场效果，不管是庸俗搞笑，还是"洒狗血"，只要把观众逗乐就算有本事。到基层群众中演出，情形大不相同，小剧场里演出的那一套百姓基本不买账，只有好作品和演员的真功夫才能赢得掌声，老百姓才是鉴赏艺术的真正行家。通过共同走进生活、服务人民，拉近了"体制内""体制外"曲艺人的距离，淡化了"主流""非主流"的界限，出现了曲艺行业前所未有的和谐共进新气象。

团结一心，繁荣曲艺创作

习总书记在《讲话》中指出："衡量一个时代的文艺成就最终要看作品……推动文艺繁荣发展，最根本的是要创作生产出无愧于我们这个伟大民族、伟大时代的优秀作品。"曲艺创作滞后已经成为制约曲艺艺术繁荣发展的瓶颈，浮躁的心态导致了创作急功近利，竭泽而渔，粗制滥造，作品碎片化，表演低俗化等一系列问题。"文艺工作者应该牢记，创作是自己的中心任务，作品是自己的立身之本，要静下心来，精益求精搞创作，把最好的精神食粮奉献给人民。"习总书记的要求为曲艺工作者指明了方向，狠抓作品创作出现了好势头。

一是各级曲协组织不再做表面文章，把抓好曲艺创作、创新作为工作的主要环节。仅 2015 年，笔者参与评审的曲艺新作就达 2000 多篇。在大量的新作中，虽然思想性、艺术性、欣赏性相统一的佳作尚属凤毛麟角，但在反映现实生活和坚持以人民为中心的创作导向方面却有明显改观：有相当数量的作品是根据全国道德模范的感人事迹提炼加工的，以评书、故事、小品、鼓曲、二人转等群众喜闻乐见的说唱形式弘扬主流文化价值观，传递正能量。这些作品经过知名曲艺家的表演，感动了千百万观众。还有很多作品属于反腐倡廉题材，生动反映了党中央纠正四风，弘扬正气，深得民心的社会现实。仅在全国"包公杯"优秀曲艺作品征文中，就收到此类作品 1000 余件，其中的获奖作品推荐到全国曲艺团队排演，受到观众的热烈欢迎。也有一定数量的以"我们的价值观""纪念抗战胜利七十周年""落实中央八项规定"和"精准扶贫"等社会热点创作的曲艺作品，都为改善过去曲艺演出新作少，内容陈旧，脱离现实的局面创造了有利条件。

二是推出新作成为了曲艺人的自觉追求。广大观众对通俗文艺和娱乐节目的追捧，促使曲艺小剧场和民间曲艺社团的迅猛发展。据不完全统计，全国已有曲艺小剧场（包括书馆、茶社）3000 余家、民间曲艺社和工作室 700 多个，曲艺从业者 18 万余人。缺少新作品、好作品，造成了小剧场演出形态的千篇一律，长此以往，曲艺的生存发展将难以为继。缺少优秀说唱作品便难以推出拔尖人才，任何一个曲艺团队，没有当红演员肯定吸引不了观众。大多数曲艺工作者和曲艺从业者认识到"作品是立身之本"的硬道理，自觉地狠抓作品创作。仅哈尔滨市曲艺团，近两年就邀请作者和组织内部演员创作了相声、小品、二人转、双簧、相声剧等作品 100 多篇，保证了他们在两个剧场长年演出，上座率越来越好，从根本上改变了以往靠领导重视、财政支持而勉强生存的被动局面。还值得一提的是，许多体制外的曲艺团队在习总书记《讲话》精神感召下，也把创作当成了提高艺术质量、发展演艺事业的主要环节，用新作品替换旧模式已经成为小剧场曲艺演出的新亮点。2016 年 4 月，全国"通州杯"曲艺小剧场新作展演活动在江苏省南通市举行，20 个省份 32 个不同曲种的小剧场演出作品参加展演，其中相声《老朋友》、苏州弹词《欢喜冤家》、说唱小品《审舅舅》等作品表现不俗，虽然还未达到"既能在思想上、艺术上取得成功，又能在市场上受到欢迎"的高水准要求，但小剧场曲艺这种主动靠拢和自觉追求的新变化，还是难能可贵的。

三是向着攀登"高峰"的目标努力。曲艺创作也存在有"高原"缺"高峰"的问题。虽然创作"思想精深、艺术精湛、制作精良"的优秀曲艺作品不是轻而易举的事。但是，曲艺界认识到，面对今天这样的伟大时代，如果拿不出有正能量，有感染力，能够温润、启迪心智，传得开、留得下，为人民群众所喜爱的优秀曲艺作品，就不能向党和人民交出好的答卷。两年来，通过对曲艺创作骨干的业务培训和组织作者深入生活，从总体上看，曲艺创作水平有所提高，出现了《牵手》《一碗长寿面》《莲花开》《工钱》《第三者》等一批接地气、有温度，具有一定修改价值的作品，如果能够拿到群众中去检验，不断加工打磨，这些作品具有"冲顶"的基础。总之，目标在前，路在脚下，只要曲艺界团结一心、坚持努力，希望就在前方。

坚定信心，探寻曲艺发展新路径

近两年，在媒介融合日渐多元的文艺生态环境下，传统曲艺艺术结合新媒体技术进行了多产业交互，进行了极具时代特色的形式与内容创新，涌现出观众喜闻乐见的优秀作品。通过网络平台，传统曲艺艺术接触到更为庞大的观众群体，极大地扩充了作品内容，促生了多种规格形式的曲艺形式变种。

1. 新媒体孵化中的形式创新

曲艺艺术从传统的现场演出、广播电视传播发展成现今的主动进军网络平台演艺，将传统说唱艺术的优秀基因与新媒体、自媒体有机融合，有利拓展了受众群体。网络平台的弹幕、评论，直播平台的即时沟通，成为曲艺艺人与受众无罅隙的供需信息传递渠道。

新媒体平台上，曲艺艺术的传播不再受时间限制，曲艺艺术从业者、爱好者们不再满足于既有的传统作品形式与内容，进行了有益的形式探索与尝试。网络平台中常见的说唱、套词、散磕、喊麦等，都是中国传统曲艺艺术的形式拓展。在新媒体电子商务的簇拥下，曲艺艺术进行了模式多样的尝试，以崭新的面貌吸引了大量有才干、正能量的青年从业者。

2. 多产业交互格局中的内容呈献

新媒体受众群体多为90后新生代，曲艺艺术的新媒体平台内容拓展，将传统评书、相声、快板和民间说唱等内容与当代时尚生活精彩结合。《一人我饮酒醉》《昨日帝王篇》《梦回当年古战场》等作品脍炙人口，在知乎、豆瓣等评论媒体上，引起话题性讨论和网友围观。更有部分具备曲艺元素的原创作品完成跨界实践，制作成打榜单曲和MV（音乐短片）进行传播。

曲艺或带有说唱因素的表现形式进入网络媒体平台，还受制于互联网资本和电商谋利形式的捆绑，尚处于被动状态，但对于改善新媒体娱乐鱼龙混杂、缺乏正能量的精神引领的环境具有积极意义。在"美女网红"大行其道的潮流中，从传统艺术的土壤中破土而出的新媒体曲艺内容，沿袭了曲艺作品寓教于乐、喜乐济世的本质属性，在说唱中寄向往，于娱乐里暖情怀，成为当代多产业交互格局中精神文明建设的正向基因。在激变的媒体版图中，传递出传统曲艺艺术在即将到来的新媒体变革中相时而动的韵律与火种，同时也为传统说唱表演艺术的创新发展探寻出新的路径。

只有好作品才能救相声

——站在局外说相声

在多元文化语境下，中国相声出现了前所未有的复杂局面，这种深受大众喜爱的民族艺术走到了三岔路口，有人说相声界正在上演一场"三国演义"。如果给当下的相声分类（不分高低尊卑），大致可以分为三种形态：第一种是拿相声当买卖的经营派，他们靠说相声生存，过去也叫"上买卖"，在他们看来，说什么不重要，让观众高兴，能赚到钱就行；第二种是拿相声当日子过的正统派，他们视相声为生命，以坚守为己任，常为相声的现状纠结，更为观众不笑而苦恼着；第三种是为了好玩说相声的后现代派，为什么说？说什么？怎么说？这些都无所谓，自己开心就好。综观这三类相声人的追求和表现，很难说孰是孰非，也不必为他们分出高下，中国民间说唱表演艺术本来就五花八门，生存状态不同，表演环境不同，其表现形式自然不同。

以上三种不同形态的相声，尽管道不同，行进路径不同，可是，有一点比较相同——几乎都拿不出来叫得响、传得开、留得下的像样作品。心态浮躁，思想肤浅，作品浮夸是当下相声的通病。中国观众喜爱相声的情结没变，尊重那些曾经为人们带来无限欢笑的相声大师们的感情没变，对新生代的后现代相声也乐于接受。可是，为什么对现在的相声却爱不起来呢？相声有市场没作品、有大腕儿没好段儿、有笑声没品位、有票房没口碑的现象普遍存在，个中原因值得深思。

相声作为一种拥有几亿观众的民族表演艺术，百余年来，涌现出几代深受人们喜爱和尊重的相声表演艺术家，他们每一位都有自己的代表作，那些脍炙人口的优秀相声作品，为中华民族的文学艺术宝库增添了不可或缺的幽默精品，为传播中华文明，弘扬传统道德和满足人民的精神文化生活等方面发挥了无可替代的作用。历史发展到今天，相声艺术不该退居大众娱乐领域，滑入庸俗搞笑的泥潭。放弃了艺术良知和社会责任，仅靠油嘴滑舌玩噱头取悦人，迟早要被人民厌弃，被历史淘汰。

要使相声艺术在新的历史条件下继续受到国人的青睐，相声业界人士都要自重、自爱、自省、自强，共谋这门最具民族特色、最受大众喜爱的艺术健康发展。

一是要树立正确的相声艺术观。说相声是职业，但不是卖艺，应该有所为，有所不为。不管在什么场合下表演，不注重作品的完整性，没有结构，不讲逻辑，也不分层次，信口开河，什么都敢说，哪怕是"挠观众"，只要能搞笑，能赚钱就可以，这会严重降低相声的审美品位。每一位相声从艺者，都要高度重视作品的社会影响，借用一句相声常用的语言叫"别找挨骂"。

二是要着力培养相声创作队伍。相声不是简单的"语言艺术"，也不是一般的滑稽玩闹。相声是幽默表演艺术，属于广义的喜剧范畴。相声的创作难度相当大，以往流传下来的优秀相声作品，其实都是精彩的幽默文学作品。尤其是相声顺天时、接地气、得人心，与广大观众无障碍交流和沟通，是相声艺术百年不衰、深受欢迎的制胜秘籍。当下，相声创作的严重缺位，是造成相声艺术水准下滑的根本原因。有些相声演员，特别是新生代相声群体，过分依赖网络笑话和网络语言，七拼八凑一些包袱就上台表演，严格说没有比较完整的作品就不能叫相声；在传统相声作品的基础上，增加一些时尚元素，改头换面的表演，虽然一定程度上会受到观众的欢迎，但仍然满足不了观众求新求异的欣赏需求，似曾相识的包袱与出人意料的效果之间还有一定的差距。能够传世的相声，一定要在作者观察生活、提炼生活，形成较完整的有结构、有层次、有一定艺术品位和思想性的文学作品的基础上，经过表演者的二度创作才能完美体现。

三是要善于发挥相声优势。相声是扎根于民间雅俗共赏的艺术，它长于讽刺与批判，它以抑恶扬善的精神帮助人们在笑声中告别昨天，克服人性的弱点。但是，相声讽刺的指向和分寸又是十分重要的，它必须站在人民的立场上，鞭挞假恶丑，弘扬真善美。说实话，春晚的舞台不是相声艺术的最高殿堂，靠相声去配合某种宣传也比较勉强，必要时可以上春晚，也可以配合某种宣传，但是，相声的真正舞台在民间。因此，相声也要"走转改"，一切有理想有抱负的相声作家、艺术家都要放下身段，深入到人民群众之中去汲取营养，为人民创作，为人民说相声，这才是繁荣相声的根本出路。

四是要探索适应各种不同类型相声的审美评判标准。对于新生代的相声表演群体，要善于引导他们先学传统，把根扎稳，再玩后现代；对那些靠相声生存的经营派艺人，要帮助他们不断完善提高艺术品位，提供适合他们在市场演出的优秀作品；对为数不多的相声界的领军人物，要大力支持他们下大气力多出精品力作，要以审美的最高标准——"历史的标准、美学的标准"要求他们发挥相声"出人、出书、走正路"的引领作用。

在文化大发展大繁荣的时代，相声到了大显身手的时候。笔者作为相声的局外人，真诚希望相声界诸君，以事业为重、以大局为重，团结一心，多出佳作，用无愧于历史，无愧于时代，无愧于人民的优秀相声作品回报社会，让人们在笑声中感受幸福。

相声创作要跨过高原攀登高峰

相声创作到了攀登高峰的时候了。

由于相声在"高原地段"徘徊的时间太久了，喜爱相声的人们期盼着相声创作出现一个新的高峰。

习近平总书记在全国文艺工作座谈会上的讲话中指出，文艺创作存在着有"高原"缺"高峰"的现象。

就全国的曲艺创作而言，能够称得上有"高原"的曲种并不多，更不谈不上"高峰"。大部分曲种的艺术创作还处在低洼地带，有些地域性较强的鼓曲、唱曲类曲种已处于衰落和衰亡的边缘，只有在官方主办的曲艺活动中出来亮个相，平常则很少演出，既没有新作品，也没有后续人才，就好像垂暮老人，偶尔拄着拐棍出来站一会儿，让大家看看他（她）还活着，其实已经弱不禁风、苟延残喘，现状令人堪忧。

站在"高原"之上的曲种，其标志就是有队伍，有人才，有新作，有市场，还有广大观众的喜爱。

纵观全国曲艺，相声创作最为活跃。各种相声赛事，推动新人新作不断涌现，每年都有上百篇作品问世；在各大中城市的演出市场里，相声的领地不断扩大；小剧场相声活动方兴未艾，人民群众对相声的喜爱程度有增无减。所以，可以说，相声艺术已经走出了低谷，爬上了高原，应该乘势而上，攀登新的高峰。

我暂且搁置下衡量艺术创作的尺度问题，先说当下相声创作离

"高峰"还有多远的距离。

不久前听到一种说法，中国相声已经完成了新老交替的过渡。

对于这样的判断，我个人认为是有些片面，缺少依据的。

尽管在中国曲协和各地曲协坚持不懈的推动下，在艺术演出市场巨大需求的氛围中，相声艺术获得了新的生机，一大批新生代相声从业者应运而生，他们之中不乏让我们寄予厚望的佼佼者，可要说已经出现了新的领军人物还为时过早。我不是"九斤老太"，也对相声新秀的出现期盼许久了。可是，主观愿望不能代替客观标准。我们可以不以德才兼备的高标准衡量新人，单说艺术标准，伴随这些新秀出现的优秀相声作品有多少？具有较高知名度和票房感召力的优秀相声艺人，他们安身立命的代表作是什么？回答是明确的，几乎寥寥无几。甚至在许多商业性的演出中表演的相声，连作品的完整性都不具备，碎片化的展示，单纯性的娱乐，卖弄技巧或耍嘴皮子的搞笑俯拾皆是，把"笑的艺术"变成了"可笑的艺术"，这是一种伪繁荣，可笑与赚钱都不能作为衡量相声的重要标准。

新中国成立以来，相声界出现的名家巨匠，哪一位没有自己的独立风格？

侯宝林、马三立、刘宝瑞、常宝堃、常宝华、马季、杨振华，以及姜昆、侯耀文、李金斗、常贵田、师胜杰、冯巩等等（我即兴提出这些名家，难免挂一漏万），哪一位没有自己的代表作品？他们靠优秀的作品和精湛的演技堆起了中国相声的一座座"高峰"，不要说超越他们，即便是达到他们的高度，还差着很大的距离。卖座、赚钱、赚大钱，都是商业性标准，不代表艺术高度。近些年来，相声创作出现的思想性、艺术性、欣赏性相统一的精品力作实属凤毛麟角，这便是有"高原"缺"高峰"的关键所在。

有些优秀的中青年相声从艺者，已经具备了攀登"高峰"的条件，或者说距离"高峰"只差一步之遥，那就是要精心打造代表自己最高水平的优秀相声作品。只要是不放弃，不动摇，不让浮云遮望眼，远离铜臭常熏心，始终坚持正确的艺术观，就一定会有人攀登上当今相声艺术的最高峰。

再说衡量相声作品的一般标准和最高标准的区别问题。

相声创作和表演的一般标准是：能给人们带来欢笑，深受广大观众的喜爱。

相声创作和表演的最高标准则是：在为人们带来欢笑和愉悦的同时，还要给人们以心灵的启迪和净化，让人们在笑过之后，还能感悟到真善美的力量和人生值得追求的高尚境界。

当然，以艺术的最高标准衡量相声作品，不一定适于用所有的相声创作。但是，要攀登相声创作的"高峰"，必须坚持历史的、人民的、艺术的、美学的评判标准。这四项对艺术评判的标准，是对马克思主义文艺观的完善和发展，也是引领中国社会主义文艺繁荣发展的指针，需要深刻领会并进行专门的研究。我仅提示相声创作者们，不要简单、片面地理解有关文艺评判的标准，不要为了追求所谓的思想性就偏离了相声艺术的本体，走入说教的误区。

在评审大连"西岗杯"相声新作过程中，我看了160篇作品，发现大家在选择题材和提升作品的思想性上用力过猛，造成了作品没包袱，缺少喜剧性，不适合相声的常态化演出。因此，在给不给奖，给什么奖的问题上，评委们集体纠结。

针对这次"西岗杯"相声新作评选发现的问题，我提出几点希望，供大家参考。

一、摆脱自我束缚，避免政治说教

相声属于喜剧范畴的表演艺术，它最本质的特征是引人发笑。虽然，评论家们一直在强调，文艺要担当起引领社会风尚的责任。可是，这种引领绝不是高台教化，相声不要像老师给小学生上课一样，告诉孩子们，什么是对的，什么是错的，什么是丑的，什么是美的。凡是忽略喜剧情节、喜剧结构、喜剧人物、喜剧性格，从概念出发，贴标签式的，直白表现政治的、道德的、伦理的思想内容，都不是最好的相声作品。因为讲道理不是相声要完成的任务，试想，两个相声演员站在台上，满嘴都是大道理，既不幽默，也不诙谐，观众会感到厌烦，绝不会产生共鸣。这关系到我们的创作是低智取位，还是高智取位。

高智取位，不是不要思想精深，而是要把你认为应该表达出来的东西潜藏在艺术性之中，把作品的内涵，高度艺术化地表现出来。艺术大师们都善于运用高超的艺术手段，在他们完美的相声作品里，留出一个潜藏的门缝，让人们在满足了娱乐心理需求以后，从那个不易发觉的门缝里窥见作家、艺术家真实的目的。当然，不同层次的观众，对一篇作品的理解可能不尽相同，这是审美过程中的正常现象。比如，有国家领导人看了侯宝林先生表演的相声《关公战秦琼》以后，赞赏这段相声里"有哲学"。别的观众可能看不出这种深意，能理解到军阀制度的腐朽或戏曲艺人的艰辛也可以。最可怕的是，观众看了相声表演什么反应都没有。

所谓低智取位的相声创作，就是迫不及待地表达所谓的思想性，目的是让评委或审查作品的人看到自己的高姿态、讲政治。其实，就相声作品而言，姿态越高，品位越低。没有人要求相声要高台教化，只是我们的许多作者被审查、评奖搞晕了，误以为把主题思想表达清楚了，作品才好通过，这样也是低估了评委或领导者的智商及审美能力，背离了艺术的、美学的评判标准。

二、跳出窠臼，着力创新

姜昆曾经撰文分析过曲艺创作遇到的瓶颈，其中提出了创新能力不强，跳不出窠臼问题。

相声创作如何继承与创新呢？

有一种做法是，用传统段子，加上一些时尚的语言或"现挂"的包袱，就算创新了。再一种方式是，采用旧的套路表现现实内容，这也被以为是创新。还有一种办法就是，把相声表现形式外插花地加上其他艺术表现手段的"混搭",当作创新。这些做法跳不出传统相声的窠臼,都不算真正的艺术创新。

我们不妨比较一下科技创新与艺术创新的区别。

科技创新是对人类进步有着重大意义的实践活动。可是,我们知道,任何科技创新都有承续性,从基础到高端,是循序渐进的创新。比如,有了火药的发明,才有了高升炮(二踢脚),然后才有了火炮、火箭炮的发明,再到导弹、飞船等的发明。科技创新都是这样在众多同行知识积累的基础上实现的。然而,艺术创新与此不同,每一个独立的作品(我指的是经典作品)都是不与他人雷同的、独特的艺术品。从内容创新、形式创新、表现手法创新,到风格样式创新,都要力戒模仿前人成功的东西。尤其相声创作与表演,司空见惯的东西必然会减弱"意料之外"的欣赏效果。观众已经知道了你要"甩包袱"逗他们发笑,因此就偏不笑。为什么我看了160篇新作品,一次都没笑?因为像看见老熟人一样,所有作者认为是笑料的地方,我都觉得似曾相识,不是手法陈旧,就是内容落入俗套。与别人雷同的作品,无论在语言上面花费多少功夫都会事倍功半,没有实际价值。创新是相声艺术的生命,模仿、抄袭、千篇一律的作品与艺术经典还相差十万八千里。

三、不要依赖网络,坚持从生活出发

相声创作依赖新媒体和网络段子的现象已经十分普遍。或许,相声创作长期在"高原"地段徘徊,无力攀登"高峰"就是相声界集体依赖网络,脱离现实生活所造成的。实践证明,这种"间接获取"的方法,在商业性演出中还能勉强维持,而对于创作经典相声作品几乎毫不可取。因为新媒体的传播速度永远比相声创作快得多,当你把一个网络笑话挪用到作品里的时候,这个笑话已经过时了。借用网络语言支撑相声创作的办法更无益处,因为大多数网民不进剧场去看相声,你认为是时尚的语言,到了剧场里有一半观众听不懂，所以"笑果"就打了折扣。因此，有出息、有抱负的相声创作者，一定要摆脱对网络的依赖。文艺创作方法有一百条、一千条，但最根本、最关键、最牢靠的办法是扎根人民、扎根生活。到生活中去学习、去发现，以独特的眼光发现可笑的人物，用喜剧表现方法写出来的作品，才会有新意、有温度、有筋骨，才有可能成为经典相声作品。

我所指出的相声创作方面存在的弊端与缺憾，不针对平常的相声创作和表演，只是以最高标准要求相声经典创作所应该坚持的路径。如果把相声分为"三品"，即艺术品、商品、宣传品的话，我主张，对那些具有商品属性和宣传需要的相声创作，不必苛求，达到让观众满意或完成宣传任务就可以。而对经典相声创作就必须严格按照艺术规律，高标准严要求，争取精益求精。

另外，必须说清楚，任何经典艺术创作和艺术生产，都不可能是普遍、大批量涌现作品和产品，攀登"高峰"可以是多数人的集体努力，最终登顶一定是少数人。可是没有数量，也就一定没有质量，没有庞大的底座，就没有宝塔顶尖。有了能够代表这个时代最高水准的经典作品，才能够影响和引领相声创作总体水平的提升。因此，相声创作实现集体突围，是攀登相声高峰的关键之举。所有的相声创作和演出都没必要人为地画线、定调，进入市场的和服务于核心价值观的相声，都应该以相声艺术和相声事业为重，大家要共同克服在市场中演出的相声缺品位，获奖的相声缺包袱的二律背反现象，都要力争自己的作品在思想上、艺术上取得成功，又能在市场上受欢迎。

我相信，相声创作跨过"高原"，登上"高峰"的时刻已经离我们不远了。

着力培育新时代高水平文艺创作人才

繁荣新时代社会主义文艺，必须培育一大批高水平创作人才。

习近平总书记关于新时代文艺的论断，拨正了新时代文艺的航向，明确了在市场经济条件下如何坚守文化阵地、坚持正确方向、繁荣文艺创作等一系列模糊认识。十九大报告还进一步明确了新时代文艺发展的方向、方针、方法，其中关于"加强文艺队伍建设，造就一大批德艺双馨名家大师，培育一大批高水平创作人才"的新要求，体现了以习近平为核心的党中央对文艺人才的高度重视，同时它也是从根本上解决文艺繁荣发展的重要保证。

衡量一个时代的文艺成就最终要看作品。要创作生产出一大批无愧于伟大民族、伟大时代的优秀作品，就要下本钱、花力气培育一大批有真才学、好德行、高品位，胸中有大义、心里有人民、肩头有责任、笔下有乾坤的高水平创作人才。

目前，全国从事文艺创作的人员数以万计，原创能力与创新水平千差万别，创作方法千奇百怪，需要厘清和解决的问题千头万绪。值得重点关注的几种不利于文艺创作的现象如下：

一是从事专业文艺创作的"主力队伍"边缘化。由于各种复杂原因，原本设立在文化事业单位、专业艺术院团和文艺群团组织内部的创作机构基本解体或名存实亡，从编制上就没有给专业文艺创作人才留下立足之地。有些年富力强的创作人才流入教育部门从事艺术教育，也有人改行进入文化产业。部分省份和地方采取变通手段，把少数创作人员安排到艺术研究院（所）或群众艺术馆之类的事业单位，可这些创作人员往往还要承担一些本单位的事务工作，创作成了业余活动。就全国而言，现存专业文艺创作人员不足百人，面对激烈的市场竞争，趋于老龄化的专业创作人员显得力不从心，业绩欠佳，往往煞费苦心创作的一些作品却因"卖点不够"而遭受冷遇。

专业文艺创作队伍是党在文化战线上一支重要的有生力量，在中国人民站起来、富起来的过程中，这支队伍发挥了重要作用。进入新时代，要实现中华民族强起来的伟大复兴历史进程中，更加需要这支队伍贡献智慧与力量，文艺创作"主力军"被边缘化的局面，不利于新时代文艺要有新气象、更要有新作为的发展要求。

二是坚持以人民为中心的创作导向贯彻渠道不畅。习近平新时代社会主义文艺思想的核心内容是繁荣以人民为中心的文艺创作。而现实以资本为主导、以低级娱乐为市场主要需求的文艺生态环境并没有得到根本改善。电影的票房收入、电视剧的收视率、舞台艺术的上座率、网络文艺的点击率和书画作品的拍卖价格等经济指标和资本的作用仍然左右着文艺创作。许多活跃在文化市场上的投资商，基本没有以人民为中心的观念，只认为文艺作品、产品的社会效益与投资回报比起来几乎一文不值。无论是歪曲历史、颠覆核心价值、丑化劳动人民和英雄人物，还是胡编乱造、低级娱乐的垃圾作品，只要有利可图便可以投入巨资制作、推销。而一些反映现实题材、弘扬主旋律的作品创作却举步维艰，难以问世。坚持以人民为中心的文艺创作、制作和传播之间的矛盾到了必须解决的时候了。

三是创作人才得不到应有的尊重。在文艺创作生产、制作传播的链条上，创作是根基也是中心环节，没有好作品就没有后续的一切。可是在市场运行上创作却被排挤到次要位置。尤其在影视领域，出品人、策划者、总监制、总制片等职务大多排在创作者之前。更可悲的是，编剧的稿酬甚至不及"小鲜肉""高颜值""长腿

着力培育新时代高水平文艺创作人才

欧巴（大叔）"等演员所得的零头。许多作者反映，他们写什么、怎样写、怎么改，完全要听投资方的，自己没有任何主动权。而一些所谓的明星、大腕儿更是无视作者的存在，随心所欲乱改作品，有时甚至把原作品删改得支离破碎，面目全非，不伦不类，许多年轻作者对此类行径敢怒不敢言。如果作者胆敢维权，投资方甚至会采取各种卑劣手段把作者搞臭。有人用几部世界名著形容当下创作者的处境：《红与黑》——指演员会通过"圈粉"炒作等各种手段而走红，从而名利双收，而作品一旦出现瑕疵与不足，受到批评和辱骂的永远是作者；《富人穷人》——指艺术圈里分配得不合理，富了出品人、制片人、表导演，穷了创作者；《被侮辱与被损害的人》——指创作过程中作者所经受的折磨和不公正待遇。无论这些形容是否准确，但一线创作人员在文艺生态圈里的地位和处境值得关注，需要有效改善。

培育优秀创作人才重在落实和措施保证。

选准人才——德艺双馨是根本

文艺创作是一种复杂的、艰苦的、高级的精神劳动，要写出崇高的作品必须要有崇高的境界。作品的思想性、艺术性和价值取向与创作者的学养、涵养、修养紧密相连。优秀的创作人才必须具备爱国为民、崇德尚艺的思想基础。

习总书记循循善诱地告诫文艺工作者："文艺要塑造人心，创作者首先要塑造自己。养德和修艺是分不开的。德不优者不能怀远，才不大者不能博见。"创作者具备了真善美的思想品质，才能创作出具有审美价值的优秀作品。因此，培育优秀创作人才必须以德为先、德才兼备，认真考量、挑选坚持文化自信和文化自觉，牢记文化责任和社会担当，在市场经济大潮面前耐得住寂寞，稳得住心神，不为蝇头小利而动摇、不为一时之誉而急躁，不愿做市场奴隶的青年才俊，组建成一支政治可靠、业务突出、创造创新能力超强的队伍，作为新时代文艺创作的生力军和名家大师的后备力量。

引导人才——创造创新走正道

文艺创作需要特殊人才，更需要以特殊的方式精心培育。

文艺创作不同于一般的物质生产，既不可模仿别人，也不该重复自己，每一部作品都应该是创作者通过对生活的深刻感悟而提炼的精华，再用心血与激情铸就的"这一个"艺术品。

当下，活跃在文艺创作领域的新生代，许多是经过专业培养的后起之秀，他们掌握了一定的创作技巧和方法，但缺少必要的历练，原创能力普遍不足。由于受市场需求的误导，有些人以为那些无厘头的搞笑、胡编乱写的穿越、争风吃醋的宫斗等作品更受欢迎，可以效仿，于是便违背艺术规律，跟风、克隆、模仿、照猫画虎，其所谓的创作方法都是套路，不外乎东拼西凑、寻章摘句、敷衍成篇。创作此类作品即便能赚到些许稿费，也是下品，不可能成为作者的立身之本。模仿、抄袭、机械化生产，只能出匠人，不可能造就作家、艺术家。而创造创新才是艺术的生命，培养从业者的创新能力是造就人才的唯一正道。

培育优秀创作人才的重要环节就是要引领青年创作者走正路，培养他们讲品位、讲格调、讲责任，提高创造创新能力，自觉抵制低俗、庸俗、媚俗，自觉追求作品的思想性、艺术性和价值取向相统一，努力让自己的作品在思想上、艺术上取得成功，又能在市场上受到欢迎。

造就人才——推出精品是关键

优秀的创作人才必须靠作品说话，必须要拿出经得起人民评价、专家评价和市场检验，叫得响，传得开，留得下，深受人民欢迎的优秀作品，没有代表作的创作者称不上优秀艺术人才。

精品创作没有捷径可走，无论什么样的天才，也无论对创作技巧熟悉到什么程度，要想创作出传世之作，都必须深入生活、扎根人民，在丰富多彩的生活中汲取营养，用博大的胸怀去拥抱时代、用深邃的目光去观察现实、用真诚的感情去体验生活、用艺术的灵感捕捉人间之美，才能够创作出伟大的作品。

十年树木百年树人，培养高水平创作人才，造就名家大师，是一个伟大工程，需要坚持不懈长期努力，还要从实际出发，采取有效措施，为那些有理想、有抱负的中青年文艺人才创造必要的成长条件。组织各种形式的培训、讲清楚道理是必要的，更要帮助他们读懂社会这部大书，上好社会这所大学。

习总书记指出："读懂社会、读透社会，决定着艺术创作的视野广度、精神力度、思想深度。广大文艺工作者要努力上好社会这座大学校，读好社会这本大书，创作出既有生活底蕴又有艺术高度的优秀作品。"

古往今来，大凡传世之作都是经过创作者呕心沥血、精心打磨而成的精品力作。在培养优秀创作人才过程中，要贯彻落实好习总书记提出的："要做到政治上充分信任、思想上主动引导、工作上创造条件、生活上关心照顾，多为文艺工作者办实事、做好事、解难事，营造有利于出人才、出精品的良好环境。"特别是对待新文艺群体和独立创作者，更要关怀支持，为他们提供必要的学习、生活和创作条件，鼓励他们创作高水平文艺作品。

精品创作需要理论界、评论界提供帮助，做到评论前移。评论与批评要参与到题材论证、情节结构和作品风格定位等一系列创作过程中去，还要积极推介和评价优秀作品，发挥文艺评论和批评引领受众鉴赏的重要作用。

提升文艺原创力，推动文艺创新，关键靠人才。以繁荣创作带动人才成长，以培育一大批高水平创作人才、造就一大批名家大师来保证精品力作不断问世，用丰硕的创作成果彰显新时代社会主义文艺的繁荣兴盛。

春晚小品要创新性发展

2017年（丁酉鸡年）央视春晚的受关注程度明显回暖，其中语言类节目整体表现不俗，对本届春晚的成功起到了支撑性作用。

由央视春节联欢晚会催生的喜剧小品度过了"而立之年"以后，一度陷入作品质量欠佳、观众差评不断的尴尬境地。究其原因，除了小品演员更新换代，一时难以满足观众的审美需求以外，更重要的是作品创新乏力，年年靠玩弄语言技巧，重复贫嘴搞笑的套路，破坏了观众胃口。特别是近几年各种媒介不断推出的打着喜剧旗号的搞笑节目，在某种程度上误导了喜剧小品创作，那些脱离现实生活，胡编乱造，以悬浮式、碎片化的滑稽表演，给观众以感官刺激的所谓喜剧小品，虽然"笑果"爆棚，却少有情怀感悟，大部分节目是形式大于内容，有娱乐缺品位，有看点缺亮点，有商品效益缺艺术价值。严格说，此类红极一时的所谓喜剧节目，不能作为衡量喜剧小品的标准，更不值得春晚喜剧小品创作效仿和模拟。

2017年（丁酉鸡年）央视春晚喜剧小品创作关注现实，从生活出发，坚持思想性、艺术性、观赏性相统一，体现了对艺术理想的坚守和追求。

由刘亮、白鸽、郭金杰三位新人表演的小品《大城小爱》，聚焦城市打工族的生活，作品以细腻的笔触、真实的情感和喜剧化的表演，生动展现了打工群体丰富的情感世界，让观众在笑声中感悟到了真爱的温暖。

由孙涛、闫学晶、刘仪伟三人表演的小品《真情永驻》则从另一个侧面表现了一对为生活奔波的小夫妻破镜重圆的悲欢故事，作品结构完整，演员表演出彩，在喜剧效果迭出的氛围里还能使人感动，值得称道。

由杭州滑稽艺术剧院创作和表演的小品《阿峰其人》和尚大庆等人表演的歌舞小品《天山情》，弥补了历届春晚缺少南方小品和少数民族小品的遗憾。这两个小品不但丰富了春晚小品的表现样式，令人耳目一新，从作品来看也不乏可圈可点之处。《阿峰其人》发挥了滑稽艺术以讽刺见长的表现特色，很有分寸地嘲讽了生活中常见的"势利眼"，把人性的弱点化为笑料呈现给观众，让人们在笑声中分辨美丑善恶。而《天山情》则以民族团结为主题，以修筑"天路"为背景，在欢乐祥和的氛围里展现了新疆人民向往善与美的博大情怀。

小品《一个女婿半个儿》《老伴》《信任》等作品也各有千秋，无论是在家庭和谐、人文关爱和社会诚信等方面，都给人以有益的启迪。

当然，以更高的标准衡量，今年春晚的喜剧小品也并非尽善尽美，从创造和创新的角度来看，还存在着一些缺憾与不足：

一是整台晚会 7 个小品缺少让人惊喜的扛鼎之作。问题可能出在小品创作选材不够宽泛，缺少反映群众关注的社会热点问题的作品上。表现家庭伦理和家国情怀的作品比例过高，难免显得题材雷同，新意不足。由沈腾等人表演的小品《一个女婿半个儿》现场效果很好，但作品内涵匮乏，作品原本涉及当下群众反映强烈的电信诈骗现象，可不知何故，小品走向却跑偏，在一位偏执老人对孝顺女婿和不争气的儿子的信任偏差上纠缠不休，削弱了作品的批判力度。

二是过分追求作品里的语言"包袱"，忽略了对喜剧人物典型性格的刻画。不难看出 2017 年央视春晚小品创作在语言上下了很大功夫，有的作品甚至通篇使用网络语言，可观众却反应平淡。有些久立于春晚舞台，知名度较高的老演员，一旦不能超越自己、一再重复以往的表演模式，就很难满足观众对他们的期望。尤其是喜剧艺术，语言"包袱"引发笑声，都是在"意料之外、情理之中"。那些在网络流传甚广的语言，基本失去了"意料之外"的接受效果。所以"老面孔"即便满嘴都是"新语言"也很难让观众惊喜。精心打造接地气、有新意，能够超越自己以往成就的精品力作才是王道。

三是在喜剧小品样式上创新不够。在同一台春晚中上演的喜剧小品应该各具特色、丰富多彩，才能够不断保持和强化观众的欣赏兴趣。题材、体裁、表现形式都要避免趋同化。根据不同演员的表演能力和风格，有针对性地量身定制，打造出幽默小品、滑稽小品、哑剧小品、歌舞小品、戏曲小品等不同风格的喜剧表现形态，精彩纷呈、高潮迭起才能避免观众的审美疲劳。

春晚喜剧小品创作要跨越高原、攀登高峰，应遵循"创造性转化、创新性发展"的新理念，在"创造、创新""转化、发展"上多下功夫。精心打造"叫得响、传得开、留得下"的经典作品，春晚喜剧小品一定还会成为全国人民新春佳节离不开，放不下，回味无穷的精神大餐。

喜剧小品创作究竟难在哪里

央视春晚已经成为了一种新民俗。过大年、看春晚也是三十年来逐渐形成的一种民间喜乐文化。

伴随着央视春晚出现的喜剧小品，几乎是新时期最受全国观众欢迎的艺术形式。每年临近春节，老百姓就开始期待大年三十晚上看喜剧小品，开心地笑一回，笑过以后还要与亲朋好友热热闹闹地议论几个月。假如把春晚比作央视奉献给全国人民的一顿年夜饭，喜剧小品就是那"接神的饺子"。令人遗憾的是，近几年来央视春晚的喜剧小品红火势头大不如前，观众点赞的不多，吐槽的不少，有些观众反映现在的小品不出彩，让人笑得不爽，或者是笑过以后竟然想不起来笑的是什么，感到没趣儿、没味儿、不够劲儿，由于喜剧小品魅力衰减，人们对看央视春晚的兴趣也淡了许多。

喜剧小品到底怎么了？难道真的穷途末路了吗？其主要症结何在？有些人认为，春晚小品演员老面孔太多，容易产生审美疲劳；也有人认为，央视春晚中反映北方农民生活的作品偏多，显得整个晚会很土、很俗；还有人认为，央视春晚审查制度偏严，不利于发挥喜剧小品的娱乐功能。这些意见和建议大部分被央视春晚剧组采纳并做了必要的调整，春晚中的那些长期出现的"老脸"逐渐淡出了，一些新面孔越来越"任性"地活跃在春晚舞台上；喜剧小品在选材上也有所放宽，突出娱乐性、反映都市生活的作品占了较大比重；近几年春晚剧组对语言类节目的审查方式也做了很大改进，不再过分强调主题立意，只要可笑、作品相对完整，就不再反复审查。可是，这些措施并没有看出明显"笑果"，春晚中的喜剧小品从内容到形式基本没有跳出娱乐搞笑的窠臼，某些作品甚至就是网络段子的拼凑，或者是小剧场里的脱口秀碎片化展示，变得更加肤浅、浮夸，把笑的艺术变成了"可笑的艺术"。

其实，广大电视观众对每年春晚小品由谁来演和怎么演并不十分在意，关键是要看演什么。好演员要有好作品的支持，演员没有上乘的作品就没有了立身之本，假如有几个真正立得住、叫得响、传得开、留得下、正能量、正趣味的优秀作品，不管由谁来演都会满足人民群众的审美需求。也就是说，喜剧小品存在的真正难题其实是创作问题。

总体上看，喜剧小品创作上存在的难题是生态环境脆弱、不符合喜剧小品的发展要求。

一是缺少专业创作队伍。喜剧小品是一种新生的艺术形式，可时至今日，全国没有任何一个艺术院校开设喜剧小品创作课程，也没有任何艺术团体培养喜剧小品作者，更没有形成喜剧小品的创作群体。平素没有作品积累，每年导演组成立以后现招兵买马，组织几个写手，现策划、现编、现写、现演，有些演员找不着作者，只能自己"凑包袱""攒段子"，急就章应付审查，如此这般的创作状态很难拿出优秀作品。二是临时组织起来的春晚喜剧小品创作者们大多缺少必要的生活积累。因为谁都知道靠写小品几乎不可能养家糊口，所以平时都在忙别的事情，只有到了春晚剧组才临阵磨枪，突击创作。所以，缺少生活的创作肯定拿不出"充满真情，打动人心"的好作品。正如习近平总书记所强调的："文艺创作方法有一百条、一千条，但最根本、最关键、最牢靠的办法是扎根人民、扎根生活。"小品作者们缺少对现实生活的感受、感悟，只能靠上网搜集笑料搞创作，这种浮躁的心态也只能产生肤浅的作品。三是对喜剧小品审美认识存在误区，缺少必要的理论支持和审美引领，不利于提高小品创作质量。喜剧小品既不是一般的宣传品，也不是庸俗搞笑的娱乐形式，不该让小品承载过重的宣传任务，也不能淡化了内容只剩下娱乐的躯壳。喜剧小品是喜剧艺术的浓缩，是反映社会生活的放大镜和多棱镜，内容才是小品的灵魂。有些人一谈小品创作，张嘴闭嘴讲的都是"包袱""笑料"或者什么所谓的"小呲牙、大咔嚓"之类的"行话"，把耍嘴皮子功夫看作是喜剧小品的筋骨，不注重对喜剧情节的巧思，对喜剧人物的塑造和对喜剧性格的刻画，甚至忽略了对幽默、机智、诙谐和抑恶扬善的喜剧审美追求，只剩下了荒诞不经的搞笑，以审丑取代审美，喜剧小品就成了闹剧小品。这种"机械化生产、快餐式消费"的弊端一定会把喜剧小品带向不归之路。最后一点是喜剧小品创作题材的局限性问题。春节是我国特有的传统节日，过年了，大家都图个吉利，因此，春晚中出现的喜剧小品不能对某些社会阶层或职业造成不必要的伤害，特别不要伤害那些弱势群体。由于春晚喜剧小品创作要躲避的东西太多，稍不留意就会有人"对号入座"，提出质疑，因此，创作者们时常面对选材难的尴尬。不能摆脱这种无形的束缚，喜剧小品创作当然出不来"思想精深、艺术精湛、制作精良"的精美之作。

尽管喜剧小品创作面临诸多难题，但我认为，春晚喜剧小品创作也不是什么不可破解的世纪难题。如果春晚还要继续办下去，就要把创作生产优秀作品作为中心环节努力抓好、抓实，把以往将"谁当总导演，谁能上春晚"的炒作工夫花到组织喜剧小品创作上来，跳出固有的思维模式和"私人定制"的小圈子，抓住新常态的艺术创作规律，不妨在全国范围内寻找十几位优秀的喜剧作家，支持他们到生活中去，寻找文艺创作的源头活水，虚心向人民学习、向生活学习，丰富生活积累，按照绝大多数老百姓的审美习惯和精神文化需求确定创作题材，邀请几位确有真知灼见的文艺评论家提前介入，帮助作者锤炼打磨作品，拿出一批真正思想性、艺术性、欣赏性相统一的优秀作品，最少提前半年把作品立起来，走进基层，反复演出征求意见，修改完善，待到春晚组台时，把已经成熟的喜剧小品展示给全国人民才是硬道理，小品成功了春晚自然成功。

当然，艺术创作不是纸上谈兵，而是实践问题，有道是看花容易绣花难，本人作为多次参加春晚创作的老作者，历经了春晚小品创作难的无数困扰，有感而发，不揣浅陋，姑妄言之，衷心希望喜剧小品创作克服困难，走出瓶颈，再创辉煌。借用一首老歌的歌词表达我的心意"樱桃好吃树难栽，不下苦功花不开"，小品不会从天降，人民的赞誉等不来。

（本文作者系中国文艺评论家协会副主席、国家一级编剧）

喜剧性情节结构与受众的审美期待

几乎所有喜剧表现形式的情节结构都与悲剧和正剧不同甚至相左，悲剧或正剧结构多用锁闭式，设置矛盾冲突和戏剧悬念是推动戏剧发展的重要手段。喜剧结构偏重于开放式，设置喜剧化的人物关系和刻画人物的喜剧性格表现人物的喜剧性行为较之矛盾冲突更为重要，这是由于观众在欣赏喜剧的过程中并不十分关心人物命运和剧中人物在做什么，观众更关注的是剧中人物是怎么做的以及可笑的结果，而喜剧性的结果往往是违背逻辑、让观众出乎意料的无意义的甚至荒唐的，否则就不可笑。

在现实生活中人们常说某件事情具有喜剧性，往往是事件的发生、发展是符合逻辑的，而结果一定是超出逻辑关系而突然出现的。比如，某游泳队在一次重要赛事中获得了男子 400 米接力赛第一名，队员们高兴地将教练抬起来抛进水中，这一举动十分正常，不正常的是教练在水中呼叫"救命"（他不会游泳），这就是意料之外的"笑果"；再如，一美女追求一高富帅小伙未果，美女发誓："我当不成你老婆就当你妈"，几个月后那位美女果然成了小伙子的后妈。这是生活中的喜剧性，电视剧中的喜剧性情节没有这样简单，创作者必须根据受众的审美期待设置情节结构。

一、喜剧大多以开放式结构设置情节。观众选择喜剧艺术的欣赏期待主要是满足娱乐需求，让人发笑是理想的传播效果，因此不同于欣赏悲剧、正剧过程中观众对情节发展的猜测、对人物命运的牵挂，喜剧把情节中的误会或荒唐是怎样发生的交给观众，往往让剧中人蒙在鼓里，才能引起观众的欣赏兴趣。同时在剧情发展过程中观众明显发现了剧中人的错误才会期待喜剧化的结果。锁闭式结果是尽量不让观众预料到结果，观众会把注意力更多地放在对结果的猜测上，往往会冲淡对过程的欣赏，比如，一个商人要买农妇的一只笨猫，两人一番讨价还价后终于成交，商人要求农妇把喂猫的盘子送给他，农妇这时候才说绝对不行，我全靠这个盘子卖猫呢！看起来这本来是个喜剧性情节，可是由于用了锁闭式的结构手法，喜剧效果便大幅度衰减了。

二、喜剧大多以人物性格矛盾为冲突的依据。悲剧或正剧要在尖锐的矛盾冲突中塑造人物，喜剧则不然。喜剧一般以人物性格矛盾为基础设置喜剧性冲突，因为喜剧在接受学中有个"轻松化"原则，也就是人们只有在轻松的心态下才能发笑，因此喜剧不宜设置尖锐的矛盾冲突，避免引起接受者的紧张心理。所以我们知道了为什么喜剧电视剧的环境大多选择在出租房、旅馆、家庭、饭店、卖场以及乡村等这些地方。关于喜剧人物的喜剧性格问题，笔者在前面已经论述，不再重复阐述，这里涉及喜剧情节结构问题再补充一点，不同性格的喜剧人物产生的情感纠葛是支持喜剧情节发展的主要因素，也就是说喜剧的人物关系必须构成性格的矛盾才能够不断推进剧情发展。比如，一个知县选了三个跟班，一个性子急，一个性子慢，另一个好占小便宜，这三个跟班和知县就构成了喜剧的性格矛盾，因此才产生了一系列可笑之事。

三、喜剧独特的结构方式——情节服从于人物。基于上述的两个原因，具有一定长度的喜剧电视剧在情节结构上至今没有解决以下几个技术性问题：一是矛盾冲突的主线不清晰，喜剧小品连缀的倾向极其严重，室内剧、情景剧、系列剧的痕迹非常明显。二是情节跟着人物走，缺少悬念性和连贯性，总给人支离破碎的感觉。三是主要角色为正面人物的喜剧电视剧，其喜剧性经常发生在陪衬人物身上，比如由赵本山主演的《刘老根》《一乡之长》，潘长江主演的《清凌凌的水蓝莹莹的天》以及《欢乐农家》等都属于具有喜剧因素的电视剧。还有主要角色按喜剧风格表演其他角色都按正剧表演的电视剧，比如由范伟主演的《老大的幸福》《雷人老范》《上阵父子兵》等，显得全剧的风格极不统一。以主演人物（喜剧人物）为中心结构情节，让事件为人物服务并不违背编剧法的基本原则，从喜剧电视剧的实践来看需要探索和解决如何达到喜剧情节和喜剧人物的完美结合，从而实现喜剧电视剧情节结构的合理性。

四、喜剧电视剧情节结构的常用技巧。

1. 巧合。喜剧艺术接受过程中"意料之外"产生"笑果"，巧合便成为了喜剧中的常用手法，如，某市传闻有一位钦差大臣要来私访，恰恰有个骗子来了，大家误以为是钦差，这就是巧合。在悲剧和正剧中使用巧合一定要具备合理性，喜剧之细节真实和艺术真实，是否具有现实生活的合理性观众往往不计较。

2. 误会。误会是喜剧中最常见的手法，比如，某单位新来的领导到基层视察，由于司机是胖子、领导是瘦子，接待人员误将司机当领导热情接待，真正的领导被抛在一旁没人理睬，这便产生了喜剧性。

3. 错位。

4. 陡转。如同相声在经过铺垫以后"抖包袱"一样，喜剧情节在发展到一定阶段，突然陡转，让情节脱离必然发展逻辑，展现出真相，出现喜剧效果。

5. 夸张。把一件原本平常的、无意义的事情夸张到不适当的程度，结果是可笑的。

6. 拖延。戏剧靠悬念吸引观众的观赏兴趣，悬念设置好以后要靠拖延法保持观众兴趣，喜剧虽然办不到像悲剧、正剧那样设置下令观众期待的总悬念直到剧情发展到高潮阶段再解除悬念，也应该以有效手段让观众产生较长时间的期待，即便设置不出真正的情节高潮，也应该制造一个情感高潮或精彩的喜剧性情节，以满足观众的欣赏兴趣。

牢记"四个坚持" 为人民奉献精品

2019 年 3 月 4 日习近平总书记在看望参加全国政协会议的文艺界和社科界委员时发表了重要讲话,"讲话"篇幅不长却内涵丰富、高屋建瓴,是对马克思文艺理论的创新和发展,也是新时代繁荣发展社会主义文艺的大政方针,更是我们从事文艺工作和繁荣创作的根本遵循和科学指南。

习总书记在讲话中提出的"四个坚持"高度概括了新时代社会主义文艺的方向、方针和根本任务。

坚持与时代同步伐,是对新时代文艺历史坐标的定位;坚持以人民为中心,是社会主义文艺创作的根本方向;坚持以精品奉献人民,是繁荣文艺的重要任务;坚持用明德引领风尚,是对文艺创作和文艺工作的新要求。"四个坚持"是互为联系的统一整体,也是检验新时代文艺工作和文艺成就的根本标准。

具有悠久历史的中国说唱,最擅长的是讲故事,如何面对国人、面向世界讲好当今这个壮阔时代的中国故事,如何发挥好文艺"培根铸魂""引领风尚"的重要作用,是我们深入学习领会"讲话"精神的出发点和落脚点。全省曲艺界要深刻领会"四个坚持"的丰富内涵,肩负起"为人民奉献精品"的重大使命。

曲艺要为人民奉献精品,创作者就必须坚持与时代同步伐,倾心融入时代,亲身感受新时代的万千气象,深刻反映中华民族的百年沧桑和我们这个时代的历史巨变,展示好中国精神、中国价值、中国力量，曲艺不能墨守成规、抱残守缺，不能热衷于重复老掉牙的陈旧故事和低级笑话，跟不上时代步伐终将要被时代抛弃。

曲艺要为人民奉献精品，就必须坚持以人民为中心的创作导向，解决好为谁创作、为谁立言的根本问题，不要过度依赖传统小技，也不能以卖弄技巧博取廉价笑声，更不能以垃圾作品"圈粉吸金"，大家要共同杜绝一切向钱看、唯市场论和拜金主义倾向，真正深扎生活、植根人民，切身感悟人民大众对新时代美好生活的追求和为实现中华民族伟大复兴中国梦的奋斗历程，为人民书写、为时代铸造传世佳作才是最根本、最关键、最牢靠的创作方法。

曲艺要为人民奉献精品，就必须坚持用明德引领风尚，只有做到崇德尚艺、有信仰、有情怀、有担当，才能以有筋骨、有道德、有温度的优秀作品引领时代风尚，要以弘扬社会主义核心价值观，传递真善美，为历史存正气，为世人弘美德为己任，争做德艺双馨的曲艺家。

曲艺是中国人民喜闻乐见的大众艺术，古往今来，曲艺前辈们为我们留下了许多艺术精品。但是，一个时代有一个时代的精神，一个时代有一个时代的文艺，对传统要实现创造性转化、创新性发展，精心打造新时代的曲艺精品，攀登曲艺高峰，坚持以精品奉献人民，是我们这一代曲艺人的历史使命。

精品不是博人一笑、一笑了之的肤浅之作，也不是从概念出发，图解某些理念的应景之作，更不是用以捞取个人名利的资本。精品是要达到思想精深、艺术精湛、制作精良的经典标准，要经得起专家评价、人民评价和市场检验。精品要能够叫得响、传得开、留得下。为人民奉献精品，既是当代曲艺人的历史责任，也是曲艺家的立身之本。

2019年是新中国成立70周年，这70年是中华民族历史上最波澜壮阔的时期，用习总书记的话说"是一部感天动地的奋斗史诗"。全省曲艺工作者正在潜心创作庆祝中华人民共和国成立70周年的新作品，要以人民喜闻乐见的说唱形式讴歌辽宁人民爱祖国、爱家乡，有担当、讲奉献的长子情怀，争取为全省人民奉献出充满正能量、积极向上、向善的优秀作品。

守正创新、继往开来，我们面对一个前所未有的伟大时代，衡量一个时代的文艺成就，最终要看作品，唯有奉献出无愧于伟大时代、伟大民族的经典曲艺作品，造就一大批杰出的曲艺名家、曲艺大师，方能实现新时代曲艺跨越高原、攀登高峰的宏伟目标。

为什么人的问题还是根本问题

——再读《在延安文艺座谈会上的讲话》有感

毛泽东《在延安文艺座谈会上的讲话》（以下简称《讲话》）读过无数遍，每次读来都有所感，有所悟。可以说《讲话》精神伴随我走过了40年的创作道路。

我1971年开始从事文艺创作，那时自知浅陋，急着寻找文艺理论著作要学，可当时除了私下里和老同志借几本名家作品偷偷摸摸地看，没有什么能够公开看的文艺理论著作。唯一要"融化在血液中，落实在行动上"的革命文艺教科书就是《讲话》，怀着虔诚的态度，朝圣般的心情，认真学习，深刻领会，心无旁骛。学了还要做，按照《讲话》指引的方向，深入生活，拜群众为先生，改造思想，转变立场，树立为人民大众服务的文艺观，在创作中自觉遵循毛泽东同志的教导，正确处理生活与艺术、文艺与政治、普及与提高等各种关系。一路走来，写了许多作品，有一些还比较受群众欢迎，也有许多败笔。回头考量自己走过的创作道路，虽然在不同阶段也接触过许多新鲜的艺术理念和五花八门的文艺思潮，但在总体上和骨子里自觉和不自觉地遵循《讲话》精神进行创作，始终坚持为人民服务，为社会主义服务的方向，并且一直坚持民族、民间和大众化写作方向没动摇过。部分作品得以在民间流传几十年或十几年，应该算是学习和践行《讲话》精神取得的一点成就。尽管时代发生了重大变化，文化和艺术创作、生产、传播和接受方式都在变，我认为《讲话》的基本精神仍然对今天的文艺发展繁荣具有一定的现实指导意义，有理想、有抱负的作家、艺术家还是应该按照《讲话》指引的方向正道直行，在为人民服务、为社会主义服务中实现自己的艺术追求。

《讲话》发表 70 年了，不同时代的人读《讲话》，其感情、感受和理解会有不同，这是正常现象。但是，《讲话》精神是不是已经过时了？特别是我们面对文化多元化和部分文艺作品和文化产品市场化和商品化的现实，《讲话》精神对当下的文学艺术发展还有没有现实指导意义？这是需要正面回答的原则性问题。

毛泽东同志在《讲话》中提出和回答的中心问题却没有局限在当时的斗争需要上，他明确指出："什么是我们的问题的中心呢？我以为，我们的问题基本上是一个为群众的问题和一个如何为群众的问题。"毛泽东同志从当时的斗争需要和树立长期的党的文化领导权出发，提出和确立革命文艺的方向和方针才是召开延安文艺座谈会的真正目的。

为什么说"为什么人"的问题还是根本问题？

据说在延安文艺座谈会召开之前，有的文化精英就提出了"作家、艺术家是自由的，不受约束的，不应该受哪个人或哪个组织管"的意见。毛泽东同志从解决党对文化领导权的关键问题入手，深刻阐明了党为什么要领导文艺和怎样领导的问题，从而确定了文艺发展的正确方向和方针。这个方向和方针发展到今天就是"二为"方向和"双百"方针，二者是一个完整的相互依存的统一体，也就是说，党要求文艺家要坚持为人民服务和为社会主义服务的正确方向，同时提倡百花齐放和百家争鸣。这个方向和方针受到了广大文艺家的拥护，从《讲话》发表一直到 1957 年，文艺战线出现了前所未有的局面，大家自觉深入生活，主动与工农兵相结合，改造思想，转变立场，努力创作人民群众喜闻乐见的文学艺术作品，文学、戏剧、电影、音乐、舞蹈、曲艺、美术、书法、摄影等各艺术门类都涌现出大批的优秀作家、艺术家，创作出许多深受群众喜爱的文艺作品，在中国革命和社会主义建设中发挥了极大的作用，党和人民也给予广大文学艺术工作者极高的社会地位。党的十一届三中全会后，文艺的春天重新回到了我们身边。在这个历史结点上，党加强和改善了对文艺的领导，文艺的"双百"方针得到了真正体现，政府加大了对文化艺术事业的投入，广大作家艺术家长期以来苦苦追求的"创作自由"终于实现了。但任何事物的发展都存在着两重性，尤其是文学艺术领域，矫枉过正又会出现新的问题。当下，文艺创作和传播出现了什么问题？问题的严重程度如何？问题的根源何在？还很难说清楚。笔者仅就当前的文艺现象和群众对文艺状况的反映来看，我们的文艺"为什么人的问题"还是不容忽视的需要认真解决的问题。

一方面，自党的十五大、十六大、十七大一直到十七届六中全会以来，加强精神文明建设，建设先进文化，弘扬社会主义核心价值体系，推动文化大发展大繁荣，建设文化强国等一系列决定和指导思想，体现了党和国家对文艺工作的高度重视，党的文艺路线、方针、政策遵循《讲话》精神并不断发展完善，逐步形成了与马克思主义一脉相承并发展了毛泽东文艺思想的社会主义文艺理论体系。另一方面，文艺创作和艺术实践脱离实际，脱离生活，脱离群众的现象也同时存在。其主要表现是，文艺价值取向偏离主流文化发展方向，一切向"钱"看的趋势愈演愈烈，电视收视率、剧场上座率、电影票房收入、图书发行量、书画作品拍卖价格等市场因素左右着文艺创作；某些文化企业的经营理念根本就不包含"为什么人的问题"，也不管什么社会效益，追求利润的最大化是他们唯一的奋斗目标；部分中青年作家、艺术家头脑中的"二为"就是"为名为利"，只要能出名、能赚钱，什么理想、道德，人格、脸面，全都可以不要，以至于当今的文艺圈鱼龙混杂；文艺评判的标准偏离历史的美学的最高标准，在艺术创作和文化产品生产上只要有利可图，便可以随心所欲地歪曲历史，肆意美化封建帝王，更有许多"穿越"戏、"后宫"戏，严重背离真善美的艺术原则，大肆渲染人性之恶的作品屡见不鲜；以人民群众为主体的文艺作品数量不多，质量不高，经常被淹没在大众娱乐的非理性狂欢的喧嚣之中；文艺批评缺少力量且脱离实际，更有少数所谓的文化精英把"大众化"悄悄转换成了"化大众"，根本不愿意向人民群众学习，而是高高在上地夸夸其谈，试图以精英文化改造群众，基本上是"教化无效"；某些体制内的作家、艺术家心态浮躁，不愿意承担公益性文化服务的责任，享受着比较优厚的待遇，还要"端起碗吃肉，放下筷子骂娘"，不满于现状；最值得注意的是西方的文化价值观在我们毫无防范的状态下，大摇大摆地闯入国门，肆无忌惮地进行文化渗透；国家拨重金设立了多种文艺奖项，鼓励精品生产，可是，群众对大部分获奖作品不甚满意，精品不精，难以进入市场，群众看不到的情况令人堪忧。以上这些文艺现象也可以说成是"前进中的问题"，如果现实的文艺创作和艺术实践背离了文艺发展的方向，那么坚持"二为"方向、"双百"方针、"弘扬主旋律，提倡多样化"和坚持"三贴近"原则等正确的路线、方针、政策都会成为单纯的官方语言，对文艺事业的发展繁荣起不到真正的导向作用，这些问题值得重视和研究如何加以解决。

党的十七届六中全会所作的"重要决定"无论从理论层面上还是具体的方针政策上都为我国文艺事业的繁荣发展确立了正确方向，只要我们在贯彻落实过程中牢牢把握住"文艺为什么人"的根本问题，正确处理好理论与实践、坚持"二为"方向与发展文化产业、弘扬主旋律与符合群众喜闻乐见、坚持以先进文化为引领与满足人民群众精神文化需求等各种关系，以上提到的文艺方面存在的各种问题都得到解决，我们的文艺才能在中华民族伟大复兴中发挥应有的作用。

首先需要解决的是如何加强和改善党对文艺的领导。各级党委和政府（主要是地方党委和政府）要自觉承担起建设社会主义先进文化的政治责任，繁荣有中国特色社会主义文艺不能单纯依赖文化体制改革，也不是一走进市场文艺就繁荣了。一定要分清"繁荣"的是哪一类文艺，那些属于主流文化价值取向的能够起到引领作用的文艺和公益性文化服务的文艺是否真正繁荣了，才是检验文化体制改革是否成功的尺度，才是衡量文化大发展大繁荣和建设文化强国的标准之一。

其次是出人才、出作品。过去，党和政府高度重视对文艺人才的培养，从某种程度上说，召开延安文艺座谈会的目的之一也是为了建设与党和人民同心同德的文艺队伍和培养党和人民所需要的优秀文艺人才。新中国成立后，涌现出许多认真践行《讲话》精神和党的文艺路线方针的知名作家、艺术家，他们为共和国的文学艺术事业作出了不可磨灭的贡献，也深受人民群众的喜爱。时至今日，文艺界"流星"漫天，富翁不少，绯闻不断。可是，有多少是人民真正喜爱的德艺双馨的文艺家呢？除了那些已经退居二线的老一辈文艺家，在各艺术门类中要找出几位领军人物都很困难。缺少真正的名家、大家和艺术巨匠的时代不是真正的文化复兴的时代。一个伟大的时代必须有伟大的艺术家和不朽的文艺作品，只有热热闹闹的娱乐不行，数量也代替不了质量，一年出近百台大戏、几千部小说、几万集电视剧说明不了什么，大多是浮云。当然，打造一些能够叫得响、传得开、记得住、留得久的精品力作，不是一件容易之事，要有规划、有投入，有人组织、有人支持，还要有一些实力派的作家、艺术家潜心尽力，艰苦奋斗才能实现。

再次是对文艺战线的管理和指导。现在，所谓体制内的作家、艺术家越来越少了，大部分文艺有生力量流向了文化产业行业，进入市场成为散兵游勇。按照传统的管理办法对当下的文艺团体及个人已经不适应，再对他们讲"为什么人和怎样为"以及"把社会效益放在第一位"，基本不起作用，他们只关心给不给钱和给多少钱的问题。我认为加强对文艺战线管理和指导的有效途径是发挥文联、作协和各艺术家协会等人民团体和群众组织的作用，探索行业管理的新方式来团结队伍，用权威艺术专家团队进行指导（当然这些团体里不能没有专家），从而，把党和政府的声音、要求和希望转化为艺术从业者们自觉的行动。

以上仅仅是一个文艺界老兵重读《讲话》的感受与思考，有不当之处请批评指正。

（2012 年 5 月 23 日）

一片丹心向阳开

——怀念阎肃老师

　　阎肃老师是我们文艺工作者的一面镜子，也是我个人的良师益友，多年来，我一直尊称他为阎公。

　　早在上中学的时候，我在《剧本》杂志上看到了阎肃老师创作的歌剧剧本《江姐》。虽然在此之前我读过小说《红岩》，听过袁阔成先生播讲的评书《红岩》，也曾被江姐、许云峰、华子良等革命先烈的事迹感动，但读歌剧《江姐》剧本却让我热泪盈眶、激动不已，"春蚕到死丝不断，留赠他人御风寒。蜂儿酿就百花蜜，只愿香甜满人间""线儿长、针儿密，眼含热泪绣红旗，心儿随着针线走，与其说是悲来不如说是喜""不要用哭声告别，不要把眼泪轻抛。黎明之前身死去，脸不变色心不跳"……每当读到这些饱含激情，带着温度的唱词，我都会泪眼模糊，心房震颤。我曾多次猜想，能写出这样剧本的阎肃是一个什么样的人？他是怎样走进了革命先烈的内心世界呢？

　　在《江姐》剧本里还有许多幽默的细节令人捧腹大笑。比如：伪军接到命令要抓一个绰号叫"蓝胡子"的游击队队长，他们把长着黄胡子、白胡子、花白胡子的老头抓来不少，就是没有"蓝胡子"。特别是把一个叫"蒋对章"的国民党员错当"江队长"抓住，"搞错了，搞错了，错把茄子当辣椒"，那些具有反讽意义的情节令人拍案叫绝。后来我才知道，阎肃老师喜欢曲艺，他写过相声，还说过相声，对幽默和滑稽有许多独到的见解。正是因为受阎公剧本

《江姐》的影响，我放弃了学中医的念头，走上了文艺创作的道路。

二十多年后，我见到了神交已久的阎肃老师，他慈眉善目、笑声朗朗，颇有老顽童的神态。二十余年的近距离接触，让我领略了阎公的博大情怀、文化风骨和一个真正艺术大师的精神风貌。

阎公出题让我写《牛大叔提干》

1994年年底，我到央视春晚剧组为1995年春晚创作小品。上午，我念了剧本《训模特》（后来改名叫《红高粱模特队》），春晚总策划阎肃老师首先表态说："噢！不错，很有新意。"下午，他又到房间找我，阎肃老师很严肃地说："当下公款吃喝风严重，老百姓意见很大，你那个《训模特》的小品先放下，留着来年再用，今年先写一个批评大吃大喝的小品，让老百姓出出气，怎么样？"我当时表示犹豫，担心写批评类的作品审查时过不了关，阎肃老师鼓励我说："你先琢磨着，我们去请示台领导和部领导（指当时的广电部），一台春晚要用六七个小品，有一个批评类的小品应该可以。"后来，导演组通知我，批评公款吃喝的小品可以写。再后来，以老农民牛大叔去找乡长给学校弄玻璃无果，却被秘书临时抓差替乡长吃饭的小品《牛大叔提干》出笼了，初审、再审一路绿灯，现场效果也非常好，不料在最后一审时，《牛大叔提干》被指责为"批评乡政府，有损基层干部形象"而惨遭"枪毙"。在我们郁闷、纠结，准备打道回府的时候，又传来消息，说是把牛大叔找乡长改成找乡镇企业经理，这个小品可以上春晚。事后我才知道，这个小品的起死回生，是因为阎公据理力争、仗义执言。他指出，《牛大叔提干》没有讽刺乡长，而是批评公款吃喝的不正之风，中央三令五申，禁止公款吃喝，部分领导干部大吃大喝，脱离群众，他们吃坏了党风，吃掉了民心，文艺作品里适当反映一下应该被允许。为了保住这个小品，阎公又提出了具体的修改方案，最终才让《牛大叔提干》登上了春晚舞台。

阎公用爽朗的笑声为我们减压

众所周知，相声、小品等语言类节目要上春晚，最难的是要过审查关。每年春晚审查节目都是对作者和演员的巨大考验，因为春晚的容量有限，节目要优中选优，有些节目遭遇"枪毙"在所难免。所以，春晚的每一次审查，现场气氛都像法庭审判一样凝重。许多演员在面临审查时由于过度紧张，经常出现"技术变形"发挥失常的状况。在历年历次的春晚审查现场，只有阎公那爽朗的笑声传递着带有温度、让人放松的独特信息。特别是有领导参加的审查，现场气氛更加紧张，领导不笑，大家都不敢笑，只有阎公旁若无人，时常是他自己朗声大笑。我们都知道，不是阎公的笑点低，大部分节目从策划到排练，他看过多次，在审查现场他往往是故意在笑，为的是打破僵局，让大家放松，正常发挥表演水平。我所经历的审查，印象最深的是小品《过河》的审查，因为前几次审查都是勉强保留、继续修改，理由是"包袱"太少，能不能通过，就等台领导来拍板定案。审查《过河》时，我又听到阎公的笑声和叫好声，心里十分感激他的关爱和支持。第二天早餐时，我和阎公坐到一起，我向阎公倾诉苦恼，《过河》用了三段歌舞，导演组让我们把时间控制在 11 分钟之内，实在没有空间加进"包袱"，所以"笑果"不佳。阎公亲切地对我说："文艺作品要百花齐放、流派纷呈，小品也不是都靠语言'包袱'讨好，《过河》载歌载舞、清新优美，具有独特的风格，可以叫歌舞小品，我看不错。"《过河》终于保住了，在当年春晚播出后，其中的歌曲还流传开来。我衷心感谢阎公力挺这个创新小品，更庆幸春晚剧组里有这样一位懂艺术、有美学修养的总策划，他是我们这些作者的主心骨，更是我所遇到的一位博学多才、真正懂得真善美的艺术大师。

阎公给我讲笑话

写作品总有卡壳的时候，每当遇到"一韵憋得脸发青"时我总会想起阎公，他会慷慨地给我几个好点子，往往点石成金帮我走出创作困境。

一次，我和阎公谈到喜剧小品创作过分追求语言包袱，往往会弱化喜剧情境。阎公没有直接回答我的问题，他给我讲了一个民间笑话，说一个孝顺的儿媳妇给耳聋的老公公讲村里发生的故事，阎公一边讲述一边做着各种动作，笑得我前仰后合。讲完了笑话阎公才说："喜剧不能只靠语言包袱制造笑料，卓别林前期的喜剧电影都是默片，没有语言，却给我们留下了深刻印象，由特定人物的喜剧性行为产生的喜剧效果更加重要。"他的教诲让我受益匪浅，也让我更加敬佩这位睿智的老人深厚的艺术修养。

阎公爱讲笑话，有时候，我们也喜欢跟他开点小玩笑。一次，说到那英演唱的《雾里看花》，我问阎公："您老这么一把年纪了，怎么也会'雾里看花'呢？"阎公笑了，他说，工商局主办的打假晚会找他写一首歌词，他很为难，想了两天没找到辙，只想到一句词就是"借我一双慧眼吧，让我把这纷扰看得清清楚楚明明白白真真切切"，这才有了《雾里看花》。我知道阎公对待艺术创作从不含糊，他所创作的歌剧《江姐》《党的女儿》，京剧《红岩》，歌曲《敢问路在何方》《我爱祖国的蓝天》《前门情思大碗茶》《说唱脸谱》等经典作品，都是他用心血谱就的传世佳作，可他能把打假主题晚会要用的歌词写得如此艺术、如此精彩，可见他确实是名副其实的艺术大师，让我佩服得五体投地。

习近平总书记在文艺工作座谈会上对我们提出了殷切希望："文艺工作者要自觉坚守艺术理想，不断提高学养、涵养、修养，加强思想积累、知识储备、文化修养、艺术训练。""除了要有好的专业素养之外，还要有高尚的人格修为，有'铁肩担道义'的社会责任感。"阎肃老师以生命拥抱艺术，把一片丹心献给了党和人民的文艺事业，用他一生的艺术实践为我们树立了光辉榜样。

阎公走了！巨星陨落，令人痛惜！可他将那一身正气、一腔热血、一片丹心留给了我们，他是当代文艺家的楷模，也是我们追寻的目标。我们永远怀念他！

讲规矩　去陋习　加强曲艺界行风建设

　　中国曲协第八次全国代表大会胜利闭幕了。中央领导同志的讲话、大会通过的工作报告和修改后的章程是今后五年中国曲协的工作纲领，也是全国曲艺界的奋斗目标。其中关于加强行风建设的意见是全体代表的共同心声，也是关乎曲艺界出人才、出作品、走正路和创新发展的必要条件。

　　加强行风建设需要全国曲艺工作者、曲艺从业者共同努力，提高认识、提高觉悟、提高自觉性，处理好义利关系，营造风清气正、共图发展的曲艺生态环境。

　　习总书记要求广大文艺工作者："不仅要在文艺创作上追求卓越，而且要在思想道德修养上追求卓越。""艺术家自身的思想水平、业务水平、道德水平是根本。""除了要有好的专业素养之外，还要有高尚的人格修为。"

　　加强曲艺界行风建设对于曲艺事业的繁荣发展具有重要的现实意义和历史意义。

　　一是要讲规矩。曲艺行业特点突出，单兵作战、散兵游勇，行走江湖，形成了许多行业习惯。其中的业内规矩是旧时代艺人为了生存共同创立的行为准则，不讲规矩的艺人在曲艺江湖中难以立足、没有饭吃。传统曲艺的规矩，最重要的是"道"，从艺之道、为人之道、处世之道。所谓的"江湖有道"，讲的是遵纪守法、崇德尚艺、尊师敬长、从艺为民、艺比天大、敬观众如父母等实用理念。中国曲协制定的曲艺界行风建设公约，其中包含了曲艺行业应继承的优良传统，同时根据党和人民的要求与期望提出了新的约定，通俗地说也叫规矩，需要曲艺界同行共同遵循，要形成讲规矩的风气，让不守规矩的人没有市场。

二是要去陋习。近几年，各种媒体经常"爆料"曲艺行业里大大小小的"事件"，引来群众围观，出现的一些问题，大多与不懂规矩和不讲规矩有关，其中也与某些旧的江湖习气影响有关。

对于文化传统，要有选择、有扬弃地继承，不能装到筐里都是菜。旧时曲艺江湖中也有许多行业陋习需要剔除。比如，门户之见、同行相轻、因循守旧、唯我独尊、见利忘义、唯利是图等，都属陋习，必须加以克服。曲艺至今仍然以师父带徒弟传授技艺为主要教育形式，但门户是小家，曲艺是大业，只有把各个行当的小门小户融入到曲艺繁荣发展的大格局中才是正道。全国曲艺行当众多、流派纷呈，但行当不是行帮，流派也不是宗派，要知道，尺有所短寸有所长，业界各从业人员要互相取长补短，见贤思齐，共同提高。要自觉抵制不分是非、颠倒黑白的错误倾向，自觉摒弃低俗、庸俗、媚俗的低级趣味，自觉反对拜金主义、享乐主义、极端个人主义的腐朽思想。敢于向炫富竞奢的浮夸习气说"不"，向低俗媚俗的炒作说"不"，向见利忘义的陋行说"不"。大家团结一致，共同打造良好的行业风气。

三是以行风建设为保证，推动曲艺攀登高峰。无论体制内、体制外的曲艺从业者，都是曲艺大家庭中的成员。在人民群众眼里，曲艺人的思想水平、业务水平、道德水平都是一样的标准，大家同舟共济、荣辱与共，要十分珍惜大家共同开创的曲艺与人民血脉相连、不离不弃的大好局面，要十分珍惜当前繁荣发展的大好机遇，曲艺艺术要跨过高原、攀登高峰任重而道远，需要曲艺行业团结一心，砥砺前行，把劲儿用到正地方。树立行业新风，就是要大家共同追求真才学、好德行、高品位，做到德艺双馨，以切实行动创作出无愧于伟大时代、无愧于伟大民族的优秀作品，为实现民族伟大复兴的中国梦多做贡献。

讲品位重艺德塑造新时代曲艺行业新形象

——在中国曲协行风建设座谈会上的发言

我国的曲艺人历来把为历史存正气、为世人弘美德的崇高追求作为己任，在向世人讲述中国故事的同时也留下了许多著名曲艺家的感人故事，他们讲品位重艺德，努力以高尚的职业操守、良好的社会形象、精湛的说唱技艺服务于人民大众。正是依仗着广大说唱艺人集体遵循的江湖道（相当于今天的行业规矩），才把源于民间面对底层民众的民间说唱艺术传承了千百年。

曲艺进入了新时代要有新气象、新作为，要为传承中华民族优秀传统文化作出新贡献，最为重要的是坚持行风建设。

习总书记要求文艺工作者要讲品位、讲格调、讲责任，自觉抵制低俗、庸俗、媚俗现象。曲艺是人们喜闻乐见的艺术形式，曲艺工作者和从业者更要注意培养自己的公众形象，坚守艺术理想，攀登艺术高峰，坚持正确导向，引领新时代社会风尚。

艺术行业受社会关注度高，加上交互媒介作用下的传播影响，从业者一旦行为失范极其容易产生负面影响，有些个人被"爆料"不但会损伤自己的形象，还会对整个行业造成不良影响，因此要对行风建设高度重视。

一、坚决抵制"三俗"之风。曲艺艺术产生于民间，服务于人民，通俗易懂是曲艺艺术本体属性之一，但通俗不是庸俗，不能奉行娱乐至上的错误理念，为了赚钱演出一些格调低下、缺少内涵的节目，传播文化垃圾就是违背艺术良心。所有的曲艺从业者都应该自觉检验是否把社会效益放在了首位，不要把传统说唱作品的糟粕改头换面，令其死灰复燃，更要警惕以西方的消费主义、拜金主义价值观为时尚，宣扬极端个人主义观念，用低级的"愚乐"形式毒化青少年。曲艺界的前辈为我们留下了无数经典作品，特别是弘扬中华传统美德的作品值得我们认真学习借鉴，要善于把优秀的艺术基因进行创造性转化、创新性发展，着力创作出无愧于伟大时代的精品力作奉献给伟大的人民。

二、坚决破除唯市场化的倾向。优秀的曲艺作品要能够叫得响、传得开、留得住，要经得起市场的检验，不要把所谓的演出效果和票房收入作为衡量艺术水准的唯一标准，面对资本搅动下的市场狂欢要保持清醒头脑，更不能推波助澜，所有的曲艺工作者都要警醒，唯市场化肯定出不来思想精深、艺术精湛、制作精良，有筋骨、有道德、有温度的经典作品。曲艺从业者要把创作创新作为自己的立身之本，卖艺赚钱毕竟卖的是"艺"，不是贩卖垃圾，一切"名家""大师"都不是自封或炒作出来的，要靠作品说话，靠"爆料"和非正当手段炒作出来的都是伪名家，要想成名成家必须要有自己可以传世的代表作品。

三、建立上下联动的行风监督机制。要实现曲艺界行风的根本好转，除了靠个体曲艺从业者的自觉规范，还要建立必要的监督机制，各级曲艺家、曲艺工作者组织和各种曲艺群体都要把加强行风建设作为大事抓好、常抓不懈，要发挥好行业管理职能，该管的要管，该批评的要批评，同时还要自觉接受人民群众的监督和各种媒体的监督，发现问题要及时处理，对一些把曲艺表演作为"摇钱树""摇头丸"的低级下流的演出，要跟当地文化演出市场管理部门相互配合，及时纠正或制止。对个别曲艺从业者表演歪曲历史、调侃英雄人物、丑化劳动人民或宣扬低级趣味和有悖于社会主义核心价值观的作品的现象必须坚决抵制和批评。对于个别有着拉帮结伙、欺行霸市、贬损同行抬高自己等丑陋江湖习气的艺人要进行帮助教育。通过上下联动、内外联动的监督机制改善曲艺界的行业风气。

四、要见贤思齐树立楷模。曲艺界在整个文艺界中是一支听党话、跟党走，深受人民欢迎和喜爱的队伍，多年以来送欢笑下基层，宣扬道德模范事迹，积极参加文艺志愿者服务和投身抗灾救灾活动，以实际行动树立了曲艺人的良好形象，赢得了人民的信赖。当然也有唯利是图、炫富炒作、自我膨胀、唯我独尊等不良现象存在，广大曲艺工作者和从业者要团结一心，以姜昆、田连元等优秀曲艺名家为榜样，树正气、留美名，追求德艺双馨，让曲艺之花在中华民族实现伟大复兴的新时代放射出新的光彩。

走进市场的曲艺人也要坚持正确的艺术观

在文化体制改革初期，全国绝大多数曲艺团队就进入了文化演出市场。

不是所有的艺术形式都适合走进市场，有些大型综合性艺术进入市场会入不敷出，容易迷失方向，被动地成为"市场的奴隶"。曲艺艺术适应性强，进入市场以后，大多数从业者都有用武之地，部分民营说唱团队和曲艺艺人还会大显身手，收入不菲，在培育了曲艺演出市场和丰富了大众文化生活的同时，也实现了自己的价值。但是，进入市场的曲艺发展也出现了许多值得关注的问题。

发展方向不能偏

艺术与市场不是冰火不同炉的矛盾关系，大多数艺术作品是靠市场传播于世的。当然，有些带有一定的导向性、宣传性的文艺作品和一小部分属于小众的精雅艺术，在市场中缺乏竞争力，不能完全适应市场生存与发展。但是，不管是商业性的，艺术性的，还是带有宣传任务的文艺，都有一个共同的属性——人民性。

习总书记《在文艺工作座谈会上的讲话》中强调："社会主义文艺，从本质上讲，就是人民的文艺。文艺要反映人民的心声，就要坚持为人民服务、为社会主义服务这个根本方向。"进入市场的曲艺，不是普通商品，而是通过文化服务获得社会效益和经济效益，仍然是社会主义文艺的重要组成部分。因此，进入市场的曲艺也不能在市场经济大潮中迷失方向，不能在"为什么人"的问题上发生偏差。文艺为人民服务的根本原则，不能因为进入市场而改变。

在曲艺圈内，经常有人强调自己是"体制外、非主流"的曲艺艺人，好像身处体制外，就可以不受约束，就可以背离崇德尚艺的优秀传统，回归到"卖艺赚钱"的江湖旧路。有些艺人演出内容庸俗不堪、低级下流，甚至以自我矮化换取廉价的笑声；有些常年在小剧场从事商演的职业艺人，不思进取，缺少追求，或借用传统形式的老套路，加上一点儿时尚的笑料取悦观众，或拼凑一些网络笑话碎片式表达，哗众取宠，造成了当下曲艺有演出缺作品，有娱乐缺内容，有市场缺美誉的不正常境况；也有少数艺人赚到些钱便自我膨胀，以为自己是江湖好汉，台上台下毫无约束，口无遮拦随意宣泄不良情绪；甚至有个别颇具才气的中青年艺人胸无大志，自轻自贱，自暴自弃，滑向了涉黄、涉赌、涉毒的违法乱纪的泥沼，严重损害了曲艺工作者的声誉，令人惋惜。出现这些不如人意之事，并非市场之过，而是因为一些曲艺从业者在自我价值的认知上产生了偏差，放弃了正确的价值追求所致。"体制内"与"体制外"不过是现行体制下人事管理制度的一种区别，实在与艺术追求和艺术水准无关，"体制内"混饭吃的不在少数，"体制外"也有许多优秀的从业者和曲艺的后备人才。什么样的体制不能代表主流与非主流的文化属性。就演艺从业者的本质而言，无论是工作在国营和民营艺术团体的，还是自由从业者，都是从事现代服务业的文艺工作者，没有高低贵贱之分，更不能代表艺术水准的优劣。作为观众的审美对象，所有演艺人员都要树立正确的文化担当意识，都有责任和义务向观众传递向上、向善的正能量、正趣味，这既是对艺术负责，对社会文明负责，同时也是对自己负责。进入市场的曲艺从业者也要自觉地把社会效益放在首位，坚持为人民服务的根本方向，正道直行才能够持久健康发展。

193

观众至上的优秀传统不能丢

　　我国的说唱表演艺术是民族优秀传统文化的重要组成部分，也是世世代代的劳动人民倾情关爱和支持的民间艺术。千百年来，无数民间艺人在贫困交加、没有尊严的境遇中行走江湖，卖艺求生，但是他们懂得"没有君子不养艺人"和"观众是艺人衣食父母"的生存之道，优秀的艺人总是以敬畏之心面对观众、面对艺术，无论本事多大，上台表演都会放下身段，不摆架子，恭恭敬敬地为观众献艺。他们尊重观众不仅仅表现在态度上，在表演内容上也从不含糊，严格按照人民群众的道德尺度和审美标准打造曲目（作品），歌颂英雄，赞美清官，以抑恶扬善的精神宣扬民族的传统美德，用生动鲜活的说唱艺术传递正能量的思想内容，以寓教于乐的正趣味愉悦观众。于是，才有无数经典书曲目，经过几代艺人的不断加工完善，成为传世佳作。新中国成立以后，党和政府及时组织民间艺人学习提高，进行自我改造，引导他们树立正确的艺术观，走为人民服务、为社会主义服务的道路，众多从旧社会过来的说唱艺人成为了受人尊敬的文艺工作者，极大激发了他们的爱国热情，他们投身生活，说新唱新，深入基层为工农兵演出，为新时代留下了一批精美的曲艺佳作，涌现出一批大师级的曲艺家。这些优秀的曲艺家们没有把"卖艺赚钱"作为人生追求的唯一目标，而是把弘扬真善美、鞭挞假恶丑，热情讴歌新时代和人民的美好生活，坚持为人民提供优质的精神食粮，为社会留下优秀的艺术作品作为毕生的奋斗目标。时代发展到今天，我们的曲艺人怎么能为了赚钱而丢掉优良的曲艺传统，放弃文以载道和以文化人的艺术追求，而把"笑的艺术"消解成了"可笑的艺术"？把人民艺术家的光荣身份退化成了"下九流"的卖艺者？

　　我们要深刻理解习总书记指出的"低俗不是通俗，欲望不代表希望，单纯感官娱乐不等于精神快乐"的艺术判断标准。要懂得，卖艺赚钱，一定不能不择手段，即便当上了"土豪"也不值得炫耀，只有心系人民、为人民说唱，成为人民的曲艺家，才能受到人民尊重和喜爱。

坚持正确的艺术观

曲艺艺术与其他艺术形式一样，进入市场就属于特殊消费品，既有商品属性，也有意识形态属性。进入市场从事商业性演出的曲艺演员一定要具备吸引观众和征服观众的精湛技艺，更要有令人尊重的高尚品德，要自觉树立良好的公众形象，缺德少才或有才无德都难以在文化市场中长期驻足。而那些视艺术为生命、重荣誉、有尊严、德艺双馨的曲艺家才能够深受人民群众的喜爱。凡是优秀的曲艺家不但在修养、素养和学养方面出类拔萃，更具有较高的思想政治觉悟。人民不会忘记，在革命战争时期、在抗美援朝战场上、在社会主义建设中、在粉碎"四人帮"的斗争中、在改革开放的浪潮里、在面对各种自然灾害的艰难时刻，那些优秀的曲艺家都冲在了最前沿，发挥了文艺排头兵的作用。正所谓"千金难买人民一笑"，当国家有难、人民有难的关键时刻，能够挺身而出，用艺术鼓舞人民同心同德战胜困难的曲艺家必定会受到人民的敬重。无数曲艺前辈在为时代留下了诸多脍炙人口的优秀作品的同时，也为我们留下了闪光的高尚品格。当下，进入文化市场的曲艺工作者要以老一辈曲艺家为楷模，克服拜金主义，追求以德为本，正道直行，才能够成长为新一代的优秀曲艺家。

进入市场的曲艺人，更要在艺术上花气力，要用真功夫、大本事赢得观众的青睐。在文化多元化的语境下，多媒体、自媒体、新媒体，微信、微博、微电影等时尚的东西接踵而来，传统的曲艺表现形式面临着严峻挑战。新形势下的曲艺创作和曲艺表演要适应社会发展的需要，既要求新求变，又不能跟风、模仿、克隆，离开了说唱表演艺术的本体，以庸俗搞笑、单纯娱乐应对市场，坚持不了多久。一定要按照习总书记强调的："文艺工作者应该牢记，创作是自己的中心任务，作品是自己的立身之本，要静下心来、精益求精搞创作，把最好的精神食粮奉献给人民。"缺少原创能力，没有自己的代表作，无论如何走红，都是匠人。真正的曲艺家，就要有属于自己的优秀作品，还要着力艺术创新。艺术创新必须认真学习习近平总书记的系列重要讲话精神，深刻理解"不忘本来才能开辟未来，善于继承才能更好创新"的指示，认真遵循对传统要"有鉴别地加以对待，有扬弃地予以继承"和"创造性转化，创新性发展"，"要使中华民族最基本的文化基因与当代文化相适应、与现代社会相协调"的科学论断。继承和创新的出发点和落脚点都要设定在以人民为表现主体和服务对象、以社会主义核心价值观为引领、聚焦实现中国梦的时代主题上来。一切有理想、有抱负的曲艺工作者都要努力追求时代主旋律和人民喜闻乐见的一致性，努力实现社会效益和经济效益相统一，努力通过市场演出和媒体传播让曲艺艺术更好地传承发展。

曲艺走进市场，不是重归江湖。曲艺人会赚钱、能赚钱、赚大钱，是好事。但是，在这样一个伟大的时代，如果只有一些有钱的艺人、匠人，而没有出类拔萃的艺术家，缺少能够传世的曲艺佳作，将是曲艺界的悲哀。所有的曲艺工作者都要深刻理解习总书记指出的"文艺不能当市场的奴隶，不要沾满了铜臭气。优秀的文艺作品，最好是既能在思想上、艺术上取得成功，又能在市场上受到欢迎"的精辟论述，争做德艺双馨的优秀曲艺家。

姜昆的不断探索与艺术创新

姜昆是当代优秀的相声表演艺术家，也是出类拔萃的曲艺作家与评论家。

笔耕不辍　坚持创作

姜昆自登上艺术舞台就开始了曲艺创作之路，五十年来独立创作或与人合作的相声作品逾百篇。另外还有《笑面人生》《虎口遐想三十年》《马季老师给我的思考》《姜昆幽默诗书集》《姜昆自述》等精心撰写的专著 12 部。主编《中国曲艺通史》《中国曲艺概论》《中国传统相声大全》等学术书籍 9 种。单就姜昆的文学创作成就而言，曲艺界无出其右。

相声演员千人千面，即便师出同门，表演风格也各具特色。因此，相声演员必须善于创作和打磨适合自己表演风格的优秀作品。姜昆的独到之处，不仅在于其表演风格雅俗共赏、老少咸宜，深受观众喜爱，更体现在相声创作创新的功力上炉火纯青。与有些相声演员为应对不同场合的演出而"现挂"和使用传统相声包袱"攒活儿"不同，姜昆的相声创作绝大部分是通过提炼生活、缜密构思、打磨修改而产生的优秀作品。从《如此照相》《特大新闻》《电梯奇遇》《楼道曲》《着急》《我有点晕》《错走了这一步》《专家指导》《妙趣网生》《和谁说相声》《虎口遐想》到《新虎口遐想》等一系列反映现实生活的作品，构成了时代发展、生活变化，多姿多彩的全景图。特别是群口相声《回眸望九》和大型相声剧《明春曲》的创作，突破了相声以生活琐事表现杯水风波的选材局限，大胆探索以相声手法架构宏大叙事的艺术创新。

与时俱进　坚持创新

如果说姜昆与梁左合作的《虎口遐想》，借鉴了文学意识流的创作理念，以抽离现实的情节抽丝剥茧揭示人物内心纠结，提高了相声作品的文学意蕴，给人以耳目一新的欣赏体验，那么由孙晨创作，姜昆、戴志诚领衔表演的群口相声《回眸望九》，则是对相声表现形式的一次挑战。《回眸望九》以散点式结构，将从1899年、1919年、1939年、1949年，1979年等重大历史时期，如八国联军侵华、旧民主主义革命、抗日战争、新中国成立、改革开放，到1999年中国人民以豪迈气概迎接新世纪等重要节点，以典型事件的精彩闪回，串联起中华民族百年沧桑和历史巨变，创作难度和表演难度前所未有。该作品由于在题材选择上跨度较大，出于电视综艺晚会对作品的内容要求和节目时长的种种限定，《回眸望九》在舞台呈现上借助了大屏幕展现历史背景和舞蹈相配合完成表演，实现了相声艺术听视觉综合体现的一次有益尝试。

德艺并重　勇攀高峰

自从1983年姜昆参加策划和主持央视首届春晚以来，相声跻身于春晚舞台，这开启了姜昆挑战自我、探索新路的艰难历程。相声要适应春晚直播的要求，必须改变小剧场和商演舞台上的表演习惯，按照规定的题材、限时的表演、过滤净化的包袱，在传递正能量前提下创造"笑果"的艺术实践，让相声的创作和表演经历了有史以来最大的考验。马三立、马季、姜昆、唐杰忠、戴志诚、冯巩、牛群、侯耀文、石富宽、师胜杰、李金斗、李建华、郭德纲、于谦等相声名家先后登上了春晚舞台经受历练，其中，付出的艰辛、收获的荣耀和遇到的尴尬兼而有之。就曲艺艺术整体发展而言，相声能形成今天这样在各种综艺晚会、文娱行业、大学校园、群文活动中无处不在的显赫影响，与当年侯宝林把"撂地儿"表演的相声带上了艺术殿堂、马季在特殊年代救相声于水火、姜昆领跑相声融入现代传媒，构成了传统相声艺术与时代同步伐，与现代文化发展相融合的三次跨越。诸多相声界领军人物的文化自觉和锐意创新功莫大焉。

1994年，姜昆酝酿创作一部表现相声百年发展变革的大型作品，在征求大家意见时，我们被他敢为天下先的进取精神感动，同时也觉得创作难度太大，能不能成功很难预料。不料在姜昆、梁左等人的不懈努力下，经过多年打磨修改，大型相声剧《明春曲》终于与观众见面，先后十余年，演出超百场。这部具有相声教科书意义的作品，以化装相声、对口相声、喜剧小品和电影蒙太奇等多种元素混搭的方式，巧妙展现了从清朝末年相声撂地儿、抗日战争时期相声讽刺侵略者、特殊年代相声的遭遇，到改革开放相声的繁荣发展等不同桥段，诠释了相声百年历史，引发了观众欣慰的笑、苦涩的笑、开怀的笑，笑声中蕴含着文化启迪和人生思考。其中"嘲讽鬼子"和"特殊年代的挣扎"两段对口相声，堪称相声中的经典之作。

作为中国曲艺界的领军人物，姜昆不但为相声艺术的创新发展倾注心血、贡献智慧，也为曲艺行业发展、曲艺学科建设与人才培养、曲艺队伍建设、曲艺走向世界等全面发展投入了大量精力和不懈努力。今天，在大力传承发展优秀传统文化的利好形势下，曲艺迎来了全面繁荣的最佳机遇期，新时代的曲艺创新发展需要更多如姜昆一样的有品位、有格局、有担当、有奉献精神的领军人物，带领中华曲艺跨越高原、攀登高峰。

中国曲艺学学科建设刻不容缓

历史悠久的中国曲艺是深受广大民众喜爱的艺术，也是中华民族优秀文化的重要组成部分。

中华说唱表演艺术（曲艺）在漫长的发展过程中，秉承"讲仁爱、重民本、守诚信、崇正义、尚和合、求大同"的价值理念，以人们喜闻乐见的表现形式，持续传扬着正能量、正趣味，养心、育人，哺育了世世代代中华儿女。特别是那些没有机会识文断字的普通民众，在相当长的历史时段内全靠接受说唱艺术了解历史、明辨善恶、鉴赏美丑、认可正确的道德评判尺度，以及树立人生观、价值观、世界观。所以说，曲艺是和人民同呼吸、共命运、心连心的艺术，在民族文化传承方面具有无可替代的作用。

进入新时期以来，面对文化多元化、艺术多样化、传播现代化的大趋势，曲艺面临着严峻的挑战，多媒体、自媒体、网剧、微博、微信、微电影的迅猛崛起，吸引了大多数青少年的眼球，正在影响和改变曲艺的创作、表演和传播方式。目前，除相声、评弹、娱乐二人转以及部分地区性的少数曲种生存状态尚可，许多曲种都显现出衰退、老化现象，有些曲种甚至失去了市场竞争能力，只有在公益性文化服务和专业性比赛中才有展示的机会，只能依赖于"被保护"维持生命。出现这种不适应现实文化需求和艺术发展的状况，有客观因素，也有传统曲艺自身保守、观念陈旧的问题，其中专业教育和学科建设滞后是阻碍曲艺科学发展的主要因素。

曲艺教育落后于时代

千百年来，中国曲艺一直以师父带徒弟、口传心授的方式进行艺术教育。实践证明，这种门户式的教育方式，对于某一曲种的传承和培养职业艺人确是行之有效的办法，各个曲种或流派在不同的历史阶段也都出现过优秀的艺人。但是，曲艺的这种原始教育方式存在的缺憾和弊端也是显而易见的：

一是自成一家的局限性。过去的师父教徒弟，主要是传授跑江湖的生存经验和卖艺赚钱的本事，在曲艺这个江湖之中又非常讲究门派，不属同门同派的艺人很少在一起切磋艺术，所以有"宁舍一锭金，不给一句春"（指春典、艺诀或作品）之说。门户之见容易造成近亲繁殖与基因退化。这就是在过去漫长的时代里，优秀的艺人常见，大艺术家十分鲜见的主要原因。新中国成立以后，有些进入到专业艺术团体和艺术院校的民间艺人，突破了以往师承关系的局限，有机会接触不同领域的知识和理论，并在与其他艺术门类的名家、同道交往中改变和丰富了知识结构，眼界大开，他们的艺术观有了根本性改变，加上个人悟性和努力，才产生了曲艺有史以来从未涌现过的一大批具有一定学养、涵养、修养的著名曲艺艺术家，他们为传统曲艺地位的提升和新中国的曲艺事业繁荣作出了不可磨灭的贡献。

二是知识面狭窄的局限。过去的说唱艺人受过正规教育的极少，讲究一招鲜吃遍天，专业技能是他们吃饭的本钱，往往在某一地区、某一曲种范围内也出现过出类拔萃的职业艺人，但离开了本行、本土、本工活，便显得捉襟见肘、无能为力了。有些艺人几乎一辈子就靠一两部书或几项绝活行走江湖，他们能传授给徒弟的也就是一些单纯的技艺和经验，最好的艺人也不过是"肚囊宽绰""艺人的肚子——杂货铺子"而已，怎么可能培养出知识渊博，具有文学、美学、社会学修养的优秀人才呢？尤其在当下高等教育基本普及的情况下，曲艺从业者倘若比普通观众文化程度还低，肯定会越走路越窄。

三是有名无实的师徒关系影响传承。新时期曲艺的师承关系较过去已经发生了很大的变化。过去的艺人收徒是真传实授，徒弟入门要和师父签生死合同，三年学艺期间，除了要孝敬师父（师徒如父子），长了本事能"上买卖"了，演出收入全部归师父，出徒以后赚钱才归自己。所以，那时的教和学都是认真的。现在拜师基本上是拜门、拜腕儿，便于在江湖中安身立命，与"传道、授业、解惑"没有多大关系，有些名家收徒十几名或几十名，有些师徒之间一年也见不了几回面，偶尔见面也只能指点一二，根本学不到多少真本事。如果遇到德行较差的师父，传授徒弟一些"煽斗挖空""登扒扁踹"（行话）的歪门邪道更是糟糕。这些局限和弊端的客观存在，造成了曲艺教育不但落后，还制约了曲艺后备人才的科学化培养。在我国艺术教育事业迅猛发展的今天，公办的曲艺教育机构也只有苏州评弹学校、中国北方曲艺学校（现已合并为天津艺术职业学院）等屈指可数的几座学校，大量的民办或私人创办的曲艺表演培训学校或小班，所谓教学基本上还是口传心授，极不正规。少数挂靠在某些大学里的本科曲艺班也是"曲艺培养方向"性质，曲艺专业高等教育举步维艰。由于曲艺教育落后，目前已经出现了曲艺原创力不足、创新能力不强、优秀作品难产等劣势，一些号称曲艺新生代的从业者，要么依赖网络段子七拼八凑，要么肢解传统作品，曲艺生态链极其脆弱。面对其他文学艺术门类不但有大批的本科毕业生源源不断地充实到业界之中，还培养出许多本专业的硕士、博士研究生发挥着领军作用的新常态，我们曲艺人情何以堪？再不着急，曲艺必将落后于时代发展，我们上对不起祖宗，下对不住后人。

曲艺学学科建设任重道远

曲艺教育落后的根本原因不是曲艺界认识不够或努力不足，而是曲艺学术支撑和曲艺学学科理论构建欠缺。

许多曲艺行里的有识之士，早就意识到如果没有高等教育作为支撑曲艺艺术就不能可持续发展，同时也在不断尝试与艺术院校合作创办曲艺专业本科教育。辽宁科技大学坚持十二年招考曲艺培养方向的本科生，取得了一定的实践经验。可是，从总体上看，我们对曲艺高等教育准备不足，缺少科学性、规范性和系统性，缺教材、缺师资、缺规划，基本上是跟着感觉走，与"口传心授"没有本质差别，教学成果和科研成果均不理想。著名文艺评论家、中国文艺评论家协会主席、国务院学位委员会艺术学学科组召集人仲呈祥先生在为姜昆所著的《马季老师给我的思考》所作的序言中指出："我深知，不仅姜昆，还有任上的中国曲艺家协会分党组书记董耀鹏等曲艺界学者，都极有见地提出了'中国曲艺学'这门实际上早已存在而被艺术学界忽略了的新学科建设的紧迫任务，呼吁在国务院颁发的学科目录中的艺术学门类下增设（实际是补上）'中国曲艺学'的一级学科位置，并逐步在高等学校里开设曲艺的专科、本科乃至研究生教育。""为了真正落实和践行习近平总书记'把培育和弘扬社会主义核心价值观作为凝魂聚气，强基固本的基础工程'的重要指示，我们理应刻不容缓地把'中国曲艺学'学科建设的神圣使命和任务，早日提到议事日程上来。"这无疑是我们曲艺界期盼已久的利好信息，但我们也应该知道，实现"中国曲艺学"学科建设的目标究竟有多难，我们缺少些什么必要的条件。第一难是构成"中国曲艺学"学术体系的分支理论严重欠缺。中国曲艺的曲种诸多，各曲种发展历史庞杂，书曲类说唱艺术已有千余年历史，分布于全国各地的不同曲种有400多种，可是，现今可以查到的曲艺类书籍总共不过 4000 本，其中绝大部分是作品和个体从艺经验总结性资料，学术理论类的资料极少，甚至可以说是支离破碎。大多数曲种都没有形成成熟的学术体系，各个分支理论研究薄弱，特别是曲艺作为舞台表演艺术，曲艺表演理论体系是不可或缺的学术根基，但目前还是一片空白，平常表演者常说的"语言艺术""听觉艺术""一人多角、现身说法""四门功课"等，都是说唱形式的表象形态，与表演理论无关。这一理论贫乏的现状势必给中国曲艺学学科定位、学科方向和发展层次构建，造成巨大的困难。第二难是学科带头人难找和学术研究队伍力量薄弱。由于曲艺人才培养的特殊性，曲艺理论建设和学术研究本来就是短板，许多曲艺表演艺术家往往缺少理性思维和逻辑思考能力，常把个人的艺术实践体会和"艺诀""春典"当学术表达；一些从事过曲艺创作或理论研究的人士又大多没有登台表演经验，写出来的理论文章总有隔靴搔痒之感；也有少数其他领域的专家学者热爱曲艺，但毕竟没在曲艺这个江湖中行走，即便愿意参与曲艺学学科构建，也有信息不对称、语法难沟通的障碍。业界之内，像姜昆先生、田连元先生这样既有丰富的艺术实践经验、又有理性思考能力的专家实为凤毛麟角，面对浩大的学科理论研究工程，我们将会遇到的难度可想而知。第三难是缺少可以依托的学术基地和科研实验条件。任何一个新学科的创建，都应该依托某一所大专院校或与本专业有关的科研机构来保障运行，同时还要有能够承担科研成果转换的专业团队负责体现学术研究成果。可叹的是全国有曲艺工作者和从业者最少十万，却没有一所曲艺艺术学院，曲艺研究机构有限，而且都存在人力、财力不足而无能为力的实际困难。

既然中国曲艺学学科建设关乎当下和未来曲艺事业的兴衰存亡，那么无论有多大的困难也要下决心克服，迎难而上，这是姜昆主席、董耀鹏书记和中国曲协主席团达成的共识，并已经启动了前期工作：一是中国曲协正式与辽宁科技大学签订了战略合作协议，共同开发编写高等教育曲艺类本科专业教材《中国曲艺艺术概论》

《中国曲艺发展简史》《相声表演艺术》《评书表演艺术》《苏州评弹表演艺术》《快板书表演艺术》等首批教材编写提纲已经基本敲定，正在积极推进编撰工作。二是现存曲艺类书目的考察工作已经基本完成，《中华曲艺书目内容提要》和《全国少数民族曲艺艺术》的编写工作正在进行。三是筹备创办全国高校曲艺教育论坛，听取来自教学实践的一线声音，深化曲艺在高等院校的影响。四是全面加强曲艺学术理论研究工作，扎实推进一切有利于中国曲艺学学科建设的相关工作。

中国曲艺学学科建设是一项重要工程，需要全国曲艺界同心协力、攻坚克难、全力推进，还需要争取学术界、教育界和有关领导部门的关心支持。只要我们抓住机遇、真抓实干，一定会完成这项既是史无前例又是功在千秋的光荣使命。

抓住有利时机全面推动曲艺经典作品
鉴赏课程进校园

——在第四届全国高等院校曲艺教育峰会上的讲话

为提高全民族的文化自信，国家启动实施中华优秀传统文化传承发展工程。传统文化进校园已不再是文化艺术界人士的自觉行为，而是列入国家教育事业的一项重要内容，尤其是高等院校通识教育的大力开展，为传统戏曲、曲艺的传承提供了最佳机遇。曲艺艺术教育除了继续推进专业教育以外，还要抓住新时代有利时机，着力促进大学生群体的普及与提高，尽快在艺术类院校之外的大专院校开设曲艺艺术鉴赏课。

在普通高校开展的通识教育内容里，艺术教育是深受大学生欢迎的必修或选修课程，但从教学实践来看，艺术类的"美学导论""中国戏曲""书法美术经典作品鉴赏""音乐经典作品鉴赏"等课程在高校开设得比较普遍，授课效果也比较理想。而在通识教育范畴内开设有关曲艺艺术课程的院校却寥寥无几，必修课里没有，选修课里少见，即便开设了曲艺鉴赏课程的院校，其授课也存在许多缺憾与不足。

一是授课师资严重短缺。将曲艺艺术纳入通识教育范畴不同于曲艺名家进校园开展的艺术讲座，因为按照高校教学管理规范，凡是计学分的课程最少要安排一个学期15周30个课时，而且授课教师要提交授课计划、教案、教材讲义等一系列材料，没有专职在校教师的院校很难开设此类课程。有些开设了曲艺经典作品鉴赏课程的老师主要授课内容也只限于相声、快板、评书等少数曲艺形式，难以满足学生的鉴赏审美需求。也就是说愿意接受和欣赏曲艺的在校大学生很多，而能讲、会讲曲艺的教师很少。这一现象暴露了曲艺长期忽略学科建设和人才培养的缺憾。

二是可用教材严重不足。曲艺（民间说唱）艺术，历史悠久，内容丰富，形式多样，是中华民族传统艺术的重要组成部分，更是以文化人、寓教于乐、弘扬正气、引领社会风尚的正能量文化表达。遗憾的是曲艺理论研究滞后，曲艺教育因循守旧，仅就曲艺艺术本体特征的说法就五花八门，众说纷纭，致使众多青少年甚至大学教授都不清楚曲艺是不是戏曲，更不明白曲艺的叙事方法、表演手段、刻画人物、语言表达都有什么独特之处。至今有人还在说"曲艺是听觉艺术""曲艺是语言艺术""曲艺属于口头文学"等以偏概全的概念。特别是曲艺教材的短缺，严重制约了曲艺教育的发展与提高。在中国曲协的努力下，《中国曲艺艺术概论》《中国曲艺发展简史》《中华曲艺书目内容概览》《中国历代曲艺作品选》等教材和书籍已经出版发行，但这些文献只适合曲艺专业教学使用或参考，能够用于普通大学生必修课或选修课使用的教材基本没有，已经面世的各种曲艺史论、曲艺作品、曲艺知识类书籍数量不少，可用于教学使用的却不多。

三是教学内容的系统性、科学性、趣味性不足。开展通识教育的根本目的是要打破高等教育的专业局限，不把学生限制在单向度狭窄的知识领域，而是培养学生博学多识、通达古今，既懂得专业又兼备人文素养的综合型人才。如何根据选修曲艺艺术的大学生的求知欲望确定授课内容非常必要，而不是授课教师会什么就讲什么，知道多少讲多少。要高度重视授课内容的系统性和科学性，不可以以其昏昏使人昭昭，更要注重授课的趣味性，兴趣是最好的老师，只有学生通过学习对曲艺艺术产生了浓厚兴趣，才有可能靠他们自觉传承曲艺艺术。

　　要让曲艺艺术教育在更多的高等院校通识教育课程里占有一席之地，我们必须抓住主要环节，创造必要的条件促进曲艺教学的普遍开展。

　　一、从编撰专供通识教育课使用的教材入手推动曲艺教育的普遍开展。首先应该集中专家学者认真策划编纂一套"中华曲艺经典作品鉴赏"教材，这套教材的编纂起点要高、落点要实、结合点要精准。所谓起点高是指站在传承中华优秀传统文化的高度精选古今影响广泛、深受大众欢迎、思想性艺术性完美结合的经典作品作为授课范本；落点实是指充分考虑大学生的接受能力和审美情趣，尽可能挑选大学生容易接受和乐于接受的优秀作品，不选空洞说教或单纯表现技巧而缺乏内涵的作品，特别是不能选那些为一时配合某些工作而创作的已经过时了的宣传性作品，以确保经典名副其实；结合点精准是指作品鉴赏不仅仅是文本阅读，还要配以光盘或二维码等技术手段，让学生看到曲艺名家诠释的精彩艺术成品，同时在作品赏析和点评方面要准确深刻，要有艺术和美学含量，而不是让学生看热闹。另外在曲种样式上要尽量丰富多彩，说故事、唱故事、说唱故事以及短篇、中篇和长篇节选等适当兼顾，经典传统作品与当代优秀作品合理搭配，不同地域和少数民族的主要曲种也应该适当兼顾。

　　二、培养一批高素质的授课教师。推进曲艺教育普遍开展，提供教材是必要条件，培养师资是关键措施。建议有条件的高等院校与中国曲协联手申请国家艺术基金的支持，开办曲艺教育高级人才研修班，研修班面对全国高校教师招收学员，请曲艺名家和艺术学科专家授课，从曲艺史论、曲艺表演、曲艺创作、曲艺美学和曲艺经典作品赏析等内容入手，让学员系统掌握曲艺艺术的本质特性。通过培训造就一批高水平、高素质的曲艺教育师资，让他们聚是一团火，散是满天星，可以在全国各地高校开办曲艺艺术公开课，从而带动更多教育工作者加入到曲艺教育队伍中来。

　　三、创造条件吸引大学生参与体验曲艺的艺术魅力。艺术教育贵在实践，尤其是艺术类高等教育不是启蒙"开坯子"，学以致用是根本。促进高等院校曲艺教育的普遍开展，除了吸引当代大学生了解和热爱曲艺艺术，也为了发现和培养曲艺后备人才，比较有效的途径是各级曲协组织与高校联动，创建大学生曲艺社团和开展必要的曲艺活动，让大学生有机会亲身体验曲艺创作和艺术表演的全过程。从辽宁省曲协举办的两届大学生曲艺节的效果来看，大学生对曲艺艺术的接受能力相当强。他们没有条条框框的限制，创新意识很强，善于把传统曲艺的表现形式与时尚元素相结合，他们自编自演的曲艺节目受到了大学生的热烈欢迎，有些理工科学生创作表演的相声、小品、滑稽节目更是别出心裁，给人以耳目一新之感。在校大学生曲艺社团和曲艺爱好者是曲艺的希望，他们不但是接受曲艺教育的主要对象，更是推动曲艺创作创新的骨干力量。

四、发挥曲艺名家的示范引领作用。新时代文艺繁荣的关键是培育大批优秀曲艺人才。千百年来曲艺靠师徒关系口传心授培养人才的方式已经不适应当代发展的需求了，真正实现曲艺艺术"创造性转化，创新性发展"必须靠那些有大学问、有真本事，讲品位、讲格调、讲责任的曲艺骨干力量来实现。曲艺界的领军人物要多奉献一些心血在大学生中挑选人才，精心培育。要像姜昆、冯巩、田连元等曲艺名家那样经常深入大学校园，亲自指导大学生学习曲艺艺术，并取得可喜成就。如果有更多的曲艺名家走进校园，每人带起一班人马，将会对曲艺队伍的优化和艺术创新起到深远影响。

全国高等院校曲艺教育联盟自成立以来开展了有效的工作，对于推进曲艺学科建设和高等曲艺教育的发展发挥了重要作用，如果在三五年内能够促成在更多普通高校开设曲艺艺术教育课程，将对具有悠久历史的中华曲艺的传承发展做出史无前例的重大贡献。

曲艺专业化教育结构问题与对策研究

中国曲协全力推进曲艺学学科建设，切实促进了全国曲艺学术研究和曲艺教育工作的快速发展。

曾经让老一辈曲艺家抱憾终身的曲艺专业化教育问题，终于展现出一丝曙光，具有悠久历史的民族说唱艺术将要在更高层次上更好地发展似乎成为一种可能。

记得2014年，中国曲协与辽宁科技大学达成共识，签订了战略合作协议，并决定联手编纂一套曲艺高等教材。我在第一时间联系上薛宝琨先生，除了向他通报情况，还渗透了董耀鹏书记希望薛先生能够参与指导这套教材的编写，并主笔完成《中国曲艺艺术概论》的编纂工作。电话里我听到薛先生发出了一声叹息，然后说了一句意味深长的话："终于有人要抓这件关乎曲艺前途命运的大事了。"

薛先生爽快地答应支持曲艺教材的编写工作。

不久，薛先生抱病参加了中国曲协在北京召开的曲艺高等教材编写工作座谈会，并带来了他亲自完成的《中国曲艺艺术概论》撰写提纲。令人遗憾的是，薛宝琨先生没有等到这套教材的最后定稿便驾鹤西去了！在我们十分痛惜的同时，也深深感到时不我待的巨大压力。

因为种种原因，中国曲艺教育没有搭上改革开放的快车，没有实现正规化、系统化、专业化，错失这一良机给曲艺艺术的可持续发展带来了严重的后果：全国曲艺战线高素质人才短缺，队伍逐渐老化，艺术原创力不足，艺术影响力不断衰减，面对多媒体传播和市场上低俗作品泛滥的双重挑战，正统曲艺应对乏力，主流曲艺阵地大有收缩之势，发展现状堪忧。

好在中国曲协分党组和主席团知难而上、协力同心、亡羊补牢。目前，推进曲艺学学科建设正在路上，曲艺学术科研工作正在加强，曲艺高等教材编纂工作初见成效，曲艺艺术教育队伍正在集结，曲艺要迈进艺术学学科领域和实现正规化教育的要求，已经引起了国家教育、文化等主管部门的高度重视。虽然真正实现曲艺几代人的共同心愿——培养曲艺高素质、复合型艺术人才还没有时间表，但路线图已经清晰可见了。

十几年来，曲艺界的部分有识之士与有关高校合作，探索曲艺实现高等教育的路径，取得很多宝贵经验，也遇到了许多实际困难，许多带有共性的问题正是我们实现曲艺高等教育的短板，值得我们认真研究对待。

一是专业教育师资不足问题。

目前，已经在部分高等院校开办的所谓曲艺表演专业，其性质实际上都是挂靠在综合类大学或专业艺术类院校的表演专业（曲艺表演培养方向），还不算名正言顺的艺术类专业。按照教育系统的有关规定，新开办的专业，必须按照学生比例配备专业教师。而这些院校基本没有能胜任曲艺教学的专业老师，各地曲艺界能够担任大学老师的人才又寥寥无几，一些正当红、有钱赚的曲艺名家，不愿到大学去当教书匠；有些演出不多，愿意去当老师的，往往因为缺少学历、学位，又迈不进大学的高门槛。所以，开办了本科曲艺表演专业的学校（学院），基本靠外聘人员进行专业教学。曲艺的专业性很强，不是什么人都可以胜任专业教学的。有的学校也尝试过动员与曲艺相近的专业老师，请戏曲、戏剧、音乐等专业的老师去教曲艺表演，这等于让西医去教中医怎么看病，风马牛不相及，教学质量可想而知。因此，专业师资力量不足是我们推进高等曲艺教育的一块短板。

二是学生（员）先天不足问题。

我们知道，艺术教育系统里的音乐、美术、戏剧、戏曲、舞蹈等专业，大多设有附中、附小或有以团带校等培养后续人才的模式。因此，这些艺术门类的高等教育水到渠成。曲艺基础教育薄弱，中等专业教育属于凤毛麟角，民间小班儿只能培养"小老艺人"，高考文化课录取分数线几乎把所有具有培养价值和具有曲艺表演天赋的孩子关在了门外。能够被招录进大学本科的学生，绝大部分是普通高中生。其中有少数学生算是热爱曲艺的，大部分是为了混本科文凭，按照父母的安排考进来的，因为没有曲艺表演基础，只能从零开始。曲艺专业的本科学生，上的却是最基础的、少儿培训班里的基本功训练课，专业教学质量难以保证。这便使我们创办曲艺高等教育先天不足。

三是专业课程设计不规范不系统问题。

由于曲艺专业师资力量不足，目前已经开设本科曲艺表演专业的几个院校，教学课程设计极不规范，缺乏系统性、科学性。外聘来讲专业课的老师，基本上是以教"段子"为主，有的老师上课没有教案，随心所欲，自己会什么就教什么。从大一到大四，不同的授课老师各自为战，互不通气，所传授的知识无系统性，甚至杂乱无章。高等曲艺专业教学不能改变"口传心授"式的老办法，课程设计得不规范、不系统、不科学，就达不到本科艺术教育的基本水准。

四是专业教学成果评估不达标问题。

教育主管部门每年都组织专家，对各个专业的高等教育教学成果开展例行评估。评估是按照格式化的项目模块逐一考查，曲艺表演专业每逢评估都会遭遇交不上答卷的尴尬。诸如教学科研成果、完成国家级或省部级科研课题情况、教师在核心期刊上发表学术论文数量，以及学生在专业比赛中的获奖情况等硬指标，经常不达标。而其他艺术门类的高等教育都比较规范，相对成熟，达成考评指标不成问题，而曲艺高等教育刚刚起步，要达标困难重重。而从事曲艺教学的老师们确实很难拿到与曲艺有关的科研课题，也找不到能够发表有关曲艺学术论文的核心期刊，曲艺专业的大学生参加比赛和获奖的机会几乎没有。所以，曲艺表演专业应对教学成果评估也就成了一个亟须破解的难题。

五是培养方向单一化问题。

目前已经开设的曲艺表演方向的专业，基本上是以相声表演为主，兼或开设快板、评书课程，以二人转表演为主课的只有辽宁大学艺术学院一家，诸多曲艺表现形式都没有迈进大学校门。教学的单一化，势必造成学生接受的知识点、知识面和知识量都有很大的局限性。假如我们培养的曲艺表演人才，实际能力还不如民间艺人带出来的徒弟，就会有人质疑：说相声、唱二人转需要到大学培养吗？因此，把曲艺表演专业简化成相声或二人转表演专业，显然不合适，不利于培养高素质、复合型的曲艺人才。

上述问题，都是我在接触和参与辽宁科技大学及辽宁大学下属的两个艺术学院曲艺教学的过程中感受到的几个实际问题，各地教育单位在探索开展曲艺高等教育过程中遇到的实际困难和问题可能会更多、更复杂。

我们分析研究这些问题的目的，当然是要找到解决问题的途径和办法，为曲艺实现正规化高等教育创造良好的生态环境。

中医看病讲究辨症思治、对症下药。我们要解决曲艺专业化教育的结构断层问题，也要标本兼治，搭建起一个科学化、系列化的教育链条。

一、加强少儿曲艺教育。

曲艺艺术的人才培养与戏曲有相似之处，从小坐科至关重要。新世纪以来，中国曲协与中央电视台联合举办的全国少儿曲艺大赛，对促进少年儿童接受曲艺教育发挥了积极的作用，全国各地的少儿曲艺表演培训十分活跃。但大多数少儿曲艺表演培训都是民间自发行为，有些还是以营利为目的的，教材、师资和培训管理等方面都存在一些不足。如何将少儿曲艺教育纳入正规的义务教育之中，是保证少儿曲艺教育正规化的关键。据说，戏剧战线已经在组织力量编写中小学戏剧教育教材，并在积极争取国家教育和文化主管部门作出规定，把戏剧教育纳入中小学生素质教育和美育的规定性内容中去。曲艺进校园要争取官方支持才是正道。把曲艺艺术正式纳入少儿美育范畴，也不是可望而不可即的事情。辽宁省已经有两个行政区率先开展了这项工作。一个是由中国曲协命名的曲艺之乡——大连西岗区，另一个是中国曲协命名的少儿曲艺教育基地——鞍山铁东区，他们由政府主导，在中小学开展曲艺艺术教育活动，效果很好。

我们曲艺界在全国人大、全国政协的代表和委员，应通过议案、提案等形式，建议国家教育管理部门将曲艺教育纳入小学生美育和素质教育范畴，用我们优秀的民族传统艺术抵抗外来文化糟粕对青少年的侵蚀。中国曲协和各地方曲协也应努力与政府有关部门积极沟通，争取把曲艺教育推广到少年儿童中去。如果能够实现曲艺教育进校园，再把它与民间少儿曲艺表演培训相结合，曲艺教育从娃娃抓起，从基础起步的问题便迎刃而解了。

二、拓展曲艺中等专业教育渠道。

曲艺中等专业教育是曲艺进入高等教育的关键环节。目前，曲艺教育链条中最为薄弱的一个环节就是中等专业偏少，全国只有两个曲艺中等专业学校远远不够，难以保证向高等院校输送足够的曲艺学生。如果创办曲艺中等专业学校目前尚有困难，可以借鉴沈阳曲艺团和沈阳艺术学校联合创建曲艺中等教育专业的经验，同样可以起到培养合格的曲艺后续人才的作用。全国艺术中专数量颇多，舞蹈、器乐、声乐等专业学生基本处于饱和状态，开拓曲艺教育专业，也是这些艺术中等专业学校继续发展的新途径。开设曲艺中等专业教育的学校，还应该高度重视文化课，学生的文化课成绩最少要达到普通高中生的程度。

三、促进高等职业学院开设曲艺专业。

高等职业教育是国家提倡和支持的新型教育模式。支持和促进部分高等职业学院开设曲艺职业教育专业，具有一定的可操作性和十分重要的战略意义。如果能够吸引一定数量的曲艺从业者进入高职院校学习深造，不但对全面提升全国曲艺行业的专业水准有着重要意义，同时也将对曲艺专业本科教育提供重要的支持。

四、推进曲艺本科教育的发展。

虽然实现曲艺本科教育不是我们的终极目标。但是，我们白手起家、从无到有，能够争取到教育部的支持和认可，可以在部分大学招收曲艺专业本科生，已经是中国曲艺教育的历史性突破。如果在短期内难以实现创建专业化较强的曲艺学院，也要在具备一定条件的综合类大学里开设曲艺专业，最好能够清除曲艺高等教育单一化弊端，在一些艺术学院同时开设曲艺表演、曲艺创作、曲艺音乐和曲艺教育专业。相对综合性的曲艺教育，对培养高素质的曲艺人才具有十分重要的意义。

五、借助通识教育的有利条件，推广优秀曲艺作品欣赏课程。

高等院校普遍开展的通识教育，为曲艺艺术进校园推开了一扇方便之门。曲艺艺术或曲艺优秀作品欣赏选修课，很受大学生的欢迎。目前存在的实际问题是，在许多院校里缺少能讲曲艺课的教师，也没有适合这方面选修课的教材。中国曲协应该组织力量，编写一部适合对大学生开展素质教育使用的教材，或者面向高校，举办曲艺素质教育师资培训班，培养大学教师，促进更多的高校开设曲艺艺术欣赏课。

六、努力争取在有条件的大学里设立曲艺硕士、博士学位授权点。

曲艺教育的最高端，是培养出一批具有研究生学历、获得硕士、博士学位的高级人才。实现这个目标，需要一定的时间和必要的努力。从目前艺术教育发展情况看，在已经成功申报一级艺术学科的艺术院校里，开设专业硕士学位授权点不成问题，在少数重点艺术院校和国家级艺术科研单位培养博士研究生也有可能。难点在于具有招收研究生资格的导师奇缺，我们曲艺界具有高级职称的专家可以参与研究生的培养，但必须有一定数量的在岗教授承担培养责任，方可获批学位授权点。为了争取破解曲艺类研究生培养的难题，曲艺界应主动进取，动员部分优秀曲艺家（在本人所在单位同意的情况下）兼任大学教授，与高校在岗教授联合培养曲艺类研究生，只要成功"破土"，种子不是问题。当我们的曲艺队伍中也拥有了一批硕士、博士研究生的时候，曲艺学的学科体系、学术体系、话语体系建设便都可以迈入正道，阔步前行！

关联曲艺系统化教育的最后一个问题，是促进曲艺大繁荣大发展。

发展曲艺教育、培养曲艺人才，出发点和落脚点都是繁荣社会主义曲艺事业。如果我们的民族说唱艺术经不住外来文化和市场资本的双重碾压，不断退却和萎缩，我们煞费苦心地推进曲艺教育还有什么必要？即便培养出众多优秀的曲艺人才也没有用武之地。这并非杞人忧天，更不是危言耸听，当前我们面对全国曲种不断消亡、曲艺观众逐渐离去的发展困境，摆在我们面前的早已不是居安思危，而是如何挽救颓势的问题了。有一个现实我们必须正视，在目前复杂多变的文化生态中，任何民族艺术如果得不到政府的重视和支持，那就只能自生自灭。我们知道，为了贯彻落实习近平总书记在文艺工作座谈会上的重要讲话精神，国务院办公厅于 2015 年 7 月下发了《关于支持戏曲传承发展的若干政策》的文件，国家艺术基金等文化艺术经费开始向戏曲创作倾斜，全国各地戏曲艺术获得了新的生机，戏曲院团重整旗鼓、集结队伍，一大批新剧目应运而生。作为人民群众喜闻乐见的、在传承优秀民族文化和社会道德建设中发挥了重要作用的曲艺艺术，应该得到和戏曲艺术同等的"待遇"。曲艺发展现状为什么没有引起国家有关部门的重视？值得引起我们的思考。

能不能改变曲艺缺席"五个一工程"奖、国家舞台艺术精品工程奖等国家级奖项的评选，能不能改变国家重点扶持的文艺院团没有曲艺院团、政策支持也没有曲艺的状况，是关乎社会主义曲艺事业生死存亡之大事，单靠送欢乐到基层和宣传道德模范事迹等活动，难以全面振兴曲艺事业，繁荣曲艺创作。缺少发展前景的艺术不会对青少年有很强的吸引力，后继乏人的问题也一定会越来越严重。

完善曲艺专业教育结构是一项复杂工程，只有教育界和曲艺界相互配合、优势互补，才有可能逐渐补齐短板，达到系统化、科学化培养优秀曲艺人才的理想境界。

曲艺本科教材建设的突破与缺憾

全国高等院校曲艺本科系列教材终于问世了。

这套曲艺教材的出版，象征着千百年来流传于民间的口头说唱艺术步入了新的发展里程，曲艺专业列入国家艺术学学科已指日可待。

教材就是专业教科书。曲艺教材是曲艺艺术学学科建设和开展正规化教学内容的物质载体，也是开展曲艺教育过程中的核心要素。

中华说唱艺术以口传心授的传艺方式延续千百年的历史，堪称人类文艺发展史上的一个奇迹。在过去国民受教育程度不高、文艺样式不多的历史条件下，表现形式相对简单且流传于民间的说唱艺术，承担了大众娱乐、文化传播和道德教化的社会功能，培养了浩大的观众群体。世世代代的民间说唱艺人在特定的文化环境里，以独特的方式传承了带有口头文学性质的说唱艺术。以成百上千种不同说唱艺术形式汇集而成的中国曲艺，带着历史的印痕走进了新的时代，遭遇到文化多元化、传播现代化和观众欣赏艺术的选择多样性等挑战。部分曲种失传，青年观众疏离，创作创新滞后，某些阵地失守，市场化的疯狂娱乐扭曲着曲艺的艺术本色等困境，凸显出说唱艺术一系列的生存危机。加强曲艺教育，促进曲艺健康发展，是新形势下曲艺"出人、出书、走正路"的唯一正确的选择。部分具有担当意识的曲艺家已经走进艺术院校，尝试联合办学培养曲艺人才。少数综合类大学开设了曲艺本科教育专业。经过十几年的探索和实践，为曲艺艺术实现本科教育提供了宝贵经验，同时也发现了许多问题，最为突出的就是如何实现曲艺高等教育的科学化、规范化、系统化的问题。其中，缺少标准的曲艺本科教材是推进曲艺教育的瓶颈。

2014年中国曲艺家协会与辽宁科技大学签署了战略合作协议，同时启动了高等曲艺系列教材的编写工程。

编写教材不是个人的某种经验总结，也不是编写普及读物，更不是资料堆砌，必须在本领域学术研究成果的基础上，确立思想性、理论性、学术性的核心概念，按照教学的系统性、科学性和目的性等实践需要进行编写。曲艺艺术领域的现状则是，理论研究落后于艺术实践，学术成果好似零金碎玉，不成体系，专业师资和教学科研队伍尚未构成。在这样的条件下编写曲艺本科系列教材，有如沙漠里打井，高山上盖楼，工程难度很大。

中国曲协和辽宁科技大学从曲艺事业发展需要出发，组织专家攻坚克难，通过艰苦努力终于实现了曲艺高等教材零的突破。由高等教育出版社出版和即将出版的《中国曲艺艺术概论》《中国曲艺发展简史》《中华曲艺图书资料名录》《评书表演艺术》《相声表演艺术》《苏州评弹表演艺术》等系列教材，具有填补本科曲艺教材空白的意义。

本套教材肯定存在许多缺憾与不足，或者不能完全满足某些已经开设了曲艺本科教学和曲艺公选课的院校的实际需要，已经正式出版的部分教材也需要进一步修改完善。曲艺专业授课教师和学生可以根据所在院校的教学大纲、授课计划和课时安排有选择地使用，并在教学实践中检验教材内容，提出修改意见和建议，以便进一步修改、提高、完善。

高等艺术教育的教材建设是一项系统工程，有些艺术门类或专业院校设有专门的教材编纂委员会，负责此项工作。曲艺界目前还不具备这样的条件，需要艺术教育部门和曲艺战线的有识之士共同努力，创造条件，继续推进曲艺教材建设。有条件的高等院校可以采取教学科研立项的办法，继续本套系列教材的编写工作。其中有几个选题应该尽快列入出版计划：

一是曲艺文学创作教材。曲艺创作是曲艺艺术最重要的组成部分，应该列入所有曲艺专业学生的必修课。虽然其他单科教材中也涉及某些曲种的创作技巧，但仍不足以让学生全面掌握曲艺艺术的创作规律。曲艺文学创作教材要把侧重点放在阐释创作理念和艺术追求上，其次才是传授创作技巧。

二是曲艺美学教材。它是曲艺文学创作、曲艺表演、曲艺音乐和曲艺教育等专业都需要使用的教科书。曲艺高等教育与师父带徒弟授课的本质区别，就在于受教育者的美学修养。师父带徒弟的传艺方式只能教会徒弟一门技艺，学会如何卖艺赚钱。而本科以上的曲艺教育必须立足于培养高素质、复合型的优秀人才。因此，曲艺美学类教材是曲艺本科教学中不可或缺的必修课教材。

三是曲艺经典作品欣赏教材。中华说唱艺术源远流长，流传下来的作品浩如烟海，其中的经典作品是中华文脉的重要组成部分，也是曲艺专业的学生必须熟知的内容，如四大古典名著的说唱作品和长篇说唱史诗《格萨尔王传》《玛纳斯》《江格尔》以及诸多家喻户晓的优秀中短篇曲艺作品。在党和国家发布的《关于实施中华优秀传统文化传承发展工程的意见》中明确提出："要围绕立德树人根本任务，遵循学生认知规律和教育教学规律，按照一体化、分学段、有序推进的原则，把中华优秀传统文化全方位融入思想道德教育、文化知识教育、艺术体育教育、社会实践教育各环节，贯穿于启蒙教育、基础教育、职业教育、高等教育、继续教育各领域。"《意见》中还要求"高校开设传统文化必修课""实施中华经典诵读工程，开设中华文化公开课"。如果曲艺界与教育界联合编撰出曲艺经典作品欣赏教材，可谓恰逢其时，除高等艺术院校使用外，还可以推广到各大专院校，将其作为"公选课"教材使用。

四是曲艺音乐与唱腔教材。中华曲艺中，音乐与唱腔是最具说唱特色的部分，曲艺专业的学生如果会说不会唱，等于一条腿走路，是不健全的曲艺人。因此，特别需要编写一部适用于本科教学的曲艺音乐与唱腔教材。

五是曲艺教育学教材。曲艺本科教育遇到的一个实际问题是师资短缺。曲艺教育是与曲艺表演、曲艺创作同等重要的独立行当，具有曲艺表演和曲艺创作经验的优秀曲艺家，不一定懂得曲艺教育规律。有条件的高等院校可以创办曲艺教育学本科专业，专门培养曲艺教育人才。因此，曲艺教育学教材迟早会派上用场。

六是编写各地方主要曲种的专业教材。全国各地具有代表性的曲种，是中华曲艺的重要组成部分。目前，列入本套全国高校曲艺本科系列教材的地方曲种只有苏州评弹，还有一些流传地域较广、影响较大、能够进入某些高等院校本科教学的地方曲艺形式，也应该有选择地纳入本套曲艺本科系列教材之列。

曲艺本科系列教材的编撰还应注意专业学术标准。

（一）曲艺本科教育不同于曲艺基础教育，一些少年儿童或曲艺中等专业学生应该掌握的基础知识不应编入本科教材。

（二）曲艺单科教材编写要明确授课重点，符合本科教学要求，不要贪大求全、面面俱到。凡是在《曲艺艺术概论》和《曲艺发展简史》等必修课中已经涉及的专业知识，就不必在单科教材中重复阐述。

（三）曲艺本科教材中列举的作品和人物不可以随意选择，要衡量写进高等院校教科书的基本标准，所选作品必须具有经典性，所介绍的人物应当是社会公认的曲艺名家。不能按照编撰者的个人偏好将一些平庸作品和一般化的曲艺从业者写进大学教材。

（四）编写曲艺本科教材，要适当参考已经开展曲艺本科教育高等院校的教学计划和专业课课时安排情况，严格按照高等院校教材规范和专业教学的可操作性来完成编写任务。

（五）要适应现代化教学的发展需要，充分调动新媒体、多媒体、二维码等技术，实现曲艺本科教材的现代化和教材使用效果的最优化。

全国高校曲艺本科系列教材建设工程仅仅完成了奠基工作，后续任务艰巨，工作繁重，为了让曲艺后继人才名正言顺地进入高等院校学习，为了让中华曲艺学堂堂正正地进入国家艺术学学科目录，为了曲艺的明天更加辉煌，全国曲艺同人要共同努力、积极进取，用我们的实际行动去实现几代曲艺人的美好梦想。

曲艺本科教学如何规范化问题研究

艺术人才培养是一个非常专业的问题，需要认真研究。

没有参照系的曲艺高等教育，问题更加复杂。专业课程设置、师资队伍建设、教材建设、教学科研等问题，都是经过努力能够解决的。最难化解的应该是"教育无效"和"学非所用"的实际难题。

本人从事了5年艺术教育管理工作，遇到了许多专业教学方面的实际问题。

一是学员不对路造成的教学难题。

专业教学遇到的普遍问题是课时不够用，达不到教学目的。

课时不够用的原因是学生缺少专业基础。艺术生高考文化课分数普遍偏低，大多达不到本科录取分数线。为了照顾那些连艺术常识都没有的学生，本科艺术教育竟然从基础开始，这离本科艺术教育的专业水准相去甚远。然而，曲艺教学问题更多，因为曲艺专业中等专业教育缺失，大多数学生对曲艺几乎一无所知，教学几乎是从零开始。"打竹板、点对点""憋死牛、绕口令"的训练方式，根本达不到高等艺术教育的基本水准。

二是师资队伍不足。

曲艺领域，长期师父带徒弟，口传心授式的传承方式，造成曲艺专业教育基本停留在传授从业技能——卖艺赚钱的水平，大学里找不到教授曲艺专业课的师资。外聘曲艺专家授课，基本上是教"段子"为主，有些老师甚至没有讲义，没有教学大纲，把口传心授的办法搬到了大学课堂。老师会什么就教什么，而不是学生需要什么教什么。课程设置不系统、不合理、不科学的缺陷十分明显。

三是教学内容陈旧落后，教授给学生的知识点不足。

艺术类大学本科教育，应该站在艺术前沿，针对艺术发展创新，设计专业课程，开展教学不能落后于时代，何况我们面对的是非常自我、年少轻狂的 90 后学生，他们中很多人对传统曲艺没有兴趣，根本不想学，所以学不好，让学生毕业就失业，是我们本科艺术教育的失败。

本人曾经做过调查，一个戏剧影视文学专业的班级，30 多名学生，进入大四，竟然没有一个学生打算从事所学专业，让我感到十分惊讶。学生对授课内容没兴趣，不能怪学生学得不好，而是我们教得不好。

要解决曲艺本科教育中存在的现实难题，首先要厘清几个根本性问题。

一、曲艺高等教育要培养什么样的人才？

曲艺高等教育的出发点和落脚点都不应该是培养职业艺人。

培养职业艺人还是拜师学艺管用，掌握一两个曲种的表演或创作技能就可以了，不用到大学来浪费青春。何况，高等教育也未必能培养出优秀的艺人。大学生学当艺人，肯定不如真正的艺人。这个教育定位一定要明确。

曲艺高等教育，要立足于培养高素质的，具有一定学养、涵养、修养的曲艺后备人才。他们毕业后从事曲艺表演与创作，应该引领曲艺的繁荣发展，也有一部分学有所成的优秀人才，可以从事曲艺教育、曲艺研究、曲艺管理或其他艺术工作。

二、专业课程设计要科学、合理。

传统曲艺应该是曲艺教育的基础，但不应该是全部，更不应该只教"段子"，不教方法。要让学生掌握传统曲艺的创作、表演规律，学会创作、创新。把学生领进传统之门，还要领出来，让他们站在一个新的高度认识传统，改造传统，不能"带到沟里"就不管了，如果把学生教傻了，我们还争取创办高等教育干什么？我们有许多老曲艺工作者，一辈子"吃曲艺、拉曲艺"，掉进去、出不来，除了曲艺，没有其他艺术知识。特别是我们现在处于新媒体、大数据时代，学生学会几个传统段子根本没用，网络段子，通过微信转发，三天就过时。所以，一定要改变传统教学方式。

应该规定传统曲艺教学内容占全部专业课程的三分之一。训练学生的审美能力和掌握艺术规律的相关课程要占全部专业课程的三分之一。创作和实践课程占三分之一。

只有这样，才能培养出适应时代发展的有用人才。

三、针对学生的不同特点因材施教。

曲艺艺术是以演员为本的个性化艺术，人才不能标准化批量生产，大一、大二，打基础可以统一要求，进入大三，就要针对学生的个人特长分类指导，尽量挖掘学生的个人潜能，让他们明确发展方向。即便主攻一门曲种，也要触类旁通，最好是一专多能。

四、加强教学科研，探索教学创新。

曲艺高等教育要克服"闭门造车""画地为牢"的保守意识。

练嘴皮子的基本功，应该在少儿曲艺教育过程中解决，大学不能再上基础教育课，特别要加大艺术表演课的授课力度。说唱艺术表演，不是什么"语言艺术"，在艺术分类学里，根本就没有"语言艺术"这个门类。这种谬传是对曲艺的藐视，有些人认为，曲艺表演就是"耍嘴皮子"，因此就说曲艺是"语言艺术"（勉强算作艺术），不必说鼓曲、唱曲不是语言艺术，相声、评书、评话也是表演艺术。而且，说唱表演艺术是一种高级的表演，一人多面，出神入化。一个好演员，要能生动模仿上百种人物，善于抓住人物最鲜明的特征，通过有效的交流，由表及里，向观众传递活的形象。优秀的曲艺表演艺术家，讲求"神韵"，能够声情并茂地揭示人物的内心世界。调动多种艺术手段，"挽住"几十人、几百人、几千人，跟我笑、跟我哭，跟着我的喜怒哀乐走。因此，学曲艺表演的学生，不但要掌握中国戏曲的表演程式，更要学会戏剧演员情动于中而形于外，生动刻画人物的表演技巧。既会"体验"，又会"表现"，既要"形似"，又要"神似"，能文能武，具备"一人一台大戏"的高超本事。

因此，曲艺高等教育，应该跳出窠臼、开拓创新，探索一套适应曲艺创新发展的教学模式。

创办曲艺高等教育，培养一代新人，是曲艺战线应对挑战，改变现状，繁荣发展的战略需要，只有这条路能够救曲艺于衰亡，领时代之风骚。我们期待着一代有理想、有抱负、有文化的曲艺新人，推动曲艺事业奔向新的辉煌。

建构新时代曲艺理论体系　促进曲艺教育规范化

一、建构新时代曲艺理论体系的必要性

传统民间说唱艺术源远流长、影响广泛，可惜只留下一些作品和民间艺人的从艺经验，几乎没有任何理论建树。新中国成立以来，曲艺理论研究取得了很大成就，特别是改革开放以来，全国各地的曲艺理论家和曲艺工作者发表或出版曲艺理论著述百余部，可谓硕果累累。但是，总览这些曲艺理论成果，不难发现其中绝大部分属于史料的整理归纳和有关曲艺创作、曲艺表演的感性认识，基本没有形成理论体系，曲艺研究者们从自我认知出发，"各吹各的号、各定各的调"，就如同面对一座大山，大家从不同角度观看，得出的结论各不相同，甚至五花八门、莫衷一是。因此，迄今为止没有形成一部可以用于教学，比较科学、系统的曲艺理论著述。曲艺到底是一门什么样的艺术，许多从业者说不清楚，以至于信口开河、胡编乱造，比如说"曲艺是听觉艺术""曲艺是语言艺术""曲艺是让人开心一笑的艺术"，许多大学生甚至分不清曲艺和戏曲有什么区别，很多青少年认为曲艺就是相声、快板，其他一概不知。也有一些从事曲艺理论研究的专家，经常把民间艺人留下的"艺诀""艺谚"当作曲艺理论夸夸其谈，或者管中窥豹，以个别当普遍，把某个曲种的表现特征当作几百个曲种的普遍规律。比如，曲艺界很多专家都

引用过周良先生提出的"现身说法与说法现身"的观点解释曲艺与戏曲的不同表现形态，可是，这种比较式论断，也许适合评话、评书、弹词等说唱形式，而对于化装相声、相声剧、谐剧、滑稽戏、曲艺小品，以及新近产生的说唱剧等表现形式就不适合，容易出现艺术定位的模糊概念。上述这些说唱表现形式应该归于哪一种艺术门类呢？戏剧界肯定不认可这些说唱基因大于戏剧元素的"跨界"形式，或者根本不承认这些虽然扮演角色却不按照戏剧规律表演的舞台样式是戏剧。那么，在申报国家艺术基金、文学艺术基金和参加各种文艺评奖时，这些作品就可能没了归属，成为了"弃儿"和"无主户"。再如，传统民间说唱与当代曲艺艺术在表现形式上有什么相同与不同之处，可不可以归为同一类，也是含混不清的问题。还有关于曲艺艺术功能论，是否继续遵循"投枪匕首论"的提法，都是曲艺学理论和实践上有待回答的基本问题。不能厘清曲艺发展中存在的若干问题，没有一个科学、系统的曲艺理论体系，曲艺教育就缺少了根与魂，我们培育出的曲艺人才，就可能是"先天不足"的糊涂人，难以担当繁荣发展曲艺艺术的大任。

二、尽快制定曲艺理论体系研究规划

新时期以来，中国曲协担当起了曲艺理论研究和促进曲艺教育的重任，坚持每年定期或不定期举办各种曲艺理论研究活动和学术论坛。曲艺界初步形成了曲艺理论研究和曲艺教育的基本队伍，并且首次以曲艺科研课题的形式，组织力量完成了 10 项曲艺学术课题研究，此举对于促进学科建设大有裨益。由于基础理论建设的空白和理论研究力量薄弱，还是存在着当下曲艺理论研究自由分散、针对性不强和理论脱离实际等问题。尤其在建构新时代曲艺理论体系方面还缺乏科学规划，理论研究成果不能回答现实问题，难以转化为曲艺教育和曲艺创作的学术支撑。有些"峰会"和"论坛"拟题空泛，大而化之，与会者发言热烈，滔滔不绝，但是一说了之，会后一走了之，专家、学者各自回到自己的岗位去做自己的事情，会上提出的问题和不同意见没有后续的梳理和研究，会议的主要成果就是把会上的论文和发言稿整理并编辑成集子，在有限范围内散发，基本上是谁写的谁看，曲艺业界不关注，文艺理论界不屑一顾，下一次会议还是同一伙人，还是重复上一次会议的观点，问题还是问题，学术还是学术。

要尽快制定一个切实可行的新时代曲艺理论体系研究规划并推进实施，这样有利于确定目标、优化资源、集聚力量，团结有限的曲艺理论研究人才，咬定目标共同发力，推出一部或一套可以用于曲艺高等教育使用的比较权威的理论教材。

习近平总书记在给中国美院八位教授的回信中，提出了加强美育的问题。国家教育部制定了全国普通高校开展美育教育的规定，今后，不管什么专业的大学生，都必须修满美育教育两个学分的学业，否则不能取得学位。

本人曾经呼吁要尽快在全国普通高校开设曲艺经典作品欣赏课，以扩大曲艺教育的影响力。其实，此举不过是抢占先机，为曲艺高等教育创造条件的权宜之计，各高校开不开此类课程，学生选不选这门课都是未知数。那么，国家强力推行的美育教育课程，曲艺能够占有一席之地吗？假如有机会在部分高校开设曲艺理论必修课，授课教师讲什么呢？还讲相声的包袱和"三翻四抖"，还讲鼓曲的行腔韵味？这些支离破碎、哗众取宠的表演技艺，可以跟戏剧、音乐、美术、影视艺术理论课相抗衡吗？曲艺界要认清形势、抓住机遇，必须尽快组织力量、攻坚克难，完成一套高水准的新时代曲艺理论教材。

三、建构新时代曲艺理论体系的思路与建议

1. 指导思想
坚持以习近平总书记关于新时代社会主义文艺的重要论述为

纲，梳理中华人民共和国成立以来的曲艺理论研究成果，将曲艺艺术创作与传播提升到"培根铸魂"和"讲好中国故事，弘扬中国精神，展示中国力量"的高度，从"坚持与时代同步伐，坚持以人民为中心，坚持为人民奉献精品，坚持用明德引领风尚"的根本遵循出发，从理论上阐释好新时代曲艺艺术的基本特征。

2. 框架构成

一是要下功夫完成导论。导论部分要把新时代曲艺理论研究的背景和学术成果说清楚，还要把传统说唱艺术和现代曲艺的来龙去脉讲明白，要把中国新说唱与中国审美的关系论清晰，要把曲艺在中华文明形成和发展过程中所发挥的作用写充分，要把曲艺理论学术体系构成列清楚。

二是要重新梳理曲艺艺术本体论。"本体论"要从曲艺是一种独特的表演艺术出发，阐述以"唱故事""说故事""半说半唱故事"为主的表现形式，不是仅仅从文本出发确定曲艺本体是"叙述""代言"等老概念，要从根本上改变拿表演技巧当曲艺理论的教育误区。

三是重新定位曲艺功能。从艺术传播学和艺术接受学的角度切入，要把"坚持与时代同步伐"与"紧跟形势，配合中心""为政治服务"的不同性质分清楚。要把"高台教化"与寓理于情、寓教于乐和温润心灵的作用区分开，要把曲艺精品与娱乐搞笑的本质区别说明白，阐释好评价曲艺作品的基本标准。

四是重新梳理曲种分类。目前，我们所知道的"说表类""数唱类""鼓曲类""咏唱类""走唱类""韵文类""散文类""韵散结合类""评书评话类""快板快书类""渔鼓道情类"等分类法，名目繁多且挂一漏万，如何更加清晰地划分不同曲种的基本属性，最好研究出比较科学和简单明了的分类法。

五是对曲艺精品的标准界定。

六是结语部分。

四、实施建议

建构新时代曲艺理论体系是一件关乎当代曲艺发展和培育优秀人才的大事，本人希望全国曲艺教育与学科建设联盟的专家、学者共同关注这一课题，能参与的积极参与，有条件担纲的可以主动担起重任，力争用一年时间取得阶段性研究成果。

1. 建议由中国曲协担当这个研究项目的总协调，全国曲艺教育与学科建设联盟负责拟定课题研究规划。

2. 建议有条件的高校申请"新时代曲艺理论体系研究"科研课题，并筹措经费、组织力量开展研究工作。

3. 争取得到高等教育出版社的支持，将"新时代曲艺理论"研究成果列入出版计划。

4. 根据课题研究进度，可以将初稿或部分子课题研究成果推荐到部分高校试讲，征求意见，以便修改提高。

5. 争取媒体的支持与推介。

曲坛"老兵"话繁荣

——在纪念中国曲艺家协会成立70周年座谈会上的发言

70年前，伴随着新中国诞生的号角，流传千百年的各种民间说唱有了一个共同的名字叫"曲艺"，成千上万的民间说唱艺人有了自己的组织叫"中华全国曲艺改进会"，后来改建为"中国曲艺研究会、中国曲艺工作者协会"，1979年11月更名为中国曲艺家协会。是新中国把长期生存在社会底层的民间说唱改造成了属于人民的曲艺艺术，是党和政府让那些基本没有登上过正式舞台，长期行走江湖、卖艺糊口的民间说唱艺人告别了苦难生涯，华丽转身成为了党和人民的曲艺工作者。各级人民政府遵循文艺为人民服务的宗旨，分别组建了曲艺团、说唱团、民间艺术团等专业团体。从此，曲艺作为新中国文艺大军中的"轻骑兵""先锋队"活跃在全国城乡，发挥了无可替代的作用。

曲艺艺术和书法艺术一样是中国最具民族特色的艺术形式，在历经了"全面改进""说新唱新""十年浩劫""拨乱反正""改革开放""体制改革"等不同历史阶段的锤炼与考验后，曲艺如今正以昂扬的姿态、饱满的激情迈入了新时代。

本人作为曲艺界的一名老兵，有幸经历和见证了近50年的曲艺发展历程，特别感念曲协几十年的培育和帮助。曲协把我从一个曲艺爱好者拉扯成为一名曲艺工作者和地方曲协的负责人。

回想当年随着中国曲协领导去拜望陶钝先生，老人家耳提面命告诉我们，要为人民创作优秀的曲艺作品；更难忘在中国曲协举办的全国青年曲艺作者培训班上，亲耳聆听侯宝林先生、高元钧先生、李润杰先生、罗扬先生等曲艺界前辈的谆谆教诲；在1984年参加香山曲艺创作笔会过程中，中国曲协的老师与我们来自全国的曲艺同道朝夕相处、亲切交流、打磨作品，我创作的二人转《深山红花》就是戴洪森老师亲自动笔帮我润色完成的，往事历历，仿佛就在昨天。

几十年来，在与薛宝琨、汪景寿、沈彭年、王珉、王肯、袁阔成等曲艺名家、理论家的接触和求教过程中，我了解了曲艺的前世今生，明确了奋斗目标，形成了为人民创作的曲艺观。在中国曲协的指导帮助下，我创作的二人转《攀亲家》《深山红花》，拉场戏《摔三弦》《闹鱼塘》《审舅舅》，以及喜剧小品《如此竞争》《歪打正着》《牛大叔提干》《红高粱模特队》《过河》《送水工》《说事》《不差钱》等广为传播，深受全国曲艺观众的喜爱。继承传统、守正创新一直是我持之以恒的艺术追求。

回首过往，我深切感受到，自己所走过的从艺之路和取得的一些成绩，从来没有离开中国曲协的指导和帮助，曲协是家，我爱我家。

在地方文联工作的30多年，本人先后分管过音协、美协、书协、舞协、杂协、曲协、办公室、组联室等多家协会与处室，这些工作使我有机会了解和熟悉不同艺术门类的发展状况，从而引发了我对曲艺事业发展前景的思考。在中国曲协的直接领导下，我参与了创建曲艺高等教育和曲艺教材的策划编纂工作，特别是领命负责中国曲协曲艺教育与学科建设委员会工作以来，本人年逾花甲小改行，进入一个新的领域学习磨炼。尽管困难重重、举步维艰，但经过大家的共同努力，已经实现了全国10所普通高校和9所大专院校开办曲艺本科及专科教育专业，17所中专创建了曲艺专业，30多所院校开设了曲艺通识教育课程，38所院校的专家、学者加入了曲艺教育联盟，曲艺学科建设布局正在有序推进，这是中国曲协站在培育新时代优秀后备人才的高度倾情推进的一项大事业，相信在不远的将来，一定会突破瓶颈，实现曲艺教育的合法化和科学化，为曲艺跨越高原攀登高峰造就大批优秀人才。

本人十分庆幸赶上了实现中华民族伟大复兴的壮阔时代，我为在我的有生之年还可以发挥衬花润叶的作用，为曲艺繁荣发展贡献余热而不胜欣慰，并愿意以此回报中国曲协的培育之恩。

祝愿中国曲协越办越好，祝愿中国曲艺繁荣昌盛！

助推民族民间艺术走向世界

十多年前，经省外办朋友的介绍，两位日本《朝日新闻》的记者找到我做了一次特殊专访。

日本记者希望我介绍一下东北二人转的传承和发展情况。

看我有些疑惑，其中一位会说中国话的记者，进一步解释说："据说二人转已经流传了二百多年，现在还很受中国观众的欢迎。我们日本也有一些传统的民间艺术，现在传承、传播都比较困难，许多青少年不喜欢本民族的传统艺术了。"

我似乎明白了日本记者的采访意图，他们在为传承本国的民间艺术寻找"他山之石"。可我不明白他们为什么要选中我做采访对象。

日本记者一脸诚恳地说："我们知道您是专家，1989 年您还带着辽宁的二人转团队参加了在富山举办的首届国际青年演剧节。"

1989 年春季，日本富山县艺术文化协会会长小泉博先生专程飞到沈阳，诚邀辽宁省外事办公室派团参加当年 8 月在富山举办的首届国际青年演剧节。省外办文化礼宾处联系了省内几个经常出访的戏剧团体，但因为各种原因，一时难以落实赴日参加演剧节的出访任务。无奈之下，文化礼宾处孟雅琴、王向东两位处长把我找到省外办，他们介绍说，辽宁省与富山县签订了友好省县盟约，富山县作为这次国际演剧节的东道主，非常希望辽宁省派出艺术代表团全程参加国际青年演剧节活动。两位处长问我：省曲协能否出面组织一台节目代表辽宁省出访？我表示可以考虑接受这个任务。但是，作为辽宁省曲协秘书长，我只能组织排练一台二人转节目去参加国际青年演剧节。两位处长听到我要带二人转出国都表示怀疑。我向他们解释说：二人转也叫东北地方戏，是辽宁最具地方特色的民间艺术，既然首届富山国际青年演剧节邀请了30多个国家参加活动，我们带二人转去参加评奖，肯定是一枝独秀。二人转是载歌载舞讲故事的表现形式，基本不受语言限制，我们可以选择几个外国观众大致了解的、表现我国经典传统故事的作品，如《梁祝》《西游记》中的片段，精益求精，完美呈现，完全有可能出奇制胜。

两位处长对我的话半信半疑，约我与日本富山县艺术文化协会的客人面谈。

富山县艺术文化协会会长小泉博先生是日本富山县资深的戏剧家，也是富山演剧座的创始人，熟谙亚洲文化。他听我介绍了东北二人转的历史、舞台呈现形式和我们计划整理改编的几个作品，当场拍板表示同意我的设想，并希望我们尽快提交参演剧目介绍和辽宁省艺术代表团人员名单，以便他们发来正式的邀请函和招待状等相关文件。

送走了日本客人，我直奔曾经工作过的铁岭市落实出访任务。

铁岭市的文化局和民间艺术团领导听了我关于组团赴日参加国际青年演剧节的介绍，竟然没人接我的话茬，都说："先吃饭，咱们边吃饭边商量。"

饭桌上，我再次提起排练一台50分钟的二人转节目去日本富山访问的事情，民间艺术团的团长直言不讳："带二人转出国参加国际比赛，好像挺不靠谱。"有道是熟不拘礼，我跟他们共同回顾了铁岭地区发展创新二人转的往事。

1981年，文化局决定将地区文工团一分为二，成立了铁岭地区话剧团和曲艺团，任命我为曲艺团业务团长，在当时只有"两个半"二人转演员的情况下，谁都不认为曲艺团能搞出什么名堂。不料仅仅用了三年时间，由我创作的拉场戏《摔三弦》《闹鱼塘》，二人转

《攀亲家》《兄妹情深》等作品分别获得了国家级和省级奖项，辽宁电视台、中央人民广播电台分别播出了铁岭曲艺团的部分作品的录音、录像，拉场戏《摔三弦》还被制作成戏曲电视剧，获得了中国戏曲电视剧"鹰像奖"；1985年铁岭市民间艺术团（原曲艺团）应邀进京演出，传统的民间艺术形式、鲜明的地域风格，集二人转、拉场戏、群唱群舞于一体的精彩演出，受到了首都观众的热烈欢迎，为东北二人转走出东北拉开了序幕；1986年我从沈阳音乐学院毕业，到省曲协工作，干的第一件事就是组织铁岭民间艺术团参加东北首届民间艺术节，拉场戏《1加1等于几》，二人转《理解之歌》《罗密欧与朱丽叶》等原创剧目，一举囊括了东北民间艺术节的全部一等奖；在铁岭地区京剧、评剧、话剧团体相继解体的情况下，唯独以创作表演二人转为主的民间艺术团还坚守着铁岭的文艺阵地。

我几乎是摇唇鼓舌，极力说服铁岭的老朋友们，正确估量民间艺术的文化价值和艺术魅力，并指出："这次赴日本参加富山首届国际青年演剧节，不仅仅是让铁岭的民间艺术走出国门，更是将具有悠久历史的东北二人转推向国际舞台，让更多人欣赏到我们辽宁民间艺术的风采。机不可失，时不再来。"

听了我的一番鼓动，铁岭市文化局长直截了当地问："我们应该怎么做？"我拿出了一份比较详细的策划方案，告诉他们：一是立刻给市政府打个报告，申请点经费，做几套服装。二是按照我的方案抓紧创作、排练节目。

在省外办和铁岭市政府的大力支持下，辽宁省艺术代表团一行15人，于1989年7月31日如期到达日本富山县。在首届国际青年演剧节开幕式上，小泉博先生向世界各国朋友隆重介绍了"中国辽宁省艺术代表团"，全场响起了热烈掌声。8月5日晚上，辽宁艺术代表团作为首届富山国际青年演剧节的特邀团体，在富山县民会馆上演了由我改编的二人转、二人戏、拉场戏三个节目：《猪八戒背媳妇》喜兴俏皮、风趣幽默，由潘长江扮演猪八戒、王秀芬扮演孙悟空变化的"漂亮寡妇"，两位演员各持两块手绢，或转或飞，出神入化，惊艳全场；黄晓娟、何广顺合演的《梁山伯与祝英台》轻歌曼舞、精彩绝伦，感动了全场观众；由李静、李海等演员主演的拉场戏《马前泼水》情节紧凑，人物生动，演员唱念做舞俱佳，将整场演出推向了高潮。50 分钟的演出，现场响起了 11 次掌声，演出结束更是掌声雷动，经久不息，大幕三落三起，演员反复谢幕，观众却不肯离场。许多其他国家的朋友索性跳上舞台，与演员拥抱、合影，也有的外国艺术家现场拜师，跟中国的演员学习耍手绢技巧，铁岭民间艺术团的演员都被这一预料之外的成功感动得流下了热泪。

东北二人转首次登上国际舞台，获得了三个单项金奖和团体表演银奖，《北日本新闻》《富山日报》和富山电视台等当地媒体都做了详细报道，新华社东京分社向我国国内发了电讯稿，我国的《人民日报》在头版刊登了消息。

国家业余演剧联盟的特约评论家，高度评价了中国辽宁艺术代表团的表演，对中国民间艺术的魅力赞叹不已。新加坡戏曲学院院长蔡曙鹏博士发表了评论文章，称"中国辽宁艺术代表团的演出，是首届富山国际青年演剧节的一大亮点"，对中国辽宁艺术代表团参演的《猪八戒背媳妇》《梁山伯与祝英台》《马前泼水》三个精彩节目，从思想内容到艺术呈现，都给予了高度评价。受大会组委会的邀请，我在首届富山国际青年演剧节艺术研讨会上，做了 8 分钟的发言。我在简要介绍了东北二人转的历史沿革以后，重点谈了中国民间戏曲的写意、虚拟和程式美的表演特征，介绍了二人转象征性表现生活的美学追求，引起了与会专家学者的广泛兴趣。会后，国际业余演剧联盟的官员和不同国家代表团的成员，纷纷表示愿意和我们建立交流合作关系，并邀请我们前往他们的国家访问演出。

用辽宁地域的民间艺术——二人转，打开了国际间的文化交流通道，在某种程度上改变了以往对外文化交流中，片面追求高大上和迎合外国观众的口味，而轻视我们自己的民族民间艺术的认识误区。

在辽宁省文联工作的 25 年里，我先后组织了铁岭二人转，沈阳评剧、京剧，营口戏曲，锦州木偶戏，大连金州狮子舞，沈阳民族艺术学校的儿童剧和少儿杂技，沈阳师范大学的民族歌舞剧，辽宁大学的高跷、民族歌舞等民族民间艺术，多次参加日本、韩国、摩纳哥、比利时、阿尔及利亚、毛里求斯等国家举办的大型演艺活动和友好文化交流。另外，受中国曲协委托，我还率领吉林省二人转演员和北京、山西、江苏、湖北的相声演员，分别赴新西兰、新加坡访问演出。这些独具民族艺术特色的表现形式，每次出访都受到外国观众的热烈欢迎，开创了我国北方地区民族民间艺术对外文化交流的新局面。

2012年，辽宁大学校长要带本校学生艺术团回访美国密歇根大学，我与该校艺术学院的专业教师共同策划排练了一台具有浓郁民间特色的综艺节目，其中有高跷秧歌戏《取经路上》，满族太平鼓《萨满神韵》，手绢舞《乡间摇滚》和杂技、小品、民族器乐表演等节目，国家汉办领导看了录像以后，亲自给辽大校长打电话，肯定这台节目是真正具有民族特色的好节目，非常符合中国文化"走出去"的战略初衷，并嘱咐辽大校长一定要坚定信心，用我们民族的艺术感动世界。辽宁大学艺术团在美国密歇根大学的访问演出引起了轰动，该校的负责人和部分文化学者高度评价中国民间艺术的文化价值和艺术魅力。

实际上，我们开展对外文化交流的目的，不仅仅是让外国朋友看看演出或展览，更重要的是通过民间文化交流活动广交天下朋友，让更多国家的人民了解中国、喜欢中国文化。自1989年我们参加日本富山首届国际青年演剧节以来，辽宁省文联与富山县艺术文化协会互派艺术家参加对方举办的各种艺术活动20余次，合作举办过美术展、书法展、摄影展和青少年芭蕾舞培训等活动，并与韩国、匈牙利、比利时、摩纳哥等国家的文化艺术界人士都成为了好朋友。

在日本我结识了一位韩国的朴先生。朴先生是当时的国际演剧联盟亚太分会会长，每次听说我率团到韩国访问，他都亲自赶到我们所去的城市，盛情款待全团成员。后来，他还把小儿子送到沈阳学中医。国际演剧联盟现任主席罗伯特是比利时人，他本人酷爱中国文化，曾经帮助我们与许多国家的文化团体建立了友好交流关系。2010 年，我带着沈阳民族艺术学校的部分师生到摩纳哥参加国际演剧节，然后转道去比利时参加文化交流活动。罗伯特先生提前结束了休假回到比利时接待我们一行，他还特意邀请比利时国家文化部长观看了我们的演出。演出结束后，罗伯特先生把我们全团人员请到家中做客。晚宴上，罗伯特告诉他的孩子："中国是个了不起的国家，你们一定要学中文，不懂中文就不算有文化。"

具有悠久历史的中国民族民间艺术，是我们中华文脉的重要组成部分，也是我国各族人民世世代代创造的宝贵文化财富。发挥民族民间艺术的优势，面向世界讲好中国故事，弘扬中国精神，展示中国力量，是我们为构建人类命运共同体作出文化贡献的最佳方式，也是我们文史工作者应该肩负起的责任和使命。

当年，日本记者采访我的文章刊发在《朝日新闻》的文化版上。浙江省曲协副秘书长庄洁同志随团访日时，无意中发现日本报纸上有我的头像，就把那份报纸带回来寄给了我。日本记者撰写的文章里，不但详细介绍了中国东北二人转的传承发展情况，还提出了日本的歌舞伎、漫才、落语、能乐等民间传统艺术应该借鉴中国的传承方式，重视保护、重视培养后继人才、重视培养青年观众，重视在继承中不断创新，才能够确保本民族的文化根脉不至于衰落和消亡。